Sarah DARS

DES MYRTILLES DANS LA YOURTE

Roman policier

Éditions
Philippe Picquier

DU MÊME AUTEUR
AUX ÉDITIONS PHILIPPE PICQUIER

Nuit blanche à Madras

Coup bas à Hyderâbâd

Ramdam à Mahâbalipuram

La Morte du Bombay Express

Rififi à Ooty

Malabar Connection

Pondichéry Blues

Bengal Hot

Mas de Vert
B.P. 20150
13631 Arles cedex

www.editions-picquier.fr

Conception graphique: Picquier & Protière

Mise en page: Ad litteram, M.-C. Raguin – Pourrières (Var)

ISBN : 978-2-8097-0120-3

Pour J. D., amateur de steppes,
de yourtes et de myrtilles.

Qui redoute de mourir en route
ne devrait pas franchir son seuil

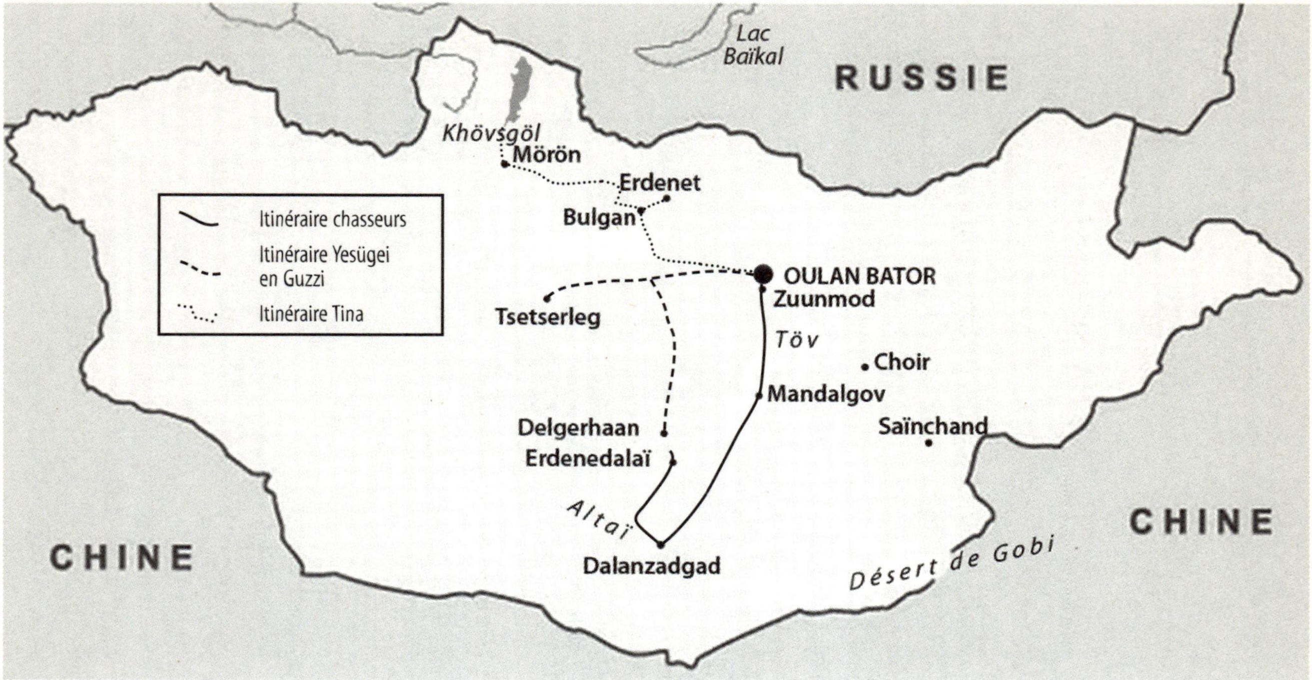
Lac
Baïkal
RUSSIE
Khövsgöl
Mörön
Erdenet
Bulgan
Itinéraire chasseurs
Itinéraire Yesügei
en Guzzi
Itinéraire Tina
OULAN BATOR
Zuunmod
Tsetserleg
Töv
Choir
Mandalgov
Saïnchand
Delgerhaan
Erdenedalaï
Altaï
Dalanzadgad
CHINE
CHINE
Désert de Gobi

1

CHASSEURS

Larry ouvrit les yeux. Et les referma.

La forte luminosité qui entrait par le hublot l'avait aveuglé. L'avion de la MIAT en provenance de Moscou venait de se poser. Il se sentit tout à coup épuisé par le voyage. Trop d'alcool, peut-être.

Après bien des contretemps, leur projet de chasse en Mongolie allait enfin aboutir. Aussi, avec son copain Ted, avaient-ils fêté l'événement en carburant – depuis le décollage à New York jusqu'à l'atterrissage à Oulan Bator, escale en Russie comprise –, tantôt au champagne, tantôt au whisky, quand ce n'était pas à la vodka.

Larry se massa les tempes et sourit d'un air polisson à la mignonne hôtesse au regard bridé. Il lui aurait bien dit deux mots mais, durant tout le vol, à en juger par la nature de ses prévenances, elle avait plutôt paru le considérer comme son arrière-grand-père. Résigné, Larry soupira et la salua avec bonhomie, tandis qu'il s'engageait sur la passerelle.

L'aéroport international Buyant-Ukhaa – le seul du pays qui eût, leur avait dit un Russe grincheux, une piste goudronnée – parut un peu petit à leurs yeux d'Américains bon teint, mais leur attention fut vite attirée par la délégation venue les accueillir, dont certains membres – les plus jeunes, donc les moins importants – agitaient mécaniquement de petits drapeaux étoilés.

Larry et Ted ne pouvaient ignorer que, malgré les restrictions causées par la protection des espèces en danger, les chasseurs étrangers représentaient pour les Mongols une ressource non négligeable. Ils se virent donc gratifiés, puis bientôt embarrassés, de multiples écharpes blanches de bienvenue. La scène rappelait ces images populaires de facture naïve, vivement colorées, mises à l'honneur pendant l'ère soviétique. Les arrivants ne s'en rendaient pas forcément compte, frappés et éblouis qu'ils étaient par la variété des couleurs autour d'eux. D'un blanc éclatant les dentures, d'un bleu lumineux le ciel, de tous les tons, criards ou éteints, les tuniques ceinturées, d'un noir profond les costumes des officiels.

La presse locale avait d'autant moins manqué le rendez-vous que l'on attendait d'autres visiteurs de marque et, du coup, les photographes mitraillaient sans merci tous les voyageurs étrangers. Ravis de cet accueil inattendu, les Américains saluaient de la main, comme ils l'avaient vu faire à la télévision aux chefs d'Etat en visite. S'ils avaient été moins candides, ou moins englués dans le piège de l'hospitalité affichée, ils auraient perçu cette condescendance légère que témoigne le Mongol à ces pourvoyeurs de devises qui se prennent pour des chasseurs, alors qu'ils bafouent les règles les plus élémentaires de la chasse, la vraie.

Larry et son compagnon avaient de quoi être satisfaits : Tsering, leur interprète, parlait parfaitement leur langue, avec même une pointe d'accent américain, et le jeune homme se faisait un plaisir de leur signaler tous les centres d'intérêt. Si bien qu'ils trouvèrent plaisant le trajet d'une quinzaine de kilomètres jusqu'au centre d'Oulan Bator. Comme si l'on attendait d'eux l'admiration systématique éprouvée spontanément par les Mongols pour les cours d'eau, les montagnes et les forêts, on les arrêta sur le pont enjambant la Tuula, une rivière transparente au vaste lit, dont ils apprirent que les récentes sécheresses avaient amenuisé le débit de façon alarmante.

La limousine fatiguée mais spacieuse s'engagea dans une large avenue bordée de cités grises. Ils laissèrent sur la droite un immense complexe sportif, passèrent encore un pont sur une rivière plus étroite, aux eaux troubles celles-là, et entrèrent dans la ville en longeant un grand parc touffu qui fleurait bon l'herbe coupée. Le chauffeur ralentit à nouveau : les toits de tuiles vertes émaillées d'un monastère dont ils ne saisirent pas bien le nom brillaient au soleil et, au-delà, on avait une vue surprenante sur des collines recouvertes de ronds blancs étincelants, des yourtes en quantité. Le chauffeur dit quelque chose en les regardant dans le rétroviseur, que l'interprète traduisit par « Voie lactée ». Ils crurent comprendre que ces myriades de points brillants leur évoquaient un ciel étoilé. Quand Tsering ajouta qu'un poète contemporain les voyait, lui, comme des perles brodées sur de la soie verte, cette autre comparaison leur plut aussi, mais ils avaient maintenant hâte de voir leurs chambres.

Ils arrivèrent peu après sur le grand square flanqué d'un opéra et de plusieurs musées, sur lequel donnait l'arrière de leur hôtel. Ce n'était pas la circulation d'une grande ville américaine, mais tout de même.

2

AUTOCHTONES

Yesügei coupa le contact un peu avant d'être arrivé, car le bruit et la fumée de sa moto Guzzi incommodaient ses voisines, d'acariâtres commères. Il gara le puissant engin, racheté à un beatnik fauché, à côté des quelques Planeta qui faisaient barrière entre les immeubles délabrés de cette cité du district nord-ouest et les rangées de yourtes d'un blanc douteux, recouvertes de plastique, dont la plupart s'ornaient d'une antenne de télévision. Non loin de là, quelques chevaux tristes essayaient de brouter, sous la poussière de charbon, une herbe inexistante. Leurs sabots faisaient craquer la mince pellicule de glace qui commençait à se former sur les flaques, car dès octobre il n'est pas rare que la température tombe au-dessous de zéro.

Massif, renfrogné, l'homme fit mine de ramasser un caillou pour éloigner la marmaille aux joues gercées qui entourait sa moto et ne se lassait pas d'en admirer les roues à rayons. Les gosses détalèrent en piaillant. Il souleva le rideau de feutre sale et, murmurant machinalement quelque formule, il enjamba le seuil.

La yourte qu'il partageait avec une de ses tantes était vide. La vieille devait être en train de casser du sucre sur son dos avec les voisines les plus proches. Ici le son plaintif d'un violon, là les vibrations métalliques d'une guimbarde perçaient le brouhaha des programmes de variétés et des discussions avinées, déclenchant des accès d'aboiements rageurs.

A peine entré, Yesügei enleva son costume élimé et pas très net et enfila son *deel* et ses bottes de feutre. Il but ensuite au goulot une ou deux bonnes rasades d'*arkhi.* Il lui fallait toujours un peu du réconfort de cet alcool de lait local pour affronter son chez-soi. Pourtant, bien que située dans ce faubourg minable de Bayangol, la yourte était le seul habitat qui lui convînt vraiment. Hors de la steppe, une yourte, même en mauvais état, lui paraissait préférable à n'importe quelle habitation en dur des lugubres cités de l'époque soviétique, pour lui pire qu'un tombeau.

En temps ordinaire, sa tante vivait à bonne distance de la capitale, dans la région de Tsetserleg mais, quelques années plus tôt, des blizzards avaient fait chuter la température à moins cinquante degrés, décimant le bétail de sa parente et la chassant de là, de même que tous ses voisins. Elle n'avait pas eu le courage de recommencer ailleurs et il l'avait prise avec lui, d'autant qu'elle l'avait en partie élevé, quand sa mère l'avait aband...

« Ma mère ne m'a pas abandonné. Ma mère ne m'a pas... » Il ingurgita une nouvelle dose d'alcool, espérant mettre un terme à l'une des obsessions qui l'assaillaient sans crier gare. Il considéra son intérieur, qui ne présentait aucun des attraits des yourtes traditionnelles et empestait le tabac russe dont abusait sa tante. Celle-ci avait bien essayé de décorer la partie qu'elle occupait, mais du côté réservé aux hommes, le sien, on ne voyait accrochés au treillis qu'une montre russe (qui n'avait jamais marché que suspendue et était définitivement arrêtée depuis cinq ans), un calendrier porno décoré à la chinoise (à la couverture rabattue par égard pour sa tante) et une carte postale envoyée l'an dernier par une entraîneuse d'Oulan Oude (une blonde bien en chair, qui évoquait le bon temps passé ensemble).

Yesügei souleva le couvercle des gamelles désespérément vides.

— *Tchort*[1] !

La vieille avait dû décider de faire grève. Il trouva bien une assiette avec un peu d'*aarul*, mais les boulettes de fromage séché ne lui disaient rien ce soir. Quant à aller chercher sa cuisinière chez la voisine, c'était exclu, vu que cette dernière lui en voulait à mort depuis la nuit où, ivre mort, il s'était trompé de yourte et avait tabassé sans ménagement son occupant – le fils de la dame –, qu'il prenait pour un squatter de sa propre yourte.

Il irait manger un morceau en ville, à l'hôtel Oulan Bator. Ou en tout cas y vider quelques verres. Il y avait ses habitudes, inutile de se changer à nouveau. Même usagé, son *deel* y était toléré depuis que le ministère de la Culture et du Tourisme s'était mis à la page : si on n'en abusait pas, maintenant que le costume national se faisait de plus en plus rare dans les rues de la capitale, un peu de couleur locale ne pouvait pas nuire aux yeux des étrangers.

1. Diable ! (Du russe *Tchort vozmi*, le diable l'emporte.)

3

IDENTITÉS

Agréablement surpris par la taille de leurs chambres et par les autres commodités que leur offrait leur hôtel, Larry et Ted se livraient à leur petit jeu habituel :

— C'est le top du top, non ?

— Tu l'as dit ! Tiptop, le dessus du panier !

— On met quelle note ?

— Le maximum, vu que chez nous on a déjà donné, qu'en Sibérie c'était plutôt spartiate, qu'en Afrique du Sud on n'étaient pas rassurés et qu'au Canada on s'est fait bouffer par les moustiques !

— Bien parlé !

Dans la salle à manger en forme de yourte, où flottait une odeur de bouillon gras, on leur avait servi des zakouskis russes et une fondue chinoise, non sans leur faire miroiter des plats mongols « typiques » pour le lendemain.

— Pas terrible mais mangeable, avaient-ils décrété tout en se gavant.

Ces braves types ne s'en rendaient sans doute pas compte : ce simple menu était le reflet du passé politique de ce pays, où ils n'étaient venus que dans le seul but de chasser. Pourtant, dans le vaste hall de l'hôtel Oulan Bator, où les Américains se faisaient maintenant servir un café arrosé, dans ce hall aux dimensions impressionnantes qu'ils considéraient d'un air bon enfant, un œil plus averti aurait pu, à travers les scènes qui s'y déroulaient, avoir conscience d'assister à la représentation d'un drame, celui toujours actuel du pays mongol, se déroulant depuis des siècles, joué par les mêmes acteurs, à quelques variantes près.

Tous les protagonistes étaient présents.

Un groupe de Russes. Plus du tout de ces anciens militaires ou fonctionnaires rigides qui veillaient jadis à l'ajustement et au maintien du carcan, non, des entrepreneurs en bâtiment pospères, des hommes d'affaires très à l'aise, pleins de l'importance que leur conférait le pactole lié aux livraisons de pétrole.

Une bande de Chinois. Non pas de ces usuriers impitoyables qui avaient asservi les Mongols à coups de dettes inextinguibles, de celles dont on héritait et dont les intérêts étaient payables en bétail, mais d'élégants quadragénaires, industriels ou ingénieurs, venus pour mener la grande vie et pour assouvir la boulimie minière de leur mère patrie, en raflant au passage les quelques concessions qui leur faisaient encore défaut.

Murmures ou éclats de voix, on pouvait distinguer au moins cinq langues. On n'assistait ici qu'à des rapports policés et courtois. Certes, les Mongols présents n'étaient plus ces bons sauvages ou ces terrifiants barbares – au cours des siècles les opinions avaient souvent fluctué, beaucoup divergé –, c'étaient des gens bien dans leur peau, fiers de leur modernité et de leur capacité à négocier avec les uns et les autres sur un pied d'égalité, tout en recevant avec urbanité des touristes ravis. Oublié le temps où, pris en tenailles entre ces excellents joueurs d'échecs russes et ces éminents joueurs de go chinois, les Mongols, eux-mêmes admirables joueurs d'osselets, redoutables archers et impeccables cavaliers, ne connaissaient jamais le répit.

On échangeait des *khadag* blancs comme neige ou bleus comme le ciel. L'alcool coulait, généreux et intarissable.

Dans un coin, quelques lamas, ecclésiastiques mondains, élégamment drapés dans leurs robes lie de vin, et pétris d'une apparente bienveillance, attendaient le moment de régler quelque affaire.

Les flashes des photographes officiels crépitaient : ils s'assuraient de bien recenser en images tous les étrangers, ne faisant que reproduire ce qui se passait déjà à la cour des khans mongols, lesquels commandaient à des artistes chinois le portrait de chaque voyageur étranger de passage. Si l'un d'eux s'enfuyait après avoir commis un délit, il suffisait pour l'arrêter de faire circuler son effigie par toutes les provinces. On dirait que certains usages ont la vie dure et traversent le temps !

Larry clignait des yeux et prenait un air avantageux. Ted l'avait compris : son pote avait repéré l'une des hôtesses. Lui-même avait remarqué que parmi les nombreuses filles en *deel*, qui servaient à boire et passaient des compotiers de sucreries, deux ou trois n'étaient pas là que pour cela.

Larry cessa un instant de faire le coq pour observer à l'écart une table de jeunes gens très occupés. Quand il reconnut leur guide, il en conclut qu'ils devaient être en train de préparer le programme des jours suivants et jugea l'organisation excellente.

Pour la énième fois, on vint leur proposer un toast. A l'Amérique, à l'amitié entre les peuples, à leur séjour, à leur succès à la chasse. Tout servait de prétexte à boire et il semblait en aller de même à chaque table. Quand ce n'était pas un petit verre cul sec de bienvenue, c'en était un pour triompher de la longueur et de la rigueur de l'hiver à venir. Ici, on buvait parce que c'était la « fête », ailleurs, dans des lieux moins sélects, par désœuvrement ou dénuement. Quelle que fût la raison, on buvait.

Ted lui aussi buvait tranquillement mais avec constance. Il détaillait, avec un amusement teinté du respect qu'il éprouvait pour toute entreprise, les photos agrandies représentant toutes sortes de chantiers en activité : le début du creusement d'une autoroute ; l'ouverture d'une mine de cuivre ; la statue gigantesque de Gengis Khan hérissée d'échafaudages...

Larry, lui, regardait les filles avec de plus en plus d'insistance. La musique sirupeuse, un pot-pourri de vieilles rengaines, lui donnait des envies de danser, enfin pas seulement. Il cherchait la jolie fille aux cheveux châtains qui lui avait tapé dans l'œil, elle avait disparu. Il admira une fois de plus les *deel* de cérémonie, riches étoffes, couleurs harmonieuses, larges ceintures.

— J'aime bien leurs tuniques. Ces gens-là ont un certain chic, pas vrai ?

— Ouais, à part ce clodo qui vient d'entrer et se dirige vers le bar avec de drôles de bottes retroussées...

Larry eut un début de fou rire et, encouragé, Ted embraya :

— Et son petit bitos, vise le bitos !

Ils reprirent leur sérieux et Ted se fit magnanime :

— C'est vrai que c'est beau ces *deel*. Même tenue pour les hommes et les femmes. Pourtant, on en voit moins que je n'aurais cru. *Hey, buddy*, ces gens sont simples. Leur langue aussi me botte. Facile comme tout ! Robe, c'est *deel*, yourte, c'est *ger*... Ils ne se foulent pas les mecs, mais moi ça me va, c'est cool !

Larry le dévisagea. Il aurait préféré un compagnon moins débile. Mais Ted était bon garçon et c'était surtout une fine gâchette. « C'est tout ce qui compte », se dit Larry. Il avait un peu forcé sur l'*arkhi*, qui se boit comme de l'eau et qui, dans le fond, n'est rien d'autre que de l'eau-de-lait. Quelques couples tournoyaient, les partenaires appuyés l'un sur l'autre, comme s'ils étaient très amoureux ou trop soûls pour tenir tout seuls.

Larry qui mourait d'envie de danser avec l'hôtesse au sourire mutin la cherchait des yeux. Figés sur la piste, les danseurs ne se séparaient pas, même pendant les pauses. A la première valse ou plutôt au premier slow, Larry attaquerait. Ce fut du jazz et plutôt bien joué, ce qui le surprit agréablement. Les trémolos du saxo conjugués aux effets d'un dernier verre le mirent dans une transe amoureuse. Où était donc passée la fille ?

Alors qu'il se dirigeait vers le bar, Yesügei avait lui aussi repéré les deux Américains qui le suivaient des yeux en rigolant. Lui-même chasseur, il n'éprouvait que mépris pour le genre de chasse arrangée et payante, pratiquée par les visiteurs.

Yesügei s'approcha d'un homme en complet gris, accoudé au comptoir, en train d'écluser un cruchon d'eau-de-vie. C'était le détective de l'hôtel.

— Tiens, prends-t'en une petite.

Yesügei avait sorti sa tabatière – rien de tel comme entrée en matière – et la tendait à l'autre, bien visible à plat dans la paume de sa main droite, coude soutenu par la gauche. Ils prisèrent en silence avec la fraternelle gravité qu'engendre ce rituel.

— Ces types-là feraient aussi bien de rester chez eux et d'envoyer les dollars, en échange de quelques trophées, qu'on leur ferait parvenir soigneusement emballés, plaisanta Yesügei avec un signe de tête vers les chasseurs américains.

La blague était éculée, mais le détective était du même avis, les devises suffiraient, pas besoin de venir jusqu'ici.

Ensuite, pendant un bon moment, ils observèrent en silence le grand hall, conscients, eux, en tant qu'indigènes, de la pièce allégorique qui se jouait sous leurs yeux : un acte, parmi tant d'autres, de l'histoire du pays. Par le passé, Russes et Chinois faisaient penser à des chiens se disputant la Mongolie qu'ils tiraillaient comme un vulgaire chiffon, de leurs mâchoires avides ; aujourd'hui, s'ils étaient toujours là, c'était pour en tirer quelque avantage supplémentaire.

Probablement guettés par la cirrhose ou le delirium tremens mais insouciants de leur sort, les vieux copains parlaient peu. Ils buvaient avec application, s'empoisonnant consciencieusement, échangeant parfois une plaisanterie sur les vengeances ordinaires des Mongols, à qui il arrivait de laisser sciemment saccager par leurs bestiaux les cultures maraîchères des Chinois, une vieille rouerie. Ou bien ils évoquaient les inventions sans fin des Russes, qui arrivaient à fabriquer de la bibine à partir de n'importe quoi.

L'alcool de genièvre, offert ce soir par le détective, tapissait agréablement le gosier de Yesügei. Plein de goût, agréablement fort, bien plus doux tout de même que ces eaux-de-vie frelatées que procurait la contrebande russe ou que concoctaient, suivant les recettes les plus insolites, les soiffards déshérités des bidonvilles. A base d'antigel, de liquide de frein, de pneus, d'alcool médicinal modifié, de produits ménagers, de solvants. D'ignobles tord-boyaux, à côté desquels l'alcool de pomme de terre ou de betterave devenait un nectar vitaminé, bon pour la santé.

Le détective eut un mal fou à se remettre debout, c'était l'heure de sa ronde.

— Discrétion et vigilance, lui lança Yesügei, en tortillant une moustache imaginaire.

Lui demeura juché sur son tabouret, à siroter, en contemplant – pure déformation professionnelle – la surface brillante du comptoir, maculée d'empreintes de doigts. Tout à l'heure, quand il se sentirait suffisamment imbibé, il se mettrait en quête d'une bonne fortune. Car Yesügei était ainsi : gros buveur, il devenait lubrique dès qu'il avait fait le plein et se jetait alors sur n'importe quelle femelle.

Peu lui importaient son âge, sa corpulence, pourvu qu'elle fût à peu près consentante. Mais, une fois dégrisé, s'il se rappelait ses derniers ébats, il éprouvait surtout du dégoût, autant pour lui-même que pour sa conquête, et crachait avec vigueur.

Ce genre de frasques lui valait toujours des lendemains difficiles : soit sa partenaire, elle-même honteuse, ne lui adressait plus la parole, soit elle l'insultait, le traitant de « verge d'âne », sans qu'il sût si c'était au sens propre ou au sens d'ahuri. Soit encore – c'était plus rare – elle devenait plus collante que la super-glu à réparer les selles et le suivait « comme la rate adhère à la panse », « comme le taon d'été s'attache à la croupe du cheval » !

Au bout de plusieurs heures, après avoir vaguement vu l'un des Américains embarquer l'une des hôtesses et alors que le bruit des aspirateurs des femmes de ménage commençait à se faire entendre, il décida de vider les lieux. Le degré atteint par sa cuite était tel qu'il lui fallut un certain temps pour comprendre que ce qui brillait si fort, au loin, c'était le reflet de la lune sur le crâne en bronze du camarade Lénine. Pour récupérer sa moto, il fut contraint de traverser une partie de la place à quatre pattes – il n'était d'ailleurs pas le seul à ramper –, et il dut s'y reprendre à plusieurs fois pour contourner la statue de Sükhbaatar, sous l'œil indulgent du père du communisme mongol.

S'il devait rentrer chez lui bredouille, il lui faudrait : un, ne pas se tromper de yourte ; deux, ne pas tenter de sauter sur la première venue. Par exemple l'autre voisine, celle qui l'avait pris en grippe le jour où, entre deux vins, il avait voulu l'aider à monter sa yourte en passant du côté féminin. Une transgression impensable, qui l'avait encore plus irritée que ses mains baladeuses. La gifle qu'elle lui avait administrée avait dû s'entendre jusqu'aux plus hauts sommets de l'Altaï.

4

PUCES

Au réveil, Larry se sentait vraiment patraque.

Il avait fait la nuit précédente une bringue à tout casser et, en plus, il n'avait pas bien digéré les *delikatessen* du dîner. De son côté, Ted n'était pas bien brillant non plus mais, digestion difficile mise à part, c'était pour la raison inverse : il n'avait pas réussi à draguer la moindre minette, ce qui lui assombrissait considérablement l'humeur, comme à tout chasseur malheureux. « A-t-il seulement essayé ? », se demandait Larry. Il avait quelques doutes sur la sexualité de Ted, mais n'avait jamais cherché à en savoir plus car, dans le fond, il s'en moquait.

Avant la douche, ils envisagèrent de renoncer au programme du jour et de se reposer, afin d'être frais pour le départ à la chasse.

— Quand tu fais la nouba, comme ça, tu n'as pas peur pour ton cœur ?

La fausse sollicitude de Ted, qu'il sentait dictée par le dépit, agaçait beaucoup Larry.

— T'occupe ! T'en fais pas pour mon cœur ! Je suis sûr qu'il va mieux que le tien !

— Je croyais que tu avais dû consulter, c'est tout, ce n'est quand même pas méchant de demander !

« Si, justement ! C'est uniquement pour m'emmerder qu'il remet ça sur le tapis. J'aurais mieux fait de la fermer. D'ailleurs, mon cœur n'a "rien de préoccupant", ce sont les mots exacts du toubib. »

Ils boudèrent un peu mais, après être restés des heures chacun sous l'eau brûlante, ils décidèrent d'aller quand même visiter le fameux marché aux puces et de s'offrir, au retour, des vêtements mongols pour eux et les enfants, ainsi que quelques cachemires pour les femmes de la famille.

— Ici, avec un *deel*, on ne se fondrait peut-être pas dans la foule mais, chez nous, ce sera le succès garanti !

Yesügei se réveilla, lui aussi, avec un sacré mal aux cheveux. A quelques yourtes de la sienne, une fille s'exerçait aux modulations du chant long et elle lui tapait singulièrement sur les nerfs. Avec sa gueule de bois, il n'était pas en état de supporter des vocalises plus ou moins expertes. Il se consola en pensant que si la chanteuse s'était attaquée au chant de gorge, encore plus difficile et d'une beauté indescriptible, mais bien plus agaçant quand il est mal exécuté, c'eût été encore pire.

Il fit trois pas, essayant de ne pas déranger la vieille, mais elle était levée et s'affairait dans son coin, penchée sur sa machine à coudre et fumant comme un sapeur, en évitant de le regarder. Il ignorait où elle se procurait ses cigarettes, des Sobranie, relativement coûteuses, mais il la soupçonnait de les échanger contre de menus travaux de couture, étant donné qu'on ne voyait jamais chez eux aucun ouvrage réalisé par elle.

Il s'aperçut dans le triangle de miroir cassé et son image le déprima : nez rouge, tignasse hirsute et yeux jaunâtres, à peine en face des trous.

Pour leurs détracteurs, les yeux souvent jaunes des Mongols deviennent couleur de bile. Pour les plus poétiques, ce sont des yeux d'or ou, mieux, d'ambre ou de topaze. Pour quelqu'un de prosaïque comme Larry ou Ted, ce serait caca d'oie.

Yesügei se dirigea vers la cuvette, se plongea la tête dans l'eau glacée et se sentit tout de suite mieux. Pourtant, l'intérieur sans charme de cette yourte continuait de le démoraliser. Il savait que plusieurs groupes de touristes devaient aller visiter des monastères et chiner à Narantuul. Son instinct le poussait à s'y rendre. Il ajusta sur ses cheveux humides une casquette qui avait dû être blanche, souleva le rideau de feutre et enjamba le seuil, sans un mot pour sa tante.

Une fois dehors, Ted et Larry furent presque gênés par la luminosité excessive et le ciel leur parut d'un bleu plus pur et plus profond qu'ailleurs. Sur les collines alentour, on aurait dit qu'il avait neigé : c'était la multitude de yourtes – toujours plus nombreuses en raison de l'exode massif dû aux intempéries –, rangées en ronds serrés, qui renvoyaient leur blancheur aux rayons du soleil. Ils s'avancèrent jusque sur la vaste place Sükhbaatar, entourée de bâtiments quelque peu pompiers, et constatèrent que la circulation était plus intense que la veille, qu'il y avait aussi bien moins de *deel* en promenade et beaucoup plus de tenues européennes et que les grosses boules dorées des lampadaires étaient encore allumées.

La visite du musée de la chasse raviva leurs envies et les emplit des espoirs les plus fous de captures exceptionnelles. Le grand monastère de Gandan les intéressa plus qu'ils n'auraient cru et Larry s'attarda dans la cour abritant le bâtiment consacré à la pharmacopée traditionnelle, si longtemps que le guide dut revenir sur ses pas pour le décider à les suivre.

En traversant la vieille ville qui s'étend aux abords de la lamaserie, ils prirent en cachette quelques photos, palissades délabrées, maisons de bois déglinguées, mioches escortant de vieilles femmes au crâne rasé, qui à chaque pas se lançaient à plat ventre dans la boue et la poussière, et singeant de façon grotesque les mouvements natatoires des dévotes.

A l'entrée du marché, comme un peu partout en ville, on vendait du jus d'argousier. Du jus frais pressé, d'un jaune orangé, très tentant. La saison des baies ne faisait que commencer et les étals étaient dévalisés. Dans la foule bigarrée, ils remarquèrent les petits feutres crânement portés par les hommes comme par les femmes et observèrent avec curiosité les tractations qui avaient lieu dans les vastes manches, quand ce n'était pas par l'intermédiaire d'un tiers.

Quantité de denrées alimentaires, d'outils, de vêtements usagés. Du corail et des turquoises comme s'il en pleuvait mais, apparemment, sans grande valeur, quelques objets d'art, des faux criants pour la plupart. Quelques tabatières aussi, que les indigènes examinaient de près. Un Mongol, même s'il n'en achète pas, est toujours en quête d'une tabatière, l'objet idéal pour faire connaissance et entretenir des relations cordiales.

En cela, Yesügei ne différait pas de ses compatriotes et il aurait volontiers acquis celle-ci : en agate laiteuse, finement zonée de brun, avec un capuchon de corail, et tellement polie par l'usage qu'elle en était devenue onctueuse au toucher. Il ne la quitta des yeux que pour suivre les négociations, conduites par un guide, entre l'un des Américains et un vendeur. Sans se donner la peine de marchander, Larry était en train d'acheter une *tara*[1] de toute beauté. Probablement volée, c'était une pièce sans égale. Un objet d'art religieux, représentant une déesse, de ces statuettes de bronze avec un fond de métal mou, amovible, joliment orné de *vajra*[2] entrecroisés.

Aucun détail, en général, n'échappait à Yesügei. Il ne regrettait pas d'être venu, au lieu d'aller s'informer au

---

1. Du sanskrit *târâ*, principe actif féminin conférant à toute divinité masculine son énergie agissante (mongol : *dara*).

2. Court bâton de bronze présentant des pointes recourbées à ses extrémités, utilisé dans le bouddhisme comme instrument rituel.

ministère du Travail sur sa retraite anticipée. La retraite, il s'en occuperait demain, *margach*, un mot qui lui allait comme un gant. Hier, demain, quelle importance, pourvu que ce ne soit pas aujourd'hui.

La promenade leur avait ouvert l'appétit ; Ted et Larry entrèrent dans un *guanz*, estaminet qui servait des plats typiques. Ils se jetèrent sur des raves en saumure et une queue de mouton au bouillon qu'ils arrosèrent d'une bonne dose d'*arkhi*. Grisés et rassasiés, ils se prirent à rêver aux trophées mirobolants – cornes de saïgas ou d'argalis – qu'ils remporteraient.

5

STEPPE

Dès qu'il eut traversé à petite vitesse les faubourgs situés au-delà de Gandan, Yesügei mit les gaz. Il adorait sa Guzzi, une V7 Classic, du même modèle que celles des policiers new-yorkais, et probablement la seule de son espèce à des lieues à la ronde. La moto s'emballa : on aurait dit qu'elle savait où ils allaient et qu'elle y prenait au moins autant de plaisir que lui.

Les travaux concernant la route du Millénaire, commencés en l'an 2000, paraissaient définitivement abandonnés. Après tout, personne n'avait précisé de quel millénaire il s'agissait. Ce nom pouvait aussi bien signifier qu'on prévoyait mille ans pour la construire. Cette route devait traverser le pays d'ouest en est, avec quelques tronçons nord-sud, le long du chemin de fer transmongolien, mais les crédits étaient rares et les désaccords nombreux, car son tracé mettait en danger des espèces protégées et passait sur quantité de territoires considérés par beaucoup comme sacrés.

Avant de quitter la zone urbaine, il accorda une dernière pensée à tous ces projets grandioses, jamais réalisés. Et à ceux, absurdes mais bien plus menaçants, tels que la privatisation de la steppe ou la sédentarisation forcée des nomades. « Notre propre gouvernement nous fait maintenant ce que les Soviétiques rêvaient de nous faire. »

Une fois dans la campagne, Yesügei oublia tout en bloc, pour humer avec sensualité les senteurs des herbes et se remplir les yeux du spectacle dont il ne se lassait jamais tant il le mettait en joie. A la vue de la poussière, soulevée au loin, par une troupe de chevaux sauvages au galop, il fit claquer sa langue de contentement et se mit à chanter à tue-tête un refrain démodé : « Sur la route de l'Arkhangaï... »

Yesügei aimait les paysages de sa terre natale, autant, plus même, que les femmes. A vrai dire, les uns lui évoquaient les autres et vice-versa et son goût pour les deux s'en trouvait renforcé. Les femmes aux reliefs proéminents lui rappelaient les sommets de l'Altaï ; les plus vallonnées, le Khangaï ; les fausses plates, la steppe ; les profondes, le Gobi ; les brillantes, le ciel ; les ondoyantes, une rivière, mais pas n'importe laquelle. Selon que la femme se montrait lointaine, trouble, pure, maternelle, aventureuse, limpide, ce chaud lapin pensait à la Kerulen, à la Hara, à la Selenga, à la Tuula, à l'Orkhon, à la Tamir... C'était ainsi et pas autrement.

Même s'il portait le prénom de Yesügei le Preux, chef du clan des Torrents et père de Gengis Khan, ce Yesügei-ci n'était pas de leur lignage. Il n'avait pas été bercé, comme ses illustres ancêtres, dans des langes de zibeline, il n'était pas né, comme le grand khan, avec un caillot de sang serré dans son petit poing. A la différence de celui-ci, on ne l'avait pas nourri au lait de juments exclusivement blanches ou d'ail sauvage pendant les périodes de précarité. Yesügei ne faisait peut-être même pas partie de ces hommes – un sur cinq en pays mongol selon les statistiques – porteurs des gènes royaux. Il ne serait donc pas enterré dans l'Altaï ou le Khentii et n'aurait pas droit à un mausolée ou à une statue dominant la steppe.

Pourtant, bien que dépourvu de noblesse par la naissance, Yesügei avait été un jeune pionnier débordant d'enthousiasme, habile aux jeux virils que sont le tir à l'arc, la lutte et la course équestre. Cavalier chevronné, il n'avait pas son pareil pour manier le lasso et lancer le couteau. Il était devenu un jeune policier plein de bonne volonté et d'illusions. Et voilà que maintenant, avant même l'âge de la retraite, il risquait d'être mis à pied – un comble pour un cavalier dans l'âme, qui sans cheval se sent comme un oiseau sans ailes –, en raison de plusieurs bavures dues à l'ébriété. Par exemple, l'interrogatoire d'un suspect qui s'était très mal terminé pour le suspect. Et encore plus pour insubordination, à cause de son entêtement à refuser d'arrêter un juge itinérant, dont il admirait le travail et le dévouement, considérés comme illégaux par les autorités. « Les ordres, ça ne se discute pas, ça s'exécute. »

Le vieux flic expérimenté qu'il était, beaucoup l'auraient défini uniquement par des négations : sans scrupules, sans principes, sans moralité, sans méthode ni théories. C'était peut-être ce qu'on pensait de lui, pourtant il avait sa morale à lui. Ce type, d'apparence simple et fruste, pourvu d'un instinct de chasseur très développé, qui réagissait à certains faits et ne s'arrêtait plus avant de réussir à coincer le coupable, était en somme une sorte d'anti-héros du Far West ou du Far East, comme on voudra. On dit que, pour celui qui y goûte une fois, l'attrait de la chasse à l'homme peut surpasser celui de la chasse au gibier animal, Yesügei était parfois de cet avis.

Pourtant, par idéal, il aurait préféré ne travailler que par intermittence, chaque fois que ses gains seraient épuisés, après avoir fait la noce et bu tout son soûl.

Il roulait maintenant en pleine steppe, sur une piste cahoteuse, envahie de hautes herbes. Après avoir dépassé Argalant puis Bayanhangaï, il sentit que son coursier de fer s'enfonçait par endroits dans un sol marécageux. Il arrivait dans les environs de Lün et ne tarderait pas à apercevoir les rives de la Tuula.

Dès qu'il fut près de la rivière, comme tout bon animiste, il s'arrêta pour la saluer et la contempler, adossé aux vestiges d'un antique relais de poste. Au moment de repartir, il échangea quelques mots avec un vieillard au regard plissé, qui fumait accroupi une longue pipe et qui l'agita en signe d'adieu.

Si l'on avait envoyé Yesügei en renfort à Dashinchilen, dans une province avoisinante, c'était pour lui signifier son déclassement en tant que policier de la municipalité autonome d'Oulan Bator. Il venait là pour veiller au bon déroulement du comice agricole, une fonction jugée dégradante pour un flic de la capitale, exempté depuis longtemps de rondes de surveillance. Mais il avait le cuir épais, cela ne le dérangeait pas. Enfin, pas trop.

Yesügei respira profondément. De même que celle de la steppe, depuis que, tout jeune, il participait au débourrage des chevaux, leur odeur l'enivrait. En compagnie du collègue venu l'accueillir, il s'en alla d'abord trinquer, puis ils se hâtèrent vers les piquets où étaient attachées les bêtes les plus récalcitrantes.

Là, ils tâtèrent quelques croupes, palpèrent un ou deux paturons, s'attardèrent devant celui des étalons qui avait « du feu dans les yeux », puis se mêlèrent aux conversations des éleveurs. Ceux-ci, qui, fidèles à une coutume ancienne, nommaient chacun de leurs équidés d'après la couleur de sa robe, détaillaient les animaux d'un œil critique. Tous capables de les dépecer mentalement et d'en nommer avec précision les différentes parties externes et internes, ces hommes, pour la plupart incultes, employaient un vocabulaire précis dès qu'il s'agissait de bétail ou de gibier. Personne n'aurait désigné les traces laissées par le cerf sur les feuilles mortes autrement que par voies ou foulées. Pour eux, un cheval aux arrières et au chanfrein blancs était arzel, cavecé celui qui avait la tête d'une couleur différente du reste, tisonné celui qui présentait des taches noires allongées, truité si les taches étaient petites et rougeâtres. Et, évidemment, tous savaient juger les yeux fermés de l'état de santé d'un cheval rien qu'à l'odeur de son crottin, au point de diagnostiquer sans faillir la nature d'une éventuelle maladie.

Quand débuta la vente, Yesügei alla se placer dans l'allée des vendeurs. L'un d'eux tenait à la main un trognon de racine de gingembre, qu'il tenta de dissimuler dans sa manche. Yesügei n'ignorait pas que c'était pour en frotter le fondement de la bête. Cette friction au gingembre leur fait lever la queue. Or un cheval qui porte haut la queue fait toujours bonne impression, c'est qu'il pète de santé, comme on dit. Il murmura au vendeur stupéfait :

— Vas-y ! frotte-lui le cul pendant que je regarde ailleurs.

Il se détourna et compléta pour lui-même :

— Puisqu'il paraît que je ne suis plus bon qu'à ça.

Plus tard, il se laissa entraîner par les collègues dans un *guanz* bondé d'éleveurs et de maquignons, où il engloutit une douzaine de crêpes à la viande fumantes avec du yaourt tiède et une pleine topette d'alcool de lait.

— Allez ! le der des ders !

Histoire de finir en beauté, ils se firent apporter un ou deux pichets supplémentaires.

Sitôt expédié le coup de l'étrier, il ne s'attarda pas, car il venait de décider de ne pas retourner à Oulan Bator, mais de poursuivre sa route jusqu'en Arkhangaï et de dormir ce soir dans la steppe enchantée de son enfance. Ses collègues n'auraient qu'à avertir ses supérieurs. Il ne rentrerait qu'après avoir pris les jours qu'on lui devait. On lui retiendrait peut-être ces trois jours d'absence, et alors ? Il n'en mourrait pas, il avait besoin de prendre l'air.

Une fois entré en Arkhangaï, il traversa plusieurs *aïl* densément peuplés, passa en bordure d'un lac aux rives fréquentées par des pêcheurs et des oies sauvages en partance. Il laissa sur la gauche la piste qui mène à Harhorin [1] et continua tout droit, ou presque, vers les rideaux de saules et de peupliers qui longent la Tamir. A Tsetserleg, où les rues sont bordées d'arbres et où l'air de la montagne est si vif qu'il vous grise, il fit une courte halte sur la place du marché pour boire un coup. Les heures de route poudreuse et l'altitude lui avaient parcheminé le gosier. Les étals de myrtilles et de baies d'argousier et les gosses aux bouches barbouillées d'orange et de violet lui évoquèrent sa jeunesse. Les cris des moineaux s'ébattant dans la poussière lui donnèrent une envie presque douloureuse de liberté. Il but encore quelques verres et changea brusquement d'avis. Pourquoi continuer ? Là où il était né, il ne connaissait plus personne ! Malgré l'appel des sommets déjà enneigés, il renonça à prendre la route de montagne défoncée qui conduisait chez lui. Il renonça donc à passer près des sources chaudes – presque bouillantes, il s'y était plus d'une fois échaudé ! – de Bayan Uul, non loin des anciens campements, du stûpa et des monuments de pierre, autour desquels il jouait avec ses petits copains, de l'*ovoo* sur lequel ils grimpaient en se faisant la courte échelle, pour placer leur caillou tout en haut, par-dessus tous les autres.

Il n'avait plus qu'un désir maintenant : revoir son *anda*, son frère juré. Pour cela, il lui fallait rebrousser chemin au moins jusqu'à Dashinchilen. C'était loin, l'increvable Guzzi serait mise à rude épreuve, mais rien ne pourrait l'arrêter.

1. L'ancienne Karakorum.

6

CHASSE (AU GROS)

L'Antonov 24, plein comme un œuf, se posa sur la piste de Dalanzadgad. Les chasseurs américains y retrouvèrent Tsering, leur interprète, plus un nouvel accompagnateur, Bayar, réputé bon chasseur, ainsi qu'un *djolotch* – un chauffeur –, qui les conduirait en jeep, le grand modèle Toyota, sur les pistes du désert, à la poursuite du gibier.

Pour leur éviter l'inconfort du voyage, les trois hommes, le Land Cruiser et le matériel étaient partis avant leurs clients et avaient parcouru 600 kilomètres de piste pour les rejoindre. Compte tenu de la différence de prix, on leur avait déconseillé de louer la voiture sur place. En revanche, c'était pour presque rien qu'un peu partout des gosses leur proposaient des « os de dragon », ossements fossiles de dinosaures et œufs minéralisés.

La raison pour laquelle on avait expédié Ted et Larry dans le Gobi méridional tenait au fait que cette province abrite plusieurs réserves naturelles et que, grâce à leur permis « exceptionnel », ils seraient autorisés à chasser en bordure des parcs et auraient ainsi plus de chances de se trouver sur le passage des fameuses antilopes saïga.

Si les saïgas ne daignaient pas apparaître, il suffirait alors de filer vers l'ouest, en direction d'une autre réserve, celle de Gurvan Saikhan, située sur les contreforts de l'Altaï. Insoucieux des frontières imposées par l'homme, saïgas et moutons bleus argali y abondaient. Plutôt aventureux – du moins le croyaient-ils –, les deux Américains étaient prêts à tout pour arriver à leurs fins. Quant aux trois Mongols, ils souhaitaient s'en tenir au désert et rentrer sitôt découpés les bois du gibier abattu.

Aussi le départ fut-il donné sans perdre plus de temps. Cependant, le *ierööl* qui y présida parut à Ted et Larry plus consistant que ceux qu'il leur avait été donné d'entendre jusqu'ici. C'est que commençaient maintenant les choses sérieuses. Ils écoutèrent avec un certain étonnement les autochtones psalmodier bien haut le chant conventionnel, une sorte d'invocation rythmée, destiné à assurer le succès de leur entreprise. Ils auraient été moins surpris par la longueur du *ierööl* s'ils avaient mesuré à quel point la chasse, dans les pays mongols, a toujours été une affaire pleine de gravité, ne prêtant pas à plaisanter. A part les nobles, pour lesquels c'était une activité ludique, on ne chassait traditionnellement que pour assurer les besoins vitaux. C'est pourquoi, encore aujourd'hui, on ne chasse jamais sans en demander l'autorisation aux esprits gardiens du gibier, jamais sans rites de purification et libations – un permis de chasse autrement plus important que les permis délivrés par les autorités humaines !

Larry et Ted avaient bien remarqué que leurs compagnons avaient caché armes et munitions sous des couvertures avant d'entamer l'invocation chantée, mais ils ignoraient que c'était pour tenir secrets les préparatifs, ce qui vise à surprendre les futures victimes : s'il ne convient pas de tuer pour le plaisir, il convient encore moins de sous-estimer les animaux que l'on va traquer, de même qu'il faut toujours implorer leur pardon.

Au bout d'une quarantaine de kilomètres, ils firent une halte pour voir d'un peu près une troupe de chameaux sauvages. Le vent soufflait fort. Non loin de la piste, les bêtes broutaient les maigres buissons, parfois les panicauts que faisaient rouler vers eux les rafales. Certains avaient l'air de jouer avec de grosses balles ébouriffées. Autant que les épineux, ils semblaient apprécier les branches sèches d'un arbuste dénudé, que l'interprète appelait *zag* ou *saxaul*, sans en connaître la traduction anglaise. Il leur promit qu'ils en verraient d'autres, en quantité, plus avant dans le désert. Les chameaux venaient volontiers s'y frotter, laissant aux branches des lambeaux de poils.

— Vous connaissez la légende ? A l'origine, la tête des chameaux était pourvue d'andouillers. Ces imprudents les prêtèrent à des cerfs qui ne les leur ont jamais rendus. Dommage, hein ? Sans ça, vous teniez dès maintenant vos trophées !

Selon l'état d'esprit ou le tempérament, un désert peut paraître sauvage ou accueillant. Ted et Larry n'avaient pas encore tranché. Ils tentèrent de s'approcher des ruminants pour se prendre en photo avec eux, mais ils faillirent tomber à la renverse, à cause de l'odeur putride que dégageait leur haleine. De plus, l'un d'eux, un mâle de toute évidence, qui n'attendait qu'un prétexte pour leur cracher au visage le contenu de son bol alimentaire, verdâtre et puant, manifestait une telle agressivité qu'ils préférèrent abandonner l'idée de les photographier de près.

Lors de l'escale technique de Mandalgov, Ted et Larry avaient fait connaissance avec la steppe. Surpris tout d'abord par la force du vent, ils s'étaient vite sentis attirés vers les étendues mouvantes de graminées parfumées et ils s'étaient écartés pour déambuler au hasard. Après avoir repéré un groupement de yourtes dans le lointain, ils s'étaient dirigés vers elles, mais plus ils avançaient, plus les yourtes paraissaient s'éloigner. L'infini de la steppe leur était apparu alors dans toute son irréalité. Sur le point d'être submergés par son immensité, ils étaient remontés dans l'avion un peu sonnés. Ce premier contact avec le désert leur parut plus étrange encore.

A la halte suivante, le *djolotch* au sourire sympathique de voyou sous sa casquette en skaï noir, fit bouillir de l'eau, émietta dedans du thé en brique et le leur servit fumant, après y avoir mis du sel et un bon morceau de beurre. Ted en eut presque un haut-le-cœur, mais ils mesurèrent leur chance quand ils virent que les trois autres avaient droit, à la place du beurre, à une grosse tranche de graisse grise.

— C'est de la graisse de bosse de chameau mais, rassurez-vous, pas de ceux qu'on a rencontrés. On l'a achetée à Dalanzadgad. On l'apprécie tellement qu'on dit couramment chez nous : « La poussière, on l'essuie, la graisse, on la lèche. »

Le soir, ils bivouaquèrent dans un endroit dégagé et paisible et ne se firent pas prier pour avaler l'abondant pique-nique d'œufs durs et charcuterie, offert par l'hôtel. Cette première soirée se déroula donc dans la bonne humeur. Après avoir dévoré les provisions, ils abusèrent des bouteilles de vodka Gengis Khan et chantèrent d'abord tous ensemble. Ensuite, les trois Mongols firent goûter du chant long aux Américains, celui qui accompagne les chevauchées ou bien incite un chamelon rétif à téter. Enfin, ils contemplèrent la Voie lactée puis le feu, avant de s'allonger autour. Les étrangers finirent par aller dormir sur les banquettes du Land Cruiser, parce que les Mongols ne cessaient de discourir entre eux. Un parler rapide, entrecoupé d'explosions et d'aspirations qui exaspéraient les dormeurs.

Larry n'arriva pas plus à s'endormir, cette fois à cause des ronflements de Ted. Il avait besoin de réfléchir et, persuadé, comme certain philosophe, que les bonnes idées viennent en marchant, il s'en alla faire quelques pas dans la nuit, non sans s'être muni de sa lampe frontale, qu'il alluma dès qu'il se fut un peu éloigné.

7

STEPPE *BIS*

Alors qu'en ville il étouffait et se sentait minable, dans la steppe sa respiration redevenait ample et lui-même se faisait l'effet d'être noble, grand et libre. C'était cela, pour Yesügei, la véritable félicité.

Cette fois-ci, après avoir roulé presque sans s'arrêter une nuit entière et presque tout le jour suivant – ceux de l'usine Moto Guzzi, au bord du lac de Côme, auraient été fiers –, il avait son compte de steppe et de pistes. Mais que n'aurait-il pas fait pour revoir Erdenbat, son frère juré ?

Occupé à donner dans un trou d'eau un bain vermifuge à ses chèvres et moutons, Erdenbat crut voir arriver un fantôme, tout couvert de poussière et titubant. Il se demanda un instant si la silhouette de son ami, reconnaissable entre toutes, n'arrivait pas tout droit de l'autre monde.

— Frère ! quel bonheur ! Tu devrais venir plus souvent ! Nos étriers commencent à s'ébrécher et les moments à passer ensemble nous sont désormais comptés.

Ils laissèrent les bêtes s'ébrouer et se dirigèrent vers les habitations. Accueillantes, tournées vers le sud, les cinq yourtes d'un blanc éblouissant, occupées par Erdenbat et les siens, avaient leur porte ouverte et leur rideau relevé. Pour ne pas gâter cette impression de bon accueil, quelques molosses, terrifiants mais bien dressés, se tenaient à distance, grognant de temps à autre en direction du corral à bestiaux, ceint d'épineux.

Le temps de jouir de la lumière du couchant, qui nimbait de rose le lointain, et d'échanger quelques prises de tabac, Erdenbat et Yesügei, comme des millions d'entre eux depuis que la steppe fut créée, se mirent à croupetons, dehors. Un genou relevé, posés sur leurs talons, les *anda* n'en finissaient pas de se regarder et riaient, un peu gênés d'éprouver tant de joie.

Erdenbat le premier ne tarda pas à s'épancher. C'est que, depuis qu'il avait dû quitter leur région natale de l'Arkhangaï, durement touchée par les calamités météorologiques, pour venir nomadiser à l'extrême sud-ouest de la province de Töv, sa prospérité avait diminué. Présentement il avait même, affirmait-il, de cuisants tracas :

— Je viens de faire l'acquisition d'une femme pour mon fils et je peux te dire que je l'ai sentie passer ! Ruiné, voilà ce que je suis ! Espérons que par son travail la donzelle saura compenser mes pertes...

L'air accablé, Erdenbat parlait tout en affûtant son couteau au revers de sa botte. Ses propos n'inquiétaient pas Yesügei outre mesure, il savait son ami madré, combinard, dur en affaires et assez peu scrupuleux. Et s'il n'avait jamais voulu se mêler des magouilles d'Erdenbat, c'était parce qu'il se connaissait : cela l'aurait mené trop loin. Un peu comme un chien dont les crocs restent à jamais plantés dans sa proie, jamais il ne lâchait. Pour la même raison, il n'avait pas cherché à approfondir le sort de la première femme d'Erdenbat, victime d'une noyade accidentelle. Il ne se voyait pas menant une enquête sur son frère juré. Une enquête, si on ne la commence pas, on est sûr de ne pas avoir à aller jusqu'au bout.

Erdenbat et Yesügei se relevèrent et firent quelques pas autour de l'*aïl.* Leurs formes trapues, cage thoracique large et jambes un peu courtes, se découpaient sur le ciel indigo. Le campement d'automne, avec ses quelques yourtes regroupées en anneau, abritait la vingtaine de membres d'une famille élargie, comprenant les parents d'Erdenbat, son oncle, deux ou trois de ses frères et une partie de sa descendance.

Le fils qu'il allait marier sous peu continuerait à s'occuper avec lui des troupeaux. Les filles, il en avait plusieurs au pensionnat, elles se débrouilleraient toujours car elles avaient bien plus de diplômes que les hommes de la famille n'en avaient jamais eu. C'est simple, elles participaient déjà, avec leurs aînées, aux décisions concernant les dépenses et la vente du bétail.

— Entre ma mère, ma femme, ma tante et mes filles, je n'ai pas souvent mon mot à dire.

Yesügei savait que toutes ces femmes, bien que surchargées de besognes, vivaient sur un plan d'égalité avec les hommes, qui respectaient leur avis et les écoutaient. On raconte bien que Gengis Khan redoutait les colères de sa mère, lui, le conquérant du monde !

N'ayant jamais songé pour sa part à organiser l'enlèvement d'une jeune fille, c'est-à-dire à se mettre la corde au cou, une yourte suffisait à Yesügei, même avec une vieille parente à charge. Il n'en compatissait pas moins aux tracas de son ami, tout en restant conscient du fait que celui-ci avait tendance à exagérer, ajoutant volontiers, comme on disait chez eux, « des crinières pardevant et des queues par-derrière ».

Pas un nuage. Avec ce ciel dégagé, la nuit serait fraîche. D'ailleurs, les flaques commençaient à se prendre en glace. Quand ils se décidèrent à rentrer dans la yourte, une femme s'affairait à baratter le lait de jument. Pour répondre au salut de Yesügei, elle baissa le son de son transistor, qui braillait au maximum de ses capacités. Il se garda bien d'approcher de la limite symbolique entre le coin des hommes et celui des femmes. Cela dit, la femme lui parut bien jeune et bien jolie avec ses pommettes rouges. Forcément, ce devait être la deuxième épouse, ce qui expliquait la présence de plusieurs marmots.

Le poêle ronflait. On apercevait le ciel violacé à travers le trou de sortie du tuyau. Les deux hommes s'assirent à leur place et, alors seulement, Yesügei se découvrit. Cet intérieur lui plaisait et son regard approbateur se promenait sur les meubles peints, les baleines rouges soutenant le toit, la viole à « tête de cheval », l'idole de feutre suspendue au-dessus du lit du maître, le coffre encombré de divinités et d'offrandes, les tissus fleuris sur fond orange, les épais tapis, les ustensiles usés mais bien entretenus.

Avant de boire, Erdenbat fit prestement, avec son auriculaire qu'il trempait dans son verre, des aspersions d'alcool dans les quatre directions de l'espace.

— Le « frère du maître » a la bouche bien graissée, dit Yesügei en désignant le dieu domestique en feutre, dont on oint fréquemment la bouche afin de garantir la protection du troupeau, l'abondance de lait, la profusion des naissances.

Bien à l'aise et rigolards, les amis, frères jurés, buvaient à petites gorgées, appréciant comme il le méritait ce moment privilégié, fait de confort et d'amitié. A la lueur du feu, leurs trognes plates et luisantes se ressemblaient, avec leurs yeux fendus et leurs pommettes hautes, rougies par la chaleur et la boisson.

Erdenbat considéra les puissantes épaules de Yesügei et hocha la tête, avant de déclarer :

— C'est égal, tu as toujours eu tant d'habileté « dans le pouce » que tu aurais fait un archer insurpassable ! Avec ta force herculéenne, tu aurais pu aussi devenir lutteur si tu avais voulu. Ah ! mon *böke*[1], mon *böke*, si tu

1. Lutteur.

étais né « tout nu » et non pas « tout vêtu » – il voulait dire adopté –, si tu n'avais pas été forcé de quitter si tôt notre *aimag*, après que ta mère...

Comme pour conjurer l'idée qui le hantait, Yesügei pensa : « Ma mère ne m'a pas abandonné... », mais tout haut il répondit :

— Dis plutôt si j'avais été plus discipliné ! C'est fini, tout ça. Regarde, il ne reste plus rien !

Il faisait mine de trouver flasque ce qui avait été une belle musculature, mais avait un peu fondu pour s'enrober de graisse.

Silencieux, ils passèrent un moment à vider quelques verres et à contempler par le trou à fumée l'endroit de la voûte céleste où venait d'apparaître le clou d'or, le nom que prend chez eux l'étoile du berger.

Le lendemain, il faisait grand beau, ce qui tombait bien pour les activités prévues. Chacun se leva tôt et, après une rapide toilette, on se mit au travail. Avant son abattage proprement dit, l'équarrissage du mouton avait déjà eu lieu, du moins mentalement, son anatomie n'ayant de secret pour personne, à part les bébés et encore !

Erdenbat grommela la formule d'usage, esquissa une ou deux génuflexions puis, sans hésiter, d'un coup d'un seul, avec son couteau bien affûté, il incisa la peau droit dans la région du cœur de l'ovidé, passa deux doigts experts dans la fente, comprima l'aorte et l'animal s'écroula mort sans même savoir ce qui lui arrivait.

Les femmes lavèrent les intestins et, en attendant de les farcir d'un hachis de boyaux, de sang et de sarrasin, elles les disposèrent sur le sol dans la position exacte qu'ils avaient occupée quelques instants plus tôt dans le corps du mouton. Elles étaient venues à bout sans difficulté de leur puzzle de tripes.

Le repas de fête qui devait suivre ces mille préparatifs était donné en l'honneur de Yesügei, mais pas seulement :

il préludait à l'arrivée de la saison froide. Bientôt, on procéderait à l'abattage de plusieurs autres bestiaux, afin de pourvoir aux besoins de l'hiver, quand les laitages seraient moins abondants et que cesserait la fabrication de l'*airak* et de l'*arkhi*.

Vint enfin le festin : foie cru encore chaud et presque palpitant, boudin tout frais et – régal absolu – panse farcie d'herbes aromatiques, plus cœur, poumon, oignon, farine d'avoine et gras de rognon. Raviolis frits, enfin, fourrés au mouton, à l'ail sauvage et à la ciboule. Les meilleurs morceaux de la tête, bouillie à part avec de la menthe sauvage, allèrent à Yesügei et aux aînés. Des jeunes mariés du voisinage furent gratifiés de la viande du cou : s'ils consommaient cette partie du mouton où siège sa force, leur couple n'en serait que plus solide.

Le contenu du premier gobelet d'eau-de-vie fut envoyé en l'air, la « part du soleil », astre révéré par les éleveurs au même titre que les cours d'eau, les monts, les arbres et le vent. La beuverie pouvait commencer, les palabres interminables, aussi.

Comme par hasard, avait surgi en pleine bombance un lama itinérant, de ceux qui vont mendiant ici, accomplissant là quelque rite, colportant partout les rumeurs. Il montait un cheval un peu trop correct pour ses moyens supposés et, devant l'œil soupçonneux d'Erdenbat, il s'empressa d'expliquer qu'il venait de « tirer une âme » dans un *aïl*, à quelques lieues de là et que sa monture représentait le salaire de cette pieuse action.

Bon apôtre, le lama ne crachait ni sur le boudin ni sur l'*arkhi* et, une fois débarrassé de sa hotte à oboles qui lui raidissait le cou, il se laissa aller à débiter toutes sortes de ragots et de fariboles. Rendu plus compatissant qu'un bodhisattva par la boisson et la bonne chère, Yesügei arbitrait la partie d'osselets, animée, jouée par « Qui sait » et « Pas toi », gamins aux joues gercées qui, protégés par leurs sobriquets, n'avaient rien à redouter des génies malfaisants. L'alcool aidant, on entendait fuser mots d'esprit, devinettes et charades. Ce n'était pas le fort de Yesügei, c'était peut-être même la cause de son célibat : l'éloquence et la volubilité attirent les filles.

Après ces agapes, afin de dissiper les vapeurs d'alcool et s'accorder un moment en tête-à-tête, Erdenbat et Yesügei optèrent pour une promenade et se dirigèrent vers un sous-bois.

Les frères jurés allaient, foulant les graminées émaillées d'ail sauvage, de valériane et de tartarie, aux fleurettes rouges certes parasites mais si jolies. Erdenbat cueillit une fleur de luzerne jaune et, s'en servant pour chatouiller les narines de Yesügei, il s'exclama joyeusement :

— Tu te rappelles ? Tu aimais bien le nom qu'on lui donnait là-bas : la minette !

Ils allaient, mâchouillant rêveusement des brins d'armoise au parfum d'anis. Quand, arrivés près d'un bouquet d'arbres, ils cueillirent les premières myrtilles, Erdenbat se redressa :

— Tu te rappelles les myrtilles de notre enfance et les quantités phénoménales qu'on arrivait à engloutir ? On s'en mettait de ces ventrées ! Evidemment, celles-ci ne valent pas celles de l'Arkhangaï, mais c'est mieux que rien. Tu te souviens de nos jeux avec les bonnes baies de là-bas ? Et nos codes secrets, tu les sais encore ?

Leurs yeux – réelle émotion ou trop-plein de boisson, ou encore combinaison des deux – s'étaient embués. Yesügei n'avait rien oublié, il souriait béatement à ses souvenirs, ainsi qu'aux paroles de son *anda* :

— Tu sais, la yourte est toujours ouverte. Tu viens quand tu veux.

8

CHASSE (AU GROS) *BIS*

A l'aube suivante, ce fut le *djolotch* qui le premier aperçut Larry, transi, endormi sur le sol à quelques mètres d'eux. Malgré le feu, visible de loin, l'Américain s'était égaré et n'avait réussi à retrouver le campement qu'au petit matin. Il avait mauvaise mine et but sans broncher le thé très chaud, très salé, très beurré, qu'on lui tendait. Chaque fois que Ted essayait de faire un bon mot sur la mésaventure, ça tombait à plat.

Cependant, dès que parut le soleil, la bonne humeur revint et ils purent se mettre en route. Ils traversèrent des étendues si vides de toute présence humaine que Larry plaisanta :

— Un habitant et demi au kilomètre carré, je veux bien, mais où se cache-t-il ? On n'en voit même pas la moitié d'un !

Dès que Larry ou Ted demandaient un arrêt ou de l'eau, les autres répondaient en souriant : *bolno*, « c'est possible », ou encore *za*, « d'accord ».

Du coup, ils se firent tous bavards et se racontèrent, à grand renfort d'exagérations, leurs plus belles histoires de chasse. Ils échangèrent à nouveau leurs prénoms. Tsering, c'était l'interprète. Bayar, l'expert-chasseur.

— Et toi ?

— Moi, je suis le *djolotch* !

Le chauffeur devait faire partie de ceux qui, par superstition, préfèrent taire leur nom.

A l'heure du déjeuner, le *djolotch* chercha un endroit agréable pour s'arrêter.

— J'ai une surprise pour vous !

Aidé des deux autres, il se mit alors à préparer ce qu'ils appelaient un *boodog*: Larry et Ted les virent sortir un sac qui paraissait fort lourd, faire un feu, y mettre à chauffer quelques pierres plates, apportées par eux. Avec une curiosité mêlée d'inquiétude, ils les virent glisser les pierres brûlantes sous la peau d'une chèvre, qui avait dû être préalablement vidée, décapitée et qu'ils recousirent en un tournemain, avant de la placer sur une broche improvisée.

Ce que Ted et Larry appelaient le « barbecue » tardait à être prêt. Ils prirent quelques clichés des préparatifs, firent les bouffons, scrutèrent l'horizon à travers leurs jumelles et burent quelques gorgées à leur gourde, sans penser à en offrir à leurs compagnons. Puis, pendant que l'on achevait la cuisson au chalumeau, ils s'installèrent près du feu en bâillant sans se gêner et étendirent les jambes vers le foyer, les semelles de leurs chaussures bien en vue.

Le fumet, qui se dégageait du *boodog* au moment où la peau fut fendue, était tellement tentant que les cinq hommes se précipitèrent pour y goûter, quitte à se brûler.

— De la chèvre ? Je n'aurais jamais cru ça si savoureux !

— On en fait aussi avec de la marmotte, mais comme on n'en a rencontré aucune ce matin... dit négligemment l'interprète.

Ne sachant pas s'il parlait sérieusement, Larry et Ted s'esclaffèrent. Ils auraient sans doute moins ri s'ils avaient su que la marmotte peut être porteuse du bacille de la peste bubonique.

Ils avaient bien mangé, bien bu et, dans ce décor peu commun, la vie leur paraissait à nouveau digne d'être vécue. Beaux paysages, bonne ambiance, bonne nourriture, bonne équipe. Le matin même, ils avaient pu se convaincre qu'ils étaient également en compagnie des meilleurs pisteurs. Les Mongols avaient détecté le passage de chevaux non chargés et sans monture, là où les yeux non exercés des Américains ne décelaient aucune trace et, un peu plus loin, ils avaient en effet repéré la troupe revenant au galop de son incursion dans le désert.

Le vent soufflait fort à nouveau et il avait beaucoup fraîchi. Il était temps de repartir, ce qu'ils firent non sans commenter tous les agréments d'un tel voyage. L'état déplorable de la piste obligeait le *djolotch* à la quitter fréquemment – comme c'est la coutume pour se frayer un chemin moins incommode ou pour échapper au racket des policiers de la route –, ou bien à rouler dessus à moins de trente à l'heure. Une vitesse suffisante toutefois pour mettre en fuite quantité de minuscules créatures grises aux membres postérieurs démesurés, qui faisaient des bonds énormes.

— Ce sont des gerboises. Elles sont par millions dans la steppe désertique. Elles seules ont survécu aux grands froids qui ont ravagé le cheptel, parce que la profondeur de leurs terriers les met à l'abri des excès climatiques, expliqua le guide.

Chaque cahot, suivi d'un court arrêt, permettait à Larry, qui paraissait fort intéressé, de voir ces bestioles de plus près. Tsering lui fournissait alors des détails, qu'il inscrivait aussitôt dans son « carnet de bord » :

— Les longs poils qu'elles ont aux talons leur évitent de s'enfoncer dans le sable. Et leur queue leur sert de gouvernail.

Tsering cherchait parfois ses mots mais, dans l'ensemble, il se débrouillait bien.

— Tous leurs sens sont étonnamment développés et...

Ils venaient d'apercevoir, à proximité, des chameaux qui paraissaient lécher le sol. L'interprète expliqua :

— C'est du salpêtre, c'est fou ce qu'ils aiment ça !

Les grands animaux, en effet, semblaient se délecter de ces efflorescences nitreuses, que Larry et Ted discernaient bien maintenant. Larry reporta son attention sur les gerboises quand il en vit deux qui, debout, se tambourinaient le museau.

— Gerboises amoureuses, constata Tsering comme une évidence, avant d'ajouter : Beaucoup de chameaux, beaucoup de gerboises. Parce qu'elles collectent les poils des chameaux pour en tapisser leur nid.

— Ce qui reste de ces poils, compléta, pince-sansrire, le *djolotch*, c'est pour les confectionneurs de cordes, de sacs et de tapis. Une activité lucrative, ma foi !

Plusieurs yourtes se profilaient non loin de là. Les touristes semblaient fatigués d'avoir fait du tape-cul, aussi fallait-il saisir l'occasion de s'arrêter un moment. Les éleveurs les saluèrent en portant leurs mains au front et leur offrirent du lait de chamelle, au goût corsé, ainsi que beaucoup de discours précipités qui, une fois traduits, se rapportaient aux aventures d'un chameau mâle, une bête énorme, écumante de bave jaunâtre, que l'hôte, aidé de trois autres, avait eu du mal à attacher à un solide piquet, après l'avoir avec mille difficultés forcé à s'accroupir. Ses blatèrements couvraient les voix humaines.

— Il dit que l'animal n'est pas à lui. Il se sera échappé d'un autre troupeau et doit être en rut, bien que ce ne soit pas la saison. Il va le garder jusqu'à ce que son maître vienne le reprendre, mais ce n'est pas si simple.

Tous approuvaient cette manifestation de solidarité, dont la vie dans la steppe désertique ne saurait se passer.

— C'est qu'il cherchait à mordre, la brute, pour pouvoir approcher les femelles !

Curieux, Ted voulut savoir ce qu'était ce bout de cuir noirâtre que portait au cou l'un des enfants, un garçonnet à l'air sauvage. C'était une langue de loup. Le loup, à la fois totem et tabou : révéré en tant qu'ancêtre mythique, redouté comme prédateur du bétail et dont plusieurs organes sont, comme on le leur expliqua, réputés pour leurs propriétés curatives. Ici, c'était pour stimuler une thyroïde paresseuse. Dès lors, Ted évita de regarder l'enfant, de peur de laisser paraître le trouble que celui-ci lui inspirait.

Ce furent ensuite les échanges verbaux habituels :

— Votre bétail engraisse-t-il bien ? Passerez-vous l'hiver au chaud ?

— Les affaires prospèrent-elles bien en ville ? Où en sont les réalisations du gouvernement ? Comment va le développement à l'étranger ?

Une série de questions de part et d'autre qui toutes avaient reçu les réponses appropriées, avant que voyageurs et éleveurs ne se séparent, non sans avoir négocié l'achat de bouses séchées pour leurs feux de camp, étant donné la rareté du bois dans les environs.

Des gerboises, des chameaux, des aigles, et même une chèvre en méchoui, parfait ! Mais où était donc passé le gros gibier ? Les hommes commençaient à s'inquiéter, les uns pour leur loisir, les autres pour leur boulot.

Par chance, un phénomène naturel étonnant vint faire diversion. Après avoir plusieurs fois abandonné la piste, ce que tout conducteur sans sauf-conduit fait communément pour éviter l'amende, pour ne pas payer l'octroi, pour échapper à la tôle ondulée quand elle devient excessive, ou simplement pour prendre un raccourci, le *djolotch* avait bifurqué vers de hautes dunes et il arrêta le moteur en disant :

— Chut ! Ecoutez : le sable chante !

On entendait avec une grande netteté la mélodie particulière, produite par le frottement des infimes particules minérales déplacées par le vent, qui avait également occasionné leur glissement et leur accumulation.

Ils écoutaient bouche bée, c'était un véritable enchantement.

Mais, peu à peu, la tempête naquit, le chant du sable se transforma. Et les voyageurs, à l'oreille desquels ce hululement plaintif s'ajoutait aux longs cris mornes des chameaux, furent à leur tour gagnés par la morosité.

Cette fois, c'était une véritable tempête de sable. Calfeutrés tant bien que mal dans la jeep, alors que la piste n'avait jamais été aussi bonne, ils étaient presque contraints de faire du surplace. Quelqu'un dit que les tempêtes automnales étaient les pires : quand le vent souffle du sud, elles charrient tout le sable du désert, quand c'est du nord, elles apportent plus de neige qu'on n'en peut souhaiter.

Jusque-là, tout s'était bien passé, mais l'ambiance changea en même temps que les éléments. On aurait juré que se déchaînaient les forces du mal, dans les esprits comme dans le désert. Plus un *bolno* ne fut proféré, remplacé chaque fois par un *bolokhgüi* ou un *baikhgüi*[1] sans appel.

Larry tenta de proposer ce qu'il appelait un *deal*: il fallait à tout prix trouver du gibier et, pour chaque animal abattu, il promettait un paquet de dollars à l'équipe. Il montra ce disant une grosse liasse de billets. Contrairement à son attente, le *deal* jeta un froid. On ne sait pourquoi, les Mongols prirent très mal cette proposition que l'homme d'affaires jugeait banale.

— Je ne voulais pas les vexer, ces fils de pute !

Dommage pour la suite de l'expédition : les Mongols entendirent, et comprirent, cette phrase de Larry exclusivement destinée à Ted. On a raison de le dire : « Cheval

1. *Impossible* et *il n'y a pas.*

lâché se rattrape ; mot malheureux court toujours. » La réponse ne se fit pas attendre :

— Il nous prend pour qui, ce baiseur de sa mère ?

L'ambiance se dégradait à toute vitesse. Les hostilités étaient tout près d'être déclarées. L'animosité atteignit son paroxysme quand, après avoir dépassé avec peine un camion vide renversé, la jeep s'immobilisa. Une panne ?

— Qu'est-ce qu'il fabrique encore, ce connard ? grommela Larry entre ses dents.

Ils descendirent sur la piste jonchée de pièces détachées et commencèrent à donner des coups de pied dedans. Puis ils entourèrent le *djolotch*, plongé dans son moteur, pour savoir ce qui était arrivé. Ils ne parvinrent même pas à lui tirer un regard.

— Qu'ils se mêlent de leurs oignons ! Outres à merde !

Les mains dans le cambouis, le *djolotch* n'entendait pas lâcher un pouce de terrain, protégé qu'il était par l'hermétisme de sa langue maternelle.

Une jeep les dépassa en klaxonnant et les laissa dans un nuage de poussière, tandis qu'elle disparaissait vers le sud.

Ted gueula :

— Stop ! Stop, bon Dieu ! Quelle bande de salopards !

Le *djolotch* leva à peine la tête du moteur et se contenta de cracher à droite du capot en grognant :

— Des Chinois. Probablement à la recherche d'une nouvelle mine. Trop pressés sans doute, ces poux mal cuits.

Plutôt embarrassé, Tsering se crut obligé de les éclairer sur l'attitude hostile du *djolotch* :

— Les Chinois achètent toutes les concessions minières, bientôt tout le sous-sol leur appartiendra. Dans le temps, ils possédaient le bétail à force de pressurer nos ancêtres, leurs débiteurs éternels. De nos jours, c'est au sous-sol qu'ils s'en prennent...

Larry et Ted écoutaient, mais ils se moquaient comme d'une guigne des relations sino-mongoles. Ils avaient faim. Tout ce qu'ils voulaient, c'était tuer une ou deux jolies antilopes et se tailler avec leurs trophées. Maudite partie de chasse !

De leur côté, les Mongols étaient en train de prendre leurs clients en grippe : faussement bonnards, sûrs du pouvoir que leur conférait le fric, ces types ne savaient décidément pas se conduire. Pas étonnant de la part de chasseurs-payeurs, ignorants de la politesse la plus élémentaire, autant que des codes et des rituels de la chasse traditionnelle. Et pas seulement !

A-t-on idée de porter son vêtement sur l'épaule ? De montrer du doigt ? De postillonner sans s'excuser ? De prendre ou de donner de la main gauche ? D'exposer ses semelles ? De fouler le seuil d'une yourte au lieu de l'enjamber ? De boire sans penser à en offrir ?

Les Mongols interprétaient chaque mot, chaque geste de travers et s'en offusquaient. Les Américains se sentaient envahis par la méfiance. Le malentendu s'installait sans raison évidente.

Dès qu'ils purent redémarrer, leur jeep fut doublée par un camion militaire repeint en civil, qui filait vers le nord.

— Des Russes ! Ils vont à la soupe ! dit le *djolotch* en crachant par la fenêtre.

Même si Larry disait en connaître et s'était même vanté de son ex-femme qui parlait le russe, lui et Ted ne voyaient pas d'inconvénient à ce que l'on critiquât les Russes. Il devait y avoir des raisons.

Ils bivouaquèrent non loin d'un puits : il suffisait de remplir les auges faites de pneus coupés et de se cacher en attendant les gazelles. Ils patientèrent donc. En fait de gazelles, il ne vint que quelques furtifs renards des sables.

Au dîner, ils trouvèrent la « graille » – lamelles de viande séchée et yaourt aigre – « dégueulasse ».

— Vous n'avez pas faim ? s'inquiéta Tsering.

— Si, mais pas au point de bouffer ça !

Ce soir-là, personne ne chanta, les ménestrels restèrent muets.

Ils se couchèrent donc en traitant, sans baisser la voix, leurs accompagnateurs de *fucking bastards*, tandis que, dans leur parler aussi fleuri qu'impénétrable, les indigènes les qualifiaient de trouducs et de fausses couches ambulantes. Si bien que la tempête et la colère les empêchèrent longtemps de trouver le sommeil. Pour ne rien dire des histoires – entendues dans la yourte de l'enfant porteur de la langue séchée –, de loups écorchés vifs et remis en liberté dans la neige, « ceux-là au moins ne s'attaqueraient plus au bétail ». Ni des longs cris sans joie des chameaux, que leur apportait chaque rafale.

9

TOURMENTE

Au lever du jour, le vent et les esprits s'étaient légèrement apaisés.

Tandis qu'ils se rasaient, Ted et Larry hasardèrent même quelques plaisanteries sur l'absence de barbe de leurs compagnons et ceux-ci prirent le parti d'en rire.

C'est dans une ambiance plus détendue que la chance leur sourit enfin. Bayar-le-Chasseur avait repéré un bon endroit où s'embusquer, car le lieu regorgeait, disait-il, de gibier. Ils y étaient depuis quelques minutes à peine quand ils aperçurent, sans oser y croire, promptes et irréelles « comme un mirage », une dizaine d'antilopes saïga qui flottaient sur l'horizon.

Ted arma son fusil à lunette, ajusta et tira. Trop tard ! Plus personne ! Pourtant Larry, qui suivait à la jumelle, vit soudain surgir une saïga attardée, qui redoublait de vitesse pour rejoindre les autres. Il tira à son tour mais la manqua.

— Ce fusil ne vaut rien !

Une rage sourde s'empara des Américains. Ils se mirent à insulter la terre entière, à maudire cette aventure en compagnie de tels ahuris, et à s'accuser mutuellement de maladresse impardonnable.

— Répète un peu pour voir !

Ted empoigna Larry, qui se dégagea avec brutalité. Le fusil braqué sur l'autre, ils se mesuraient du regard.

— S'il y en a un qui doit regretter d'être venu, ce serait plutôt moi !

L'engueulade dura un bon moment. Tsering ne comprenait pas tout, mais il se figurait qu'ils étaient en train de vider une vieille querelle, et que le contentieux n'était pas mince. Ils finirent par se calmer un peu et continuèrent leur discussion sur un ton plus amène. Comme ils marchaient de long en large en parlant, l'interprète n'entendait que certains mots. Ceux qui revenaient le plus souvent l'intriguèrent et il fit en sorte de ne pas les oublier.

Restés à bonne distance, les Mongols hésitaient à intervenir. D'ailleurs, la colère des deux Américains, qui paraissait retombée, se tourna à nouveau contre eux : marre du thé beurré, marre de cette bouffe fadasse, à base de bouillon gras et de pasta. Ils avaient assez déboursé de finance pour prétendre à une nourriture correcte, non ? Ils exigeaient du beurre de cacahuète, du pain de mie, un barbecue par jour, au pire des raviolis. Au prochain poste de carburant, ils appelleraient le bureau de tourisme et l'ambassade et on verrait bien qui commandait ici.

Engagés jusqu'ici dans une sorte de partie sportive, les deux camps s'étaient mués en camps ennemis. C'était la guerre !

Ils quittèrent leur affût et se remirent à rouler doucement, pour arriver bientôt en vue d'une forêt de *saxaul* géants – la forêt promise –, un spectacle lunaire, surnaturel, qui méritait un arrêt prolongé. Les branches nues, décharnées, comme poudrées de cendre, des hauts buissons enchevêtrés, se tordaient en tous sens, composant un paysage aux formes grotesques, tout de squelettes ligneux, à l'aspect pétrifié et fantasmagorique.

Dans ces solitudes à la sauvagerie indomptable, Larry et Ted, qui avaient perdu leur belle assurance, se sentirent soudain mal à l'aise. Ils prirent tout de même quelques clichés qui se voulaient artistiques, mais le cœur n'y était plus. Cela aussi venait trop tard. Ils avaient cependant retrouvé leur sang-froid et optèrent pour un comportement de clients exigeants mais courtois. Ils demandèrent donc que l'on changeât d'itinéraire puisque, en plus des saïgas, les contreforts de l'Altaï étaient censés receler les fameux moutons argali. En accompagnateurs responsables, les Mongols acceptèrent et la décision fut prise d'obliquer vers l'ouest à la première occasion.

Une troisième chance d'abattre une saïga se présenta bientôt. Hélas ! l'antilope ne fut que touchée par Larry et elle réussit à s'enfuir. Bayar décréta que, sans rabatteur, il était inutile de la poursuivre car elle était trop loin et ils ne la retrouveraient jamais, ce qui convainquit Ted, alors que Larry fut de l'avis contraire. Pour des raisons diverses, ils étaient tous les cinq consternés. La pensée de l'antilope blessée poursuivait Bayar, ce n'était pas du travail propre. Pis, meurtrir un animal sans être à même de l'achever porte malheur.

Sur ces entrefaites, le vent se remit à souffler et chacun ruminait dans son coin sur ce fiasco : gibier rare, coups manqués, mauvaise coordination, temps exécrable, ambiance déplorable, bouffe infecte, eau potable rationnée, éleveurs eux-mêmes trop démunis pour vendre des provisions fraîches.

Les éleveurs... En évoquant leurs visites à différents groupements de yourtes, ils se rappelaient l'accueil, affable certes, mais aussi les apartés et les rires occultant tout le reste. Deux mondes prêts à sympathiser et n'y parvenant pas tout à fait. Se moquait-on d'eux plus ou moins ouvertement ? Cet entêtement à refuser de leur céder des vivres, ne serait-il pas le fruit d'une collusion, à leurs dépens, entre nomades et guides ?

— Qu'est-ce qu'ils y gagneraient ? Rien. Alors qu'ils pourraient se faire du fric sur notre dos. Il faut bien avouer que, profit mis à part, eux se foutent pas mal de ne pas manger. Tu as remarqué cette endurance ?

Un soupçon d'admiration teintée d'envie pointait dans la voix de Ted, forcé de leur reconnaître au moins cette qualité. C'étaient aussi de bons traqueurs, plus d'un exemple le prouvait, mais pour ce qui était du gibier, on pouvait commencer à en douter.

Ted et Larry étaient peut-être en désaccord sur bien des sujets, mais l'idée d'un complot contre eux s'était glissée, insidieuse, et faisait son chemin. Tout doucement, ils devenaient paranoïaques.

Pendant ce temps, la petite équipe avait quitté la route prévue, pour obliquer hors piste en direction de la montagne. Le vent s'était renforcé et, après son passage sur les sommets couverts de neige, il apportait un froid intense. Quelques flocons voltigeaient autour d'eux, on ne rencontrerait plus de gibier aujourd'hui.

— *Shit!* Qu'est-ce qui leur arrive, à ces enfoirés ?

C'était une secousse plus forte que les autres qui avait provoqué le juron. Les deux roues de droite du véhicule s'étaient enfoncées dans une ornière de plus d'un mètre de profondeur. La voiture penchait tellement qu'ils durent sauter pour en sortir. Sans un mot, les trois Mongols s'accroupirent et sortirent leurs cigarettes. Ils fumèrent en scrutant l'horizon et en évitant de regarder la voiture embourbée ou les clients atterrés. Au bout d'un moment, qui leur parut un siècle, ceux-ci furent invités à aider et ils s'exécutèrent, non sans jurer et sacrer sans retenue. Bientôt, dans les deux langues, fusèrent des noms d'oiseaux également blessants.

Quand le 4 x 4 fut tiré d'affaire, les Mongols s'octroyèrent un bon thé chaud. Les Américains refusèrent et préférèrent assécher une de leurs fiasques d'alcool. Puis Larry adopta un air dégagé et un ton exagérément poli pour déclarer qu'ils renonçaient à l'itinéraire menant à l'Altaï et souhaitaient rebrousser chemin. Les guides se consultèrent. Dans leur langage précipité et heurté, on distinguait « *zud, zud...* », le mot revenait sans cesse. Interrogés, ils avouèrent qu'ils redoutaient le *zud*, genre d'intempérie brutale et souvent fatale, qui peut prendre diverses formes : canicule, gel intense ou blizzard. Toute calamité, en somme, propre à empêcher le bétail de se nourrir dans la nature, et l'homme de circuler à sa guise, parfois même de survivre.

— *Muu, muu... Bad.* Mauvais.

Quelle que fût la langue employée, ça allait mal. On devait donc impérativement gagner au plus tôt un abri. Les rafales de vent charriaient une neige légère qui brouillait la vue, glaçait les os, sapait le moral et fardait le paysage.

A vingt à l'heure, ils arrivèrent péniblement à atteindre une station de carburants. Il faisait presque nuit et le *djolotch* dut klaxonner longtemps avant de voir apparaître le préposé. Il leur remplit réservoir et bidons, leur offrit du thé et des sacs de couchage et leur montra du doigt une cabane aux planches disjointes qui abritait un téléphone. L'indicatif de la province sonnait occupé, Tsering dut s'y reprendre à plusieurs fois pour entrer en communication avec l'aéroport de Dalanzadgad.

— Tempête de neige. Avions cloués au sol. Aucune place disponible, pas de réservation possible et une liste d'attente longue comme le bras.

Ce que l'employé ne dit pas mais que Tsering savait, c'est que la flotte de la MIAT, trop âgée pour voler, était en plein démantèlement et que les nouveaux avions se faisaient désirer.

— Combien d'attente ? hasarda Ted.

— Huit ou neuf mois, rétorqua Tsering sans rire.

Par un froid à faire geler le mercure, les chasseurs dormirent donc dans les sacs prêtés, qu'ils superposèrent aux leurs. Au début, l'épuisement les assomma. Quand ils s'éveillèrent en pleine nuit, avec de la neige partout en dépit de la grande bâche censée les protéger, chacun fut livré à ses sombres pensées. Les clients se sentaient floués, les guides, inquiets pour leur job. Les uns pleins de défiance, les autres habités d'idées mauvaises. Tout ce matériel, armes, appareils, vêtements, chaussures, montres coûteuses, il devait y en avoir pour plusieurs années de salaires, cumulés, d'un chauffeur, d'un guide, d'un interprète !

Si bien qu'ils se levèrent tous à cran, pour reprendre la route dans la direction opposée, celle qui les ramènerait à Oulan Bator, puisqu'il n'existait pas la moindre chance d'attraper un avion. Après avoir parcouru avec difficulté une dizaine de kilomètres, tantôt sur la piste à peine visible, tantôt à côté, ils eurent la mauvaise surprise de repérer leurs propres traces dans la neige et de se retrouver en vue de la station-service. Ils avaient tourné en rond. D'abord furieux, les Mongols éclatèrent de rire en se tapant sur les cuisses.

Quant aux Américains, ils se demandaient si c'était une mauvaise blague, de la malveillance ou de l'incompétence. La troisième hypothèse paraissant la moins probable, ils penchaient pour une malchance inouïe et incriminaient les vagues de neige soulevées par le vent, qui occultaient tout point de repère. Pourtant Ted, exaspéré, ne put s'empêcher de leur demander où était leur navigateur GPS, ce qui vexa les Mongols, habitués à se repérer par des moyens plus traditionnels, ou plus primitifs, comme on voudra.

L'ambiance s'alourdissait. Après toutes ces altercations plus ou moins violentes, les guides ne se sentaient pas enclins au surmenage. Ils les ramèneraient sains et saufs, rien de plus. Les clients comprirent instinctivement que ni promesse ni menace ne changeraient plus l'attitude du camp adverse. *Bolokhgüi*, c'était l'unique réponse que s'attirait désormais la moindre requête. *Tiim*[1] n'existait

1. *Tiim*, oui ; *ügüi*, non.

plus, c'était *ügüi* qui prévalait. On n'entendait plus jamais le *za*, accommodant et insouciant, qui rendait tout « OK ».

Les tâches étaient désormais partagées mais la partie était inégale, étant donné l'endurance à peu près infinie des indigènes, capables de supporter sans se plaindre froid, jeûne et veille forcée.

Ted, au contraire, n'arrêtait pas de se plaindre :

— C'est pire que le goulag, ici ! Ils vont m'entendre, là-haut !

Vers midi, ils eurent droit à une embellie et pas seulement météorologique. Le vent tomba, le ciel se dégagea, l'humeur s'allégea. Sous la croûte blanche, apparut une étendue de plantes d'un vert grisâtre, dont Tsering ignorait le nom anglais mais que Larry reconnut pour être de l'armoise.

— On dirait que vous ne savez pas l'anglais si bien que ça, finalement.

Etait-ce la satisfaction de le prendre en défaut ou celle provoquée par la découverte de ce gisement végétal, qui avait engendré chez lui cette poussée de sadisme ?

— On s'étonnait, nous, que vous ne sachiez pas *un seul* mot de mongol.

Si Larry ne releva pas l'insolence en réponse à sa réflexion perfide, c'est qu'il voulait obtenir des détails sur l'armoise. Bon gré mal gré, Tsering lui apprit qu'il en existait de nombreuses espèces mais que c'était avec celle-ci, mélangée à du salpêtre pour la rendre plus inflammable, que les Chinois fabriquaient leurs moxas. Ils s'en allèrent fouler le champ d'armoise. Larry en cueillit une tige, froissa les feuilles, les flaira, en glissa une dans son carnet. Après quoi, il y coucha par écrit la description : tiges recouvertes de poils soyeux, feuilles argentées, duveteuses, presque cotonneuses. Au grand étonnement de Tsering, il chercha ensuite à savoir si, à proximité, vivaient des gerboises et parut rassuré quand il aperçut quelques spécimens de ces rongeurs.

Sur la nouvelle route, malgré quelques passages un peu difficiles, on avançait bien. Elle semblait mener vers de hautes falaises, pouvait-on pour autant espérer trouver du gibier ? Rien ne se présenta.

Rien, à part un lac salé, entouré de marécages à l'aspect malsain, ainsi que quelques panneaux signalant la direction de sites miniers. Larry sortit une carte et un plan et s'occupa à reconnaître dessus les différents chemins menant à des mines. Faute de points de repère, il se perdait dans ses tables de coordonnées GPS et on sentait bien qu'il s'exaspérait.

Tout à coup retentit dans le lointain le son agréable d'une conque marine appelant à la ferveur. Un monastère ? Sauvés !

Erdenedalaï n'est pas une grande ville, c'est à peine un bourg. Seules des ruines subsistent du monastère ancien, seul un petit temple demeure en activité. Mais le *guanz* y était bien chauffé, et les raviolis frits, dorés à point, étaient si grassement fourrés que les naufragés pensèrent ne jamais avoir rien goûté de meilleur. Si les Chinois des temps reculés tenaient les Mongols pour des créatures sorties tout droit des enfers, nos voyageurs, eux, se crurent un instant au paradis, face à ce plat divin, qu'on eût dit apprêté tout exprès pour eux par des créatures célestes.

Malheureusement, le camp de *ger* venait de fermer pour l'hiver. On les autorisa cependant à utiliser les toilettes à ciel ouvert, munies de cuvettes de planches à la turque, dont le trou plongeait dans un vide impressionnant. Puisque le camp ne pouvait les accueillir et puisqu'il était encore tôt, ils repartirent en direction de la capitale, obliquant toujours vers l'est, sur la piste ou ailleurs, afin de rejoindre au plus vite la route principale.

La nuit était tombée depuis longtemps et les cinq hommes ne parlaient quasiment pas. Depuis belle lurette, personne n'avait le cœur à plaisanter ou à chanter, comme c'est la coutume en cas de grand trajet, de panne, d'arrêt ou d'attente forcée. On n'entendait plus de chant long, celui qui accompagne invariablement les galops, les soins du bétail ou, tout simplement, l'écoulement du temps. Privés d'inspiration, les rhapsodes avaient aussi perdu la voix, les bardes restaient silencieux. Soupçons et mauvaises pensées n'étaient jamais bien loin, mais on ne sentait plus ni animosité ni hostilité, seulement de l'indifférence et une grande hâte, partagée par tous, d'en finir au plus tôt.

Quand le *djolotch* jugea qu'ils avaient atteint la limite entre les *aimag* de Dundgov et de Töv et qu'ils seraient en mesure de regagner facilement la route, il ralentit en arrivant à un lieu-dit dont le nom était effacé par l'érosion. Ils firent halte dans le voisinage de plusieurs *aïl*, dont on percevait les rumeurs, et dînèrent de raviolis froids, achetés à Erdenedalaï, mais qui n'avaient plus rien de céleste. L'eau du ruisseau, qu'ils burent en abondance pour faire passer le plat indigeste, les rendit malades et ils se couchèrent sous un ciel dramatique, en espérant que c'était leur dernière nuit dans la steppe.

Au bout d'un moment, dérangé par des aboiements incessants, agacé par la proximité de ces ennuyeux personnages qui lui avaient tapé sur les nerfs toute la journée, Larry se releva. « Je vais leur montrer de quoi je suis capable. » Il avait besoin de réfléchir et, pour cela, de marcher. Il voulait de plus leur prouver qu'il pouvait se passer d'eux. Il enfila une veste chaude, vérifia qu'il avait dans ses poches argent, allumettes et cigarettes, puis il se munit de quelques affaires et d'une gourde pleine, attrapée à tâtons. Son duvet sur l'épaule, il s'éloigna sans bruit et fut aussitôt aspiré par la nuit, englouti dans son obscurité funèbre.

10

PISTES

On l'a assez vu, une piste, c'est un chemin, souvent non revêtu, qui conduit quelque part, parfois nulle part. Au figuré, ce peut être un détail qui guide dans une recherche, contribuant à la faire aboutir ou pas. C'est selon.

Yesügei, lui, était familier des chemins souvent malaisés, qui mènent à un lieu aussi bien qu'à un coupable et il allait pouvoir s'y entraîner car, contre toute attente, on venait de lui confier l'enquête sur la disparition, au cours d'une partie de chasse, d'un touriste américain.

Pour les besoins de la cause, son chef, celui-là même qui exigeait sa démission et l'avait dégradé en le nommant en province, l'avait à nouveau affecté aux recherches criminelles concernant la municipalité d'Oulan Bator, aussi bien que les *aimag* limitrophes. Yesügei n'eut pas le temps de se réjouir de cette promotion à rebours car l'affaire du touriste manquant était embarrassante, donc pressante. Ici, vol de bétail, violences conjugales, désordres occasionnés par l'alcoolisme constituaient l'ordinaire des délits. Le dernier meurtre d'un étranger remontait à plusieurs années. Bien qu'il n'y eût pas de risque que celui-ci, si c'était effectivement un meurtre, commis dans ces circonstances particulières, en engendrât d'autres, on ne pouvait se permettre de perdre du temps. Encore moins, si l'homme disparu était encore vivant.

Tout ce qu'il savait pour le moment, c'était que ce Larry C. avait faussé compagnie à son groupe une nuit, et que les quatre autres, las de l'avoir cherché en vain, avaient fini par rentrer à la capitale sans lui. Interrogés à leur arrivée par un collègue de Yesügei, ils n'avaient jusqu'ici fourni aucun renseignement déterminant.

Depuis l'endroit du dernier bivouac, Larry pouvait aussi bien s'être dirigé vers Tengeleg, au sud, que vers Delgerhaan, au nord-ouest ou encore vers Bulangaa, plus à l'est. C'est ce que pensait Yesügei, après avoir jeté un bref coup d'œil à la carte d'état-major punaisée au mur du bureau. Il rencontra brièvement les compagnons de Larry, mais sembla aussitôt se désintéresser d'eux. Ils n'en furent pas moins assignés à demeurer en ville. L'idée qu'il se faisait a priori de ce groupe était qu'il se composait de braves types, mais que quelque chose avait foiré entre eux, sans que l'on pût leur faire dire pourquoi. Les guides mongols étaient des professionnels expérimentés, appréciés de leurs employeurs et n'avaient jamais occasionné la moindre histoire désagréable. Aucune de leurs expéditions n'avait connu pareil dérapage. Quant aux deux étrangers, ils ne faisaient peut-être pas partie de l'élite américaine, mais, de l'avis de tous ceux qui les avaient approchés, c'étaient des hommes bien disposés, chaleureux, relativement ouverts et plutôt communicatifs.

La première initiative de Yesügei fut de parcourir l'itinéraire entre Oulan Bator et la limite de l'*aimag* de Töv et de prospecter à partir du point de la disparition, dans un rayon de quelques kilomètres. Il éprouvait le besoin impérieux de commencer par là, parce que c'était ce qu'il connaissait le mieux. A la campagne, il redevenait totalement campagnard. A la ville, il faisait comme à la ville, mais n'en demeurait pas moins un péquenaud, surtout pour l'apparence.

Muni de quelques morceaux de mouton bouilli, figés dans leur graisse, d'un petit sac de farine d'avoine, d'une brique de thé et d'un peu de beurre, il prit la route. Lui, l'hercule des steppes, à l'appétit gargantuesque, savait pouvoir tenir des semaines avec presque rien. Pour l'accompagner – c'était le règlement –, il avait choisi Gerel, jeune officier de police. Un petit nouveau, qu'il pourrait manipuler à sa guise et qui ne le gênerait pas dans ses agissements plus ou moins orthodoxes.

Car, une fois lancé à la poursuite d'un criminel, guidé par son instinct de chasseur et fort des habitudes patriarcales, qui condamnent durement le vol et le meurtre, Yesügei ne pensait plus qu'à le coincer, en dehors de toute éthique d'investigation. Il était en effet réputé pour ne pas toujours s'embarrasser des règles strictes de la procédure. Dans le fond, sa conception dualiste du bien et du mal l'empêchait d'être en proie au doute. Souvent impitoyable, il pouvait cependant avoir des accès de bonté, car ce n'était pas un homme mauvais.

Gerel ne mit pas longtemps à s'en rendre compte, Yesügei était indiscutablement un homme de terrain, dont l'unique méthode consistait à fouiner partout et à discuter ouvertement de tout, y compris de ses propres enquêtes, avec tout le monde. Il offrait ou acceptait une prise de tabac, posait des questions anodines, souvent sans rapport avec son affaire, demandait des avis, écoutait les réponses les yeux plissés et les accueillait d'un « C'est ça, c'est ça » bon enfant. Souvent, il était alors secoué d'un rire qui finissait en quinte de toux, comme s'il s'agissait d'une bonne blague sans importance. Gerel remarqua également que son supérieur traitait avec gravité les choses légères et avec légèreté les choses graves.

Avec son petit feutre crasseux, posé de guingois sur ses cheveux épais et mal taillés, avec son *deel* avachi, il ressemblait à n'importe quel nomade et rassurait ses interlocuteurs, grâce à sa science de la steppe et de l'art vétérinaire.

— Si tu leur parles d'un cheval bouleté quand la bête présente un raccourcissement des tendons des muscles fléchisseurs, tu gagnes le respect et la confiance des éleveurs. Si au lieu de tourdille, tu leur dis qu'un cheval est gris-jaune, tu perds leur considération. C'est pareil avec les chasseurs, si tu ne sais pas que le merrain, c'est la tige centrale de la ramure d'un cerf, tu peux aller te rhabiller.

Sans en avoir l'air, Yesügei faisait l'éducation de Gerel, un peu trop citadin à son gré. Le jeune homme, qui depuis l'enfance s'intéressait à la lutte mais avait été jugé trop chétif et trop timoré pour l'apprendre, admirait son supérieur. Il savait que celui-ci, encore doté du physique de l'emploi, avait été apprenti-*böke*, aussi ne perdait-il pas un mot des discours de Yesügei, qu'il suivait partout et cherchait à imiter jusque dans sa démarche chaloupée.

Ils roulaient donc à faible allure, faisant de fréquents arrêts, questionnant beaucoup, racontant leur histoire à qui voulait l'entendre. Dans la steppe, les mots voyagent aussi : plus ou moins au courant de la disparition du touriste américain, chacun avait son opinion ou s'en forgeait vite une pour pouvoir l'exprimer et ne pas rester coi, ce qui reviendrait à perdre la face.

Quand Yesügei ralentit devant une station-service, Gerel le regarda avec stupéfaction :

— Mais le réservoir est encore plein ! Et puis, il y a une de ces files de camions, on n'en voit pas le bout !

— Justement ! On a tout notre temps et, comme ça, on va pouvoir parler. C'est qu'ils en voient des choses, les camionneurs !

Au début, tout ce qu'ils obtinrent des chauffeurs-routiers, ce furent des plaintes concernant les Russes, qui ralentissaient à dessein les livraisons de pétrole à cause des retards de remboursement de la dette mongole. Ils auraient eu beaucoup à dire sur les conditions de cette dette, imposée et à demi fictive, mais délaissant peu à peu leurs réflexions xénophobes, engendrées par l'attitude des Russes, quand ce n'était pas celle des Chinois, certains routiers évoquèrent une agitation inhabituelle dans la région de Delgerhaan. Un événement s'y était produit, dont personne ne connaissait les détails. Un groupe touristique, parti pour le Gobi méridional ou l'Altaï, qui avait dû rebrousser chemin en raison des intempéries. Un accident ? En tout cas, cela avait mis plusieurs *aïl* en émoi, du moins ceux qui se trouvaient dans les parages de Lieu Paisible, également nommé Bonlieu par certains.

Il était bien dans l'intention de Yesügei de se rendre à Delgerhaan – l'endroit où il était allé retrouver son *anda* quelques jours plus tôt –, mais il avait projeté de commencer par aller inspecter le lieu du dernier campement. Il changea d'avis, donc d'itinéraire.

— Tu vois, fiston, même l'urine de la grenouille grossit la rivière : tout peut servir. Bon, maintenant on va aller voir mon *anda*, il sait peut-être quelque chose.

A l'exception de plusieurs chiens excités et de quelques bovins éparpillés autour, l'*aïl* où vivait la famille d'Erdenbat paraissait désert. Yesügei avançait entre les yourtes avec prudence, suivi de Gerel, encore plus circonspect.

— Retenez votre chien !

En réponse à la phrase rituellement prononcée par celui qui arrive, un vieil homme sortit d'un enclos et salua les visiteurs :

— Entrez sans crainte ! Mon neveu est parti aider quelqu'un à l'abattage des bêtes, sur les hauteurs d'Öldzyit. Là-haut, le froid est déjà là, qui permet de laisser geler sur place les quartiers de viande, alors qu'ici, la tâche peut encore attendre.

Il se rapprocha, pour examiner Yesügei plus à son aise, puis il ajouta en le reconnaissant tout à fait :

— Il a dit que tu pouvais entrer chez lui. Je crois même qu'il t'a laissé... comment il a dit ça ?

— Un message ?

— C'est ça ! Entre, tu verras bien. Nous, on n'y va pas trop, sauf la vieille pour entretenir le foyer. Tu ne veux pas boire une petite goutte ? Et lui, il n'a pas soif, le jeunot ?

Dans la yourte d'Erdenbat, tout était propre et bien rangé. Seule présence animée, le feu couvait doucement. Les yeux de Yesügei firent plusieurs fois le tour de l'habitation, avant de se fixer sur un bouquet de myrtilles, ficelé et accroché à l'une des perches, du côté masculin. Juste sous le bouquet, il vit un carré d'étamine blanche, étalé sur un tabouret. Le fin tissu, habituellement utilisé pour presser le fromage, portait des traces violettes. A y regarder de plus près, on pouvait voir quelques myrtilles entières au bout de leur pédoncule, quelques fruits séparés et intacts, d'autres écrasés et aussi quelques feuilles. Le tout disposé dans un ordre qui évoqua aussitôt à Yesügei de lointains souvenirs.

— Des myrtilles ? demanda Gerel. C'est vrai que la saison des baies bat son plein. Même ici, il y en a ? Et ça, c'est quoi ?

Il désignait le morceau d'étamine, maculé de jus.

— N'y touche pas, malheureux ! Je vais devoir trouver ce que ça veut dire !

Si Yesügei s'était soudain élevé du sol pour sortir par le trou à fumée, Gerel n'aurait pas paru plus surpris. Il eut le bon goût de ne pas poser de question et d'attendre sagement.

Yesügei déchiffrait à voix basse, comme s'il s'agissait d'une écriture brouillonne :

— Un petit bouquet... *Sois le bienvenu, fais comme chez toi.*

Un fruit écrasé... *Des embrouilles ou des rumeurs de vilain.*

Un fruit séparé de sa tige, avec des tas de feuilles autour... *Bote.* Bote ? Je la croyais morte, ou en tout cas loin d'ici !

Deux myrtilles avec tige, côte à côte mais séparées... *Je n'ai rien dit, je n'y suis pour personne, oublie-moi.*

Trois myrtilles entières, enfoncées dans le linge à l'aide d'une brindille feuillue, comme épinglées... *Trois cavités.*

Plusieurs fruits éparpillés... *Un jeu de mots ?* Comprends pas !

Le visage buriné de Yesügei s'illumina d'un sourire que Gerel ne lui avait jamais vu. Un sourire qui disparut quand son œil tomba sur une flèche ornée d'une plume de vautour, debout près de l'arc en bois de saule lié de soie et de résine d'Erdenbat, au lieu d'être dans le carquois avec les autres.

— Qu'est-ce qu'il y a ? Gerel hasardait timidement une question.

Yesügei décrocha le bouquet de myrtilles et le lui flanqua dans les mains puis il fourra l'étamine dans sa poche.

— Amène-toi ! On en sait assez !

Il sortit vivement de la maison de feutre pour demander au vieil homme si quelqu'un avait pénétré dans la yourte depuis le départ d'Erdenbat. Quelqu'un qui aurait pu toucher à l'arc et aux flèches.

— Tu rigoles ? Personne ! Nous, je te l'ai déjà dit, on n'y va pas. Juste la vieille, pour le feu, mais jamais dans le coin des hommes ! Manquerait plus que ça !

— Bon ! Eh ben, j'emporte les myrtilles.

Le vieux était un malin renard, il acquiesça :

— Pour sûr. C'est bon pour la vue et pour la vie, les baies-nuages ! C'était pas ce que disait votre comptine à tous les deux ? Allez, heureux voyage !

— Paisible séjour !

Gerel écoutait, fasciné. Pour lui, enfant de la ville, ces scènes relevaient du folklore et, côté folklore, il était servi. Et, avec ce qui allait suivre, il ne serait pas déçu.

Alors qu'ils remontaient dans leur Jaris[1] de service, ils entendirent la vieille, toujours invisible, qui chantait d'une voix enfantine : *Dans le bois, y a des myrtilles... Sur la yourte, le soleil brille...*

— Je t'expliquerai en route. Il s'agit maintenant de mettre la main sur Bote. Le plus pressé, c'est de lui parler, à Bote. Tu verras, elle va te plaire, j'en suis sûr.

1. Jeep 469, appelée *Jaran yös* (69), ce qui a donné Jaris.

11

MÉTAL

Yesügei avait beau ignorer totalement où vivait Bote maintenant, il ne doutait pas un instant qu'il la trouverait. Il prit donc la piste menant à In Höshööt, vers le nord. Telle qu'il la connaissait, elle pouvait très bien avoir élu domicile dans une grotte, au pied des rochers sculptés.

— C'est qui, Bote ? demanda Gerel, malade de curiosité.

— Tu verras bien.

— C'est quoi, ces histoires de myrtilles ?

Depuis la cérémonie, aussi capitale qu'un baptême, en moins religieux toutefois, de sa première coupe de cheveux, Yesügei était un familier des myrtilles. Même si d'aucuns préfèrent les myrtilles « à nulles autres pareilles » qui poussent autour du lac Khövsgöl, celles de l'Arkhangaï, sa région natale, lui avaient toujours paru les plus savoureuses. Dès la saison venue, il s'en gavait à s'en faire crever, sous toutes les formes : pendant la cueillette bien sûr, puis chez lui, à tout moment, avec de la crème caillebottée ou bien en confiture sur du pain bis. Les souvenirs affluaient, faisant remonter à la surface les paroles de la comptine chantonnée tout à l'heure par la vieille. Les yeux sur la piste, Yesügei fredonnait : *Dans les bois, y a des myrtilles... Sur la yourte, le soleil brille... Entre copains, foin de bisbille... Bonnes pour la vue, pour la vie, les myrtilles...* »

Gerel ne savait que penser de ce couplet un peu niais, pour jardin d'enfants, dans la bouche d'un dur à cuire tel que Yesügei.

— Avec Erdenbat, mon *anda*, on est nés au pays des meilleures myrtilles, les baies-nuages, comme on disait à cause de leur couleur de ciel d'orage. Ensemble, on s'en flanquait de ces indigestions ! Je ne te raconte pas le nombre de tartines à la confiture qu'on descendait quand il y avait de la crème au lait de yak et du pain russe ! On en rapportait des tonnes, on en donnait à tout le monde, on inventait des jeux, on les écrasait pour se faire de l'encre, on s'écrivait avec, on s'était même fabriqué un alphabet pour nous seuls.

— Alors, dans sa yourte, les myrtilles, c'était un message ? Et ça disait quoi ?

— Ça disait...

Yesügei se tourna vers Gerel, comme pour l'apprécier à sa juste valeur. Le gamin était fiable.

— Ça disait en gros : « Sois le bienvenu. Rumeurs d'embrouilles dans le coin. Bote peut t'aider. Oublie-moi. » Pour finir, mais je n'en suis pas certain : « Trois cavités ou trois trous, ou Trois Puits... et puis un jeu de mots incompréhensible...

Le jeune homme parut déçu, il ne voyait pas en quoi ce message pouvait les aider. Sauf si Bote...

— *Tchort !*

Yesügei avait donné un coup de frein brutal et regardait d'un air abattu des rochers, dressés dans la solitude.

— Pas plus de Bote ici que de...

Il se tut pour mieux scruter l'horizon.

— Comment savoir ? On ne s'est même pas approchés !

— Petit, à part quelque bouquetin en vadrouille, ça fait une paye que personne n'a foulé le sol des environs. Tu peux me croire.

Gerel écarquillait les yeux, mais il ne voyait rien. Il comprenait seulement que Yesügei ne devait pas avoir son pareil pour déceler les voies des animaux, les traces de pas humains, ou pour détecter les moindres signes et les moindres odeurs. C'était un homme de la steppe, entraîné depuis l'enfance à étudier le sol lissé chaque soir autour de l'enclos à bestiaux, afin de repérer les empreintes de voleurs éventuels. Un bon chasseur également, à qui rien n'échappait ni personne !

— On ne t'a rien appris, hein, à la ville ?

Yesügei donna au jeune une bourrade affectueuse, qui manqua lui faire cracher ses poumons puis, sans difficulté, il admit son erreur :

— Je me suis gouré ! On va essayer les grottes de Duut, plus au sud. Plus sauvages, plus éloignées de tout passage. Mais oui ! Quel imbécile je fais !

Il accélérait, oublieux des ornières et de la poussière.

Quand il ralentit à nouveau, Gerel ne voyait toujours rien, pas de rocher, encore moins de grotte, seulement une étendue d'eau saumâtre.

— T'aurais pas un petit creux ? Moi si. Viens, on va casser la croûte au bord de ce lac salé.

Pour faire comme Yesügei, Gerel se força à avaler les morceaux de mouton froid, dont la graisse lui collait au palais. Il n'y était pas accoutumé, mais ne voulait pas décevoir ce supérieur pas comme les autres. Pour la même raison, il but un peu plus d'eau-de-vie qu'il n'aurait dû.

Pour lui, l'arrivée aux grottes de Duut devait rester un souvenir inoubliable. Ciel d'orage menaçant, pierres levées, sculptées et ravinées, hauts mélèzes grêles et, devant l'entrée sombre d'une caverne, une silhouette extravagante, à n'en pas croire ses yeux.

— Bote !

— *Böke !*

Gerel n'avait jamais vu de chamane qu'en bandes dessinées. Sur les plus saisissantes, celle-ci l'emportait en hauteur, en largeur, en splendeur terrifiante. Une vieille ourse hirsute, à l'énorme houppelande de fourrure couverte d'oripeaux, d'ossements et de tubes de métal, au visage noirci de suie, à la démarche claudicante. Le peu de peau visible parut à Gerel entièrement tatoué de branchages et de têtes d'ours à la gueule ouverte et grimaçante, que, d'après ses lectures, il supposa être le totem du clan de la vieille sorcière.

— Alors comme ça, Bote, tu as survécu ?

— Le *zud*, *böke*, j'ai suivi ceux qui fuyaient le *zud*.

L'apparition secoua les grelots de son costume et partit d'un éclat de rire dont les monts renvoyèrent longtemps l'écho.

— Toi et Erdenbat, vous avez toujours été les seuls à oser m'appeler Bote. Pourtant, vous êtes aussi les seuls à ne vous être jamais moqués de mon pied-bot. Je n'ai pas oublié. Qu'est-ce qui t'amène ? Parle, *böke*. Vite, je suis pressée.

Il y avait presque de l'amour dans les yeux de Yesügei. C'était évident, il aimait d'amour cette femme, une des rares qu'il n'eût jamais désirées. Et, bien sûr, la chamane, d'autant plus clairvoyante qu'elle était maltournée de naissance et névrosée, savait cet amour.

Elle retourna à l'entrée de sa grotte et revint portant un tambour plein de sonorités et d'où pendaient des lambeaux de cuir et de chiffon et des lamelles de ferraille qui cliquetaient bruyamment à chacun de ses gestes, ainsi qu'un sac de toile grossière. Elle introduisit alors sous sa langue un objet métallique et le son, discernable entre tous, de la guimbarde, fit vibrer l'air. Gerel l'avait entendu cent fois mais, dans ce contexte étrange, ce son lui parut irréel et il éprouva un grand soulagement quand les vibrations cessèrent enfin.

— Pour une vieille chamane à la retraite comme moi, il y a encore du boulot. Je m'en vais de ce pas procéder à la purification d'une yourte, où une femme est décédée. Ça fera quarante jours demain. Quelques heures de marche et j'y serai à temps, mais il faut que je parte sans tarder.

— A la retraite, pourquoi ? Tu n'as pas d'âge, toi !

— Pour faute professionnelle, *böke*!

Ebranlé par la similitude inattendue de leurs situations, Yesügei se taisait.

— Toute défroquée que je sois, certains ont encore besoin de mes services. Parce que je possède l'art de communiquer avec l'autre monde. Je sais comment me laisser posséder par les démons, pour les obliger ensuite à faire ce que je veux ! Je suis toujours capable d'entrer en transe au son des premiers battements de mon tambour. C'est lui qui m'emmène de l'autre côté et, au terme de mon extase, c'est lui qui me ramène sur terre pour que j'apporte aux gens les réponses qu'ils attendent.

Elle se vantait, la vieille ourse, et c'était probablement, pensa Yesügei, la faute qui lui avait valu d'être bannie de son clan. Rendue moins marginale par ses bavardages, elle devait être considérée désormais comme moins performante, c'était la règle.

— Tu le sais au moins, blanc-bec, que les chamans, qui voyagent au pays du surnaturel, furent de tout temps les conseillers spirituels des princes ? Tu sais notre pouvoir ?

Dans ses bandes dessinées, Gerel avait tout lu sur Gengis, mais il n'avait pas forcément tout retenu sur les chamans. Comme l'épisode du chaman du prince, dont l'immense influence avait fini par se retourner contre lui-même et par le perdre.

La seule chose que Gerel savait avec certitude, c'était que, pendant les années de terreur stalinienne, les chamans avaient été contraints de se cacher et n'étaient donc pas si puissants que ça. Ils revenaient au grand jour depuis seulement quelques années.

— On sait tout ça, Bote !

L'exclamation de Yesügei la dégrisa.

— J'irai bientôt chez ces gens que le deuil contraint à une vie difficile. Je capturerai l'âme de la défunte entre les baguettes de mon tambour. Elle protestera par ma voix contre la dureté du chemin, mais je l'emmènerai contre son gré au royaume des morts. Là-bas, j'offrirai à tous de l'alcool pour les griser et les inciter à l'accueillir et j'y arriverai du premier coup, je n'échoue jamais.

Elle parlait trop.

— C'est mal, Bote, de parler de tout ça. Il ne faut pas.

Ennuyé de cette logorrhée, inhabituelle chez une chamane en dehors de la possession, Yesügei désirait en finir. De plus, il l'avait vue une fois en transe, incapable d'éloigner du premier coup une âme qui revenait sans cesse et il se rappelait ses diverses tentatives. Avec netteté, il la revoyait inondant les lieux et imitant le bruit et le mouvement des vagues, afin que les flots finissent par emporter l'âme récalcitrante.

— Avant de se quitter, si on s'en faisait une petite ?

Gerel dressa l'oreille, il ne comprenait pas l'objet de la proposition.

— Une rapide, alors.

Encore aucune étoile au firmament, ce ne serait donc pas une prophétie par les astres. Pas d'œufs ou de viande crue en vue, on ne pourrait rien tirer de ce genre d'oracle. Pas de cheval à portée de main, ses hennissements ne pourraient être interprétés. Aucune belette à éventrer, Bote ne lirait pas dans ses entrailles. Yesügei attendait avec curiosité ce qu'elle allait choisir comme support à sa divination.

— Allume-moi un feu et dis-moi ce que tu désires savoir.

Elle fouilla dans son sac, y remit la pierre à faire pleuvoir et la guimbarde, puis en sortit trois omoplates de mouton, proprement nettoyées. Après avoir écouté la demande du *böke*, elle posa les os sur les flammes et attendit gravement, les yeux fermés, tandis qu'une épaisse fumée noire tourbillonnait autour d'eux.

Quand elle les rouvrit, ce fut pour étudier longuement les réseaux de craquelures, avant de proférer d'une voix sourde, une voix de médium totalement étrangère à la sienne :

— Le défavorable l'emporte sur le favorable. Plusieurs craquelures sont entrecroisées, tu vois ? Et ça, c'est mauvais. Pourtant, tu retrouveras celui que tu cherches. Ses os sont intacts, on dirait. Profondeur... Trous... Paniers... deux, trois, plus, ce n'est pas clair. Enfer... Enfer. Le lieu est bon, on dirait, mais l'est-il vraiment ?

La cécité feinte avait fait place à la vision prophétique, mais Yesügei éprouva une tristesse passagère à l'idée que, peut-être, elle avait perdu la main. Il n'en reçut pas moins avec respect le fœtus de gerboise desséché qu'elle lui offrait :

— A enterrer ou à réduire en poudre, que tu répandras où bon te semblera.

Elle tendit ensuite à Gerel un petit objet brillant, qui ressemblait fort à une amulette.

— Prends, enfant, les mauvais esprits ont une sainte horreur du métal.

12

EMBROUILLE

En voyant disparaître Bote, à une allure que son pied-bot aurait dû lui interdire, Yesügei fut pris de nostalgie : c'était probablement la dernière fois qu'il la voyait. La façon dont elle avait pris congé lui donnait à penser qu'elle avait déjà fixé la date de sa propre mort.

Longtemps après le départ de la chamane, ils crurent percevoir les reflets et tintements des charmes métalliques suspendus à son costume, que balançait le pas prompt et saccadé de celle qui s'éloignait en bondissant. Longtemps, ils eurent l'impression que le vent apportait les éclats du rire caverneux de Bote, éclats qui ricochaient et rebondissaient sur les roches et les cimes des arbres. Les bruits de rire se transformèrent bientôt en coups de tonnerre. Soudain, Gerel et Yesügei furent environnés d'éclairs et de rafales, au cœur d'un orage aussi violent que bref.

Trop excité par la curieuse analogie entre les données fournies par les réponses oraculaires de Bote et par celles contenues dans le message laissé par Erdenbat, Yesügei avait hâte d'entamer ses recherches.

— Tu as compris, hein ? Bote a confirmé ce que laissait entendre mon *anda* : cet Américain aurait bien eu des ennuis dans le coin, possiblement autour d'un lieu-dit les Trois Gorges ou les Trois Gouffres ou les Trois Puits, je ne sais pas, c'est trop petit pour figurer sur une carte. Erdenbat évoque seulement des ennuis, mais Bote a prononcé le mot enfer, ce qui signifie peut-êtrae de *gros* ennuis.

— On peut la croire ?

— Oui, elle « sait », elle. Tu sais ce qu'on dit : « Il est des yeux qui voient, d'autres pas. »

Gerel n'avait pas l'air de saisir le sens de ces propos, mais cela n'empêcha pas l'inspecteur de poursuivre :

— Ce que je veux dire, c'est que ce qui échappe à l'œil, son esprit peut le voir. Mais ce qu'elle « voit », il faut savoir l'interpréter.

Yesügei n'était pas tout à fait dupe, mais il connaissait les dons de sa pythie et savait que ni l'éloignement ni l'interposition d'un obstacle n'entravent la vision de ceux qui sont nés pour « voir ». En dépit du prénom de Lumière dont on l'avait gratifié, Gerel n'en était pas une et, décidément, il ne comprenait rien. Encore impressionné par Bote, il se contentait de tripoter le talisman qu'elle lui avait donné, faisant à Yesügei une confiance absolue.

Pensif, celui-ci mit le cap au nord, passa Delgerhaan par l'est et poursuivit vers le nord-est. Malgré ses préoccupations, la frange de steppe semi-désertique lui parut de toute beauté. Comme chaque fois qu'il parcourait ces espaces, il sentait que l'air lui fouettait le sang, lui aiguisait l'esprit. Trouver l'homme qu'il cherchait n'était qu'une question de temps. Il savait qu'il réussirait.

Ils traversèrent de vastes colonies d'armoise, dont les reflets gris-bleu ondulaient jusqu'à l'horizon, tandis que des multitudes de gerboises bondissaient sur les côtés pour échapper aux roues de la Jaris. Yesügei fit remarquer à son compagnon que, par une sorte de mimétisme, leur pelage, ordinairement beige-doré dans les terrains sablonneux, prenait ici des tons grisés, assortis à ceux de l'armoise.

Ils s'arrêtèrent au carrefour de plusieurs pistes : deux panneaux indiquaient des sites miniers, d'autres la direction de Büren sur la gauche, de Bulangaa sur la droite, mais rien qui pût leur être utile. Yesügei pianotait sur son volant. Il relâcha le frein et embraya doucement, choisissant au hasard la piste la plus centrale, qui se trouvait également être la plus incommode. Au bout de quelques centaines de mètres assez pénibles, ils abordèrent une sorte de marais asséché, remplacé peu après par un sol sableux, un peu glissant.

Yesügei conduisait, la tête sortie, à quinze à l'heure. Manquant envoyer son passager à travers le pare-brise, il pila sec et laissa échapper une exclamation. Dans le sable, il avait aperçu une planche portant une inscription. Il sauta de son siège et eut un peu de mal à retirer sans le casser le bout de bois partiellement enfoncé dans le sol. Non sans difficulté, ils déchiffrèrent : l.s Tro.s P.its. La direction manquait puisque l'inscription gisait à terre.

A partir de là, Yesügei dut mettre en œuvre toutes ses facultés de traqueur. Il ordonna à Gerel de rester dans la voiture et se consacra à relever le moindre signe susceptible de le renseigner. Courbé, presque rampant, le nez au sol, il étudia pendant un bon moment certaines empreintes que Gerel, appelé à confirmer, n'arrivait même pas à distinguer. Yesügei les suivit à reculons, en prenant soin d'effacer les siennes avec un faisceau de brindilles puis il claqua dans ses doigts :

— On y va !

Foulant de petites tiges dures et sèches de ce qui avait dû être une variété de jonc, ils marchèrent sur les bords de la piste, qui paraissait inutilisée, mais dont la surface présentait quelques marques visibles seulement pour Yesügei. Tout à coup, ils furent face à trois cavités circulaires, dont les parois effondrées masquaient la profondeur. Yesügei comprit que c'étaient des galeries menant à une ancienne mine, fermée depuis longtemps. Ils s'engagèrent dans l'une d'elles avec précaution.

Gerel buta sur quelque chose et il serra instinctivement son amulette de métal. C'était une chaussure de marque étrangère – américaine et célèbre pour plus de précision –

qui en d'autres circonstances l'aurait fait baver d'envie. Le restant lui aurait plutôt levé le cœur si avec promptitude Yesügei ne s'était interposé, dérobant à sa vue un cadavre à demi enfoui dans des graviers noirs, aux yeux exorbités et à la bouche débordante de terre, comme si le type s'en était donné une véritable indigestion avant de crever.

— *Tchort!*

Toute la physionomie de Yesügei avait changé. Pour la forme, il se pencha et toucha, après avoir écarté terre et cailloux, la gorge de l'homme, où rien ne palpitait plus. « Pas beau à voir ! Même enveloppé de laîche, un bœuf n'en voudrait pas », pensa-t-il. Il observa longuement le visage aux mâchoires fortement contractées : on l'aurait cru tétanisé. Il examina les vêtements salis, trouva dans une poche une poignée de dollars froissés, dans une autre des cigarettes réduites en bouillie. Il observa les doigts, bleus et recroquevillés, gelés, les pieds crevassés par le froid, renifla à plusieurs reprises l'odeur et même les odeurs qui flottaient autour, lui couvrit le visage avec un mouchoir et autorisa enfin Gerel à s'approcher.

— J'voudrais pas te gâcher ta journée, mais...

— Mort ?

— A ton avis ?

Devant le désarroi évident du petit, il se radoucit :

— Suffisamment pour qu'on puisse avancer cette théorie, mort, oui.

Yesügei laissa ensuite le garçon aller dégobiller tranquillement et s'octroya une prise de tabac, assez copieuse pour assommer un bœuf.

— Pour sûr que quelqu'un l'a traîné là-dessous. Tel qu'il est là, on ne voit aucune blessure. Si ses os sont intacts, comme l'a dit Bote, il ressuscitera un jour, ce n'est pas douteux.

Cette terre dont sa bouche était remplie, fallait-il l'interpréter comme un outrage, un signe de haine, un désir de le tourner en ridicule ? A la réflexion, on pouvait y voir une signification plus symbolique. Une sorte de message, mais lequel ? Toutefois, ce geste envers un mort, ou un mourant, relevait de la désacralisation. Il devait donc y avoir des raisons graves à cet acte qui pouvait être considéré comme révoltant.

Yesügei parlait tout seul, machinalement, préoccupé par les odeurs qui se dégageaient du cadavre. L'odeur banale de la mort, certes, mais aussi une odeur empyreumatique, celle forte et âcre que prennent certaines substances organiques sous l'action d'un feu violent. Ainsi qu'une troisième, médicamenteuse, dominante mais pour lui encore indéfinissable.

Lorsque Gerel eut surmonté son émotion – c'était tout de même son premier cadavre ! –, on lui vit une réaction bizarre. Il se mit à esquisser quelques mouvements de la danse de l'aigle, celle qu'exécutent les vainqueurs à la lutte quand, alternativement, ils battent des ailes et se tapent sur les cuisses. Ce devait être en hommage à son *böke*, pour sa quête victorieuse.

— *Oukhaï !* Bravo, *böke* ! En plein dans le mille !

Ces mots venus, eux, tout droit de la terminologie du tir à l'arc, rappelèrent à Yesügei la flèche placée hors du carquois d'Erdenbat. Il s'occuperait plus tard de ce détail. Alors qu'ils revenaient vers leur véhicule, pour prendre provisions et couvertures, ils manquèrent être renversés par un cavalier qui, debout sur ses étriers, traversait la piste, ventre à terre, et ne leur adressa qu'un salut sonore.

Vitesse, éclair, messager rapide comme le vent, missive, dépêche, téléphone. Les mots se télescopèrent dans l'esprit de l'inspecteur et, par association d'idées involontaire, il pensa aux moyens qui ont remplacé les courriers à cheval, célèbres pour leur célérité. Il fallait au plus vite appeler pour prévenir de la découverte et demander le transport du cadavre.

— On a au moins deux jours de retard sur le salaud qui l'a refroidi. Mais, rassure-toi, plus que notre malice, sa bêtise et son orgueil nous aideront à le prendre.

Yesügei chargea Gerel de se débrouiller pour entrer en communication avec les leurs, à la capitale. Il ne voulut pas savoir si son second parviendrait à utiliser le téléphone de la Jaris (que lui-même n'arrivait jamais à faire fonctionner) ou s'il serait obligé de dégotter un téléphone public dans cette solitude.

Sans plus s'en soucier, il jeta un coup d'œil en direction du corps, dissimulé par la voiture, et muni d'une couverture et d'une bouteille d'*arkhi*, il alla s'étendre plus loin, sous la protection d'un acacia solitaire. Doté par tempérament et par expérience d'une conscience aiguë de la nature éphémère de la condition humaine, il n'avait jamais eu besoin de la proximité d'un *memento mori* pour prendre une cuite. La confrontation brutale avec la mort et le néant, ainsi que le décor d'une hostilité extrême, ne l'y incitèrent pas moins.

— On l'a trouvé !

— Amoché ?

— Mieux que ça !

— Mort ?

— On peut dire ça comme ça, oui. Et je te garantis qu'il n'est pas beau à voir ! Même enveloppé de graisse, un chien n'en voudrait pas ! Alors, qu'est-ce qu'on fait ? On le ramène ou vous l'envoyez chercher ?

Après diverses tentatives, Gerel avait enfin réussi à joindre le standard et, sans même s'en rendre compte, manière et vocabulaire, il s'exprimait comme Yesügei, ce qui impressionna son collègue.

— Attends, je demande. Mais raconte-moi comment vous avez fait.

— Eh bien, tout a commencé quand le chef a trouvé des myrtilles dans la yourte...

— Sans déconner ? Tu veux dire dans le yaourt, ou quoi ?

— Dans la yourte, andouille ! Allez grouille, passe-moi le service !

— Dis donc, il est encore bourré ton chef, ou alors ? Et toi, si tu suis son exemple, tu dois pas valoir beaucoup mieux !

— Laisse tomber ! Passe-moi quelqu'un d'autre, j'ai pas que ça à faire.

Quand, tenant toujours son amulette, Gerel vint s'asseoir auprès de son *böke*, la bouteille en avait pris un sacré coup et pourtant Yesügei n'était pas encore aussi « bourré » que le pensait le téléphoniste.

— Alors ?

— Alors, ils disent qu'on se dém... qu'on le ramène nous-mêmes, quitte à louer un camion.

Gerel but une gorgée de la bouteille que lui tendait Yesügei et, saisi d'une illumination, il risqua une hypothèse :

— Peut-être que les coupables sont ces gnomes poilus qui hantent les forêts et font de mauvaises niches... Ou bien, puisque ces chasseurs sont allés du côté de l'Altaï, ce ne serait pas l'Alma qui l'aurait tué ?

Gerel fit avec le pouce un geste vers l'entrée de la mine. C'est pour avoir été maintes fois menacé du croquemitaine, ainsi que par la lecture de ses bandes dessinées qu'il connaissait l'Alma, une créature au corps velu et à la face glabre, un géant roux à l'effrayant regard de braise et à la mâchoire proéminente. Yesügei parut réfléchir et répondit avec le plus grand sérieux :

— Je ne crois pas. Parce que, d'après leurs déclarations, ces chasseurs avaient l'intention d'y aller mais ne l'ont pas fait. Or il est de notoriété publique que l'abominable homme des neiges, qui vit dans l'Altaï, tout là-haut sur le mont Tavanbogd, n'a jamais franchi les limites de son *aimag*.

13

SOUPÇONS

Le retour vers Oulan Bator fut des plus singuliers.

Aux âmes sensibles, il faudrait épargner l'extraction du cadavre de son linceul d'éboulis, puis son transfert en civière jusqu'à la piste, où attendait le camion-ambulance. Aux amateurs de frissons, il faudrait livrer quelques éléments sur la couleur et l'odeur de sa peau, sur l'expression de son visage, l'aspect de ses yeux, celui de sa bouche remplie de terre. A ceux qui prisent les détails pratiques, il conviendrait de signaler le repêchage de la seconde chaussure, coincée au fond d'une cavité, avec le duvet, la torche cassée, et une gourde vide sentant fort le whisky. Ainsi que le prélèvement de plusieurs échantillons de terre, celle qui débordait de la bouche du mort, celle qui adhérait à ses semelles, celle qui couvrait le sol autour des puits.

A propos de cette terre, s'il ne s'en était pas gavé lui-même, Yesügei se disait que celui qui la lui avait fourrée entre les dents n'avait pu le faire que peu de temps avant ou après sa mort. Quelques heures plus tard, le corps aurait été trop rigide et il aurait fallu lui forcer la mâchoire pour y parvenir, ce qui ne semblait pas être le cas.

Quant à ceux, vétilleux ou chicaneurs, que choqueraient les irrégularités de la procédure – absence d'équipe scientifique, donc de releveurs d'empreintes comme de preneurs de clichés et de mesures –, qu'ils se rassurent : l'œil de Yesügei en tenait lieu. On échappait ainsi au jargon habituel. Cependant, en cas de procès, on s'exposait aux réfutations forcenées de l'avocat de la défense. D'ailleurs, le plus grand manquement était le déplacement du cadavre : l'homme n'avait pas été tué à l'endroit où gisait son corps inanimé ! Inutile de se lamenter, on n'y pouvait plus rien !

Yesügei ordonna à Gerel de ramener seul leur véhicule, tandis que lui-même s'installait à l'arrière du camion avec Larry, à la place de l'infirmier, lequel parut on ne peut plus soulagé de voyager pour cette fois auprès du conducteur. La mauvaise piste qui rejoignait la route était d'autant plus pénible que le chauffeur, sans doute pressé d'en finir, ne prenait aucune précaution.

A chaque cahot, Larry semblait se réveiller d'un profond sommeil pour y retomber lourdement. Devant cette animation aussi fugace que factice, Yesügei tentait, avec le peu qu'il savait de lui, de cerner la personnalité de cet ingénieur agronome américain qui, venu ici chercher des sensations fortes et des trophées, n'y avait trouvé que la mort. En même temps, quelque chose lui disait que l'étranger était venu pour une raison autre que purement touristique. Il vida le fond d'alcool qui lui restait et eut une pensée incongrue pour les provisions restées dans la Jaris : leur surplus prouvait la rapidité de la quête.

L'odeur qui emplissait la cabine força Yesügei à ouvrir la vitre à glissière. Mais, après avoir aspiré quelques goulées d'air frais, il la referma. Ce n'étaient pas tant les effluves d'un début de décomposition, d'ailleurs retardée par la température, que les relents d'empyreume organique, couverts par ceux d'un produit chimique, proche de certains désinfectants.

Ce mort sentait la morgue avant même d'y être entré.

Pendant que le corps attendait son autopsie avec une certaine résignation et une rigidité incertaine – non plus absolue, car si celle-ci apparaît quelques heures après la mort et gagne peu à peu tout le corps en commençant par la tête, elle disparaît de même quelque temps plus tard, dans le même ordre, du haut vers le bas, avec des variations dues à la température ambiante, qui, ajoutées aux autres facteurs, empêchaient toujours Yesügei de calculer avec certitude l'heure du décès –, le même Yesügei étudiait distraitement les messages arrivés en son absence pour l'Américain : quelques-uns, sans grand intérêt, provenant de sa famille aux Etats-Unis et trois autres émanant d'un collègue géologue, ainsi que d'une femme qui signait S. et d'un mystérieux M. N., qui confirmait un rendez-vous au retour de la chasse. Le premier envoyé de Cincinnati, les autres, d'Oulan Bator. Il chargea Gerel d'en apprendre un peu plus là-dessus et aussi de jeter un coup d'œil aux affaires laissées à l'hôtel par la victime, dans la pièce qui servait de consigne.

Lui-même devait procéder sans plus tarder à l'interrogatoire des compagnons de voyage de Larry et c'est Ted qu'il convoqua en premier. Il avait fait l'effort d'enfiler un costume, mais l'effet ne devait pas être concluant car Ted reconnut aussitôt en l'inspecteur le plouc qu'ils avaient pris pour un clochard, le premier soir au bar de l'hôtel. « A moins que ce ne soit un sosie : ils sont tous pareils, avec leur robe ceinturée, leur galurin, leurs jambes arquées. » En revanche, l'interprète assermenté, à l'élégance occidentale, lui parut si compétent que l'interrogatoire – mélange savant d'ironie et de rudesse – prit tout de suite une tournure digne des meilleurs films policiers (américains, cela va de soi).

— Ainsi, si mes informations sont exactes, vous seriez le dernier à avoir vu votre ami vivant ?

Cette question, apparemment anodine, a le don de décontenancer la plupart de ceux à qui on la pose. Ted s'insurgea aussitôt :

— Vous voulez dire l'un des derniers ! Vous oubliez sans doute le chauffeur, l'accompagnateur et l'interprète, qui étaient présents aussi ! Sans parler de celui qui l'aurait trucidé !

— C'est vrai, j'ai tendance à tout oublier, mais je vois, monsieur, que vous êtes là pour me rafraîchir la mémoire et je constate que vous êtes persuadé qu'il s'agit d'un meurtre. Racontez-moi, je vous prie, cette dernière soirée.

La confrontation entre un dur et un mou s'engageait. « Ce pignouf m'emmerde, mais il faut que je me contrôle. » C'est donc sur un ton plus maîtrisé que Ted mentionna l'ambiance devenue désagréable entre les cinq hommes.

— Entre vous et votre compatriote aussi ? Vous le haïssiez tant que ça ?

— Hein ? Euh... non, pas particulièrement. Je ne vois pas ce qui vous permet de me demander ça. Mais, le jour en question, Larry a fait tout le temps la gueule. D'ailleurs, les derniers temps, il semblait constamment préoccupé. Il ne parlait pas beaucoup, prenait des notes et repérait des directions sur un plan. Ça n'a servi à rien d'ailleurs, on s'est perdus plusieurs fois !

Il raconta la traversée de la région marécageuse, au carrefour de plusieurs routes conduisant, à ce qu'il avait compris, à des sites miniers.

Yesügei émit une exclamation que le brillant – mais prudent – interprète jugea bon de ne pas traduire à Ted, ce qui eut pour effet d'agacer un peu plus celui-ci. Au même moment, Gerel entra sans frapper et annonça quelque chose à Yesügei, qui fronça les sourcils et renvoya d'un geste son second.

— Le journal de voyage que tenait la victime n'a pas été retrouvé auprès de lui. Ni aucun de ses papiers. Que savez-vous à ce propos ?

— Il a pourtant dû l'emporter. Il ne s'en séparait jamais, même pour dormir. Je ne l'ai jamais ouvert, encore moins lu, évidem...

— Ce n'était pas ce que je vous demandais. Donc, après les marécages, où avez-vous fait halte ce soir-là ?

— Au monastère de... comment déjà ?

— Erdenedalaï. Et là, que s'est-il passé ?

— C'est là qu'on a eu notre premier repas chaud depuis je ne sais combien de temps !

La mine faussement compatissante de Yesügei concernant une révélation aussi révoltante que rassurante l'incita à en rajouter :

— Ce qui me fait penser qu'il faudra que je signale l'organisation déplorable de ce circuit. Un flop total !

— Surtout si on pense au tableau de chasse escompté. Finalement, il n'y a eu ni bête à corne ni andouillers précieux, seulement un cadavre humain.

Ted fusilla Yesügei du regard et cette fois il ne manqua pas sa cible. Yesügei perçut l'animosité et ne manqua pas de s'en amuser. Tout prêt à l'entretenir, il fixait l'Américain de ses petits yeux jaunes inexpressifs.

— Votre compatriote avait-il emporté beaucoup d'argent, en dehors des chèques de voyage laissés à l'hôtel ?

Troublé par la couleur bilieuse du regard de l'inspecteur, Ted tenta de se ressaisir :

— Qu'est-ce que j'en sais ? Je ne suis pas sa femme pour lui faire les poches !

Yesügei fit mine d'apprécier l'humour trivial du témoin.

— Pensez-vous que Larry C. ait pu avoir, en venant dans ce pays, un autre intérêt que la chasse ?

— Je ne suis pas sûr de bien vous suivre...

— Par exemple, un trafic quelconque. D'objets, de substances, de renseignements, je ne sais pas, moi. N'auriez-vous rien remarqué d'anormal qui puisse nous mettre sur la voie ?

Ted parut se concentrer. Après avoir réfléchi un instant, il émit un avis plutôt surprenant :

— Un trafic, pourquoi pas ? Mais quel genre de « trafic » ?

Autour du mot, Ted avait esquissé des guillemets dans l'air, un geste peu familier à Yesügei, qui l'observait avec curiosité.

— Après tout, ça ne m'étonnerait pas outre mesure. Juste pour arrondir ses fins de mois, alors ! C'est qu'il menait grand train, mon Larry, je n'ai pas peur de le dire. Pourtant, même si c'est mal de critiquer un mort, il faut avouer que c'était un drôle de radin ! Un égoïste qui n'a pas hésité à emporter la réserve de whisky ! Jamais, au cours des virées ensemble, il ne s'est montré bon payeur. Ici, par exemple, tous les extras, c'était pour bibi !

— Même la soirée galante ?

Yesügei ne regardait pas Ted mais cela ne l'empêcha pas de percevoir la contrariété occasionnée par sa question. Il avait appris que, de son côté, Ted n'avait réussi à emballer aucune femme et il imaginait son dépit et aussi sa jalousie à l'égard d'un Larry plus chanceux.

— Bien, et après Erdenedalaï ?

Soulagé par le changement de sujet, Ted s'engagea volontiers dans le récit de la suite de l'équipée.

— Le camp de *ger* était fermé, alors on a continué à rouler et, pour finir, on a bivouaqué à la limite de deux provinces. On a mangé froid – les gars ne faisaient plus aucun effort pour nous –, on a bu la flotte contaminée d'un ruisseau – j'ai eu mal au bide toute la nuit – et on s'est enfin couchés, en essayant de dormir malgré les aboiements et avec l'espoir que ce serait la dernière nuit.

— Et ce fut bien la dernière ! En tout cas pour votre copain.

Yesügei laissa infuser les derniers mots avant d'ajouter :

— Bon, un peu de sérieux maintenant ! Il serait parti dans la nuit, avec son carnet, des jumelles, une couverture, une torche, du whisky et personne n'aurait rien vu, rien entendu ? Pas même vous, qui dormiez près de lui ? Je ne vous crois PAS !

Yesügei tapa si violemment sur la table que Ted et l'interprète sursautèrent.

— Ou bien vous vous foutez ouvertement de moi ou bien vous voulez me forcer à penser que c'est vous le coupable !

Stupéfait, Ted ouvrit la bouche, mais aucun son ne sortit. Effet de mimétisme induit par sa fonction : l'interprète, qui suivait de très près, ouvrit aussi la sienne et, comme lui, resta muet. Soudain, l'Américain parut saisi d'une inspiration qui lui sembla salvatrice. Ignorant délibérément l'accusation, c'est presque sur un ton d'excuse qu'il dit :

— Ce que je crois, c'est qu'on a dû mal lire les informations, communiquées par l'agence de voyage, sur votre pays. Alors, forcément, on a dû commettre des impairs et les trois gars qui nous accompagnaient ont dû être mécontents et, de fil en aiguille, ils ont eu envie de se venger en maltraitant Larry. Ils se seront ensuite débarrassés de lui, après l'avoir dévalisé.

— Je vois. Ensuite, ils auraient transporté à pied le cadavre à plusieurs kilomètres de là et ils seraient revenus au bivouac, toujours à votre insu. C'est une simple opinion ou une accusation véritable ? Seriez-vous prêt à signer votre dénonciation ?

— Nom d'un chien ! je ne voulais pas dire ça. Ce n'était qu'une supposition pour vous aider ! Absurde, je le reconnais ! Et pourquoi n'aurait-il pas eu un malaise ? Après tout, ce sont des choses qui arrivent ! C'est vrai, toute cette terre partout, même dans sa bouche paraît-il, ça veut dire quoi, ça ?

Ted s'épongea le front avec son mouchoir et compléta plus calmement :

— Non ! Vous comprenez, c'est cette absence d'organisation qui m'a plusieurs fois mis hors de moi. Même chose pour Larry d'ailleurs. C'est pourquoi je me demandais s'il n'aurait pas eu une prise de bec avec les autres pendant mon sommeil, qui est tout sauf léger. Qui sait ?

Le regard fuyant de Ted paraissait chercher la porte de sortie qui lui permettrait d'échapper à la situation dans laquelle il s'était lui-même fourré. Il adopta la tactique agressive qu'il employait souvent dans son travail de directeur commercial : quand on se sent acculé, attaquer le premier.

— Si j'ai un conseil à vous donner, mon vieux, à vous et tous les Mongols, c'est que, au lieu de porter sans cesse des toasts à l'« amitié entre les peuples » – amitié mon cul ! –, vous feriez mieux de vous prendre par la main et de vous arranger pour protéger les touristes, sans ça personne ne viendra plus, et adieu les dollars ! Et puis, pendant que vous y êtes, pourquoi ne pas vous mettre au GPS, hein ? Ne serait-ce que pour éviter d'errer dans vos foutues steppes en pleine tempête de neige et de rester en carafe ! Faudra y penser ! Je leur en parlerai, moi, aux responsables du tourisme, quand j'irai déposer ma plainte.

Nullement ébranlé par ces critiques, Yesügei avait souri à la mention du GPS, à cause de la blague qui circulait partout. Sans lever les yeux du formulaire qu'il complétait, il répliqua aimablement :

— Nul doute qu'à l'office du tourisme ils se relaieront jour et nuit pour vous écouter et répercuteront vos plaintes jusqu'au ministre en personne. D'ailleurs, vous aurez tout le temps d'exprimer vos doléances auprès de tous les employés compétents durant la poursuite de l'enquête, qui vous oblige à demeurer en ville, à ma disposition.

Yesügei se leva alors lourdement et, tout en montrant la porte à Ted, il lui demanda, toujours avec la même affabilité :

— Auriez-vous une explication au fait que le corps de votre compatriote ait été retrouvé à une distance du bivouac qu'il n'a vraisemblablement pas pu parcourir à pied ?

Comme Ted se taisait, sincèrement déconcerté, Yesügei n'attendit pas de réponse et enchaîna :

— La *tara*…

Il prononçait *dara*, à la mongole.

— … vous savez bien, la statuette achetée par Larry au marché aux puces, est-ce que vous connaissez la raison de son acquisition ? Est-ce que vous avez vu si elle contenait quelque chose qui aurait pu disparaître depuis ?

— La statuette ? Il l'a achetée parce qu'elle lui plaisait, pardi ! Et un bon prix, sans marchander ! Et si vous voulez mon avis, ça n'a rien à voir avec sa mort. Vous demandez si elle contenait quelque chose ? Vous rigolez, non ? Vous avez trop bu ou quoi ?

Ted paraissait à nouveau sincère et il n'avait pas tout à fait tort. Yesügei avait bu, mais sans excès : juste ce qu'il fallait.

14
TÉMOINS

Sa nonchalance coutumière dissimulait, à dire le vrai, une activité forcenée, du moins selon les critères applicables à Yesügei. Toujours présent en apparence, son « margachisme » – cette aptitude répandue à tout remettre au lendemain, qui avait tant exaspéré l'occupant russe – n'était plus que de façade. En fait, pour la première fois depuis longtemps, il ne remettait rien à plus tard et menait de front investigations, interrogatoires et conjectures.

Personne ne s'en rendait compte, sauf peut-être Gerel, toujours prêt à l'admirer et à lui emboîter le pas. C'est en sa compagnie que Yesügei, non sans remarquer que l'accès à la consigne n'était pas gardé, retourna inspecter les bagages de Larry, laissés à l'hôtel Oulan Bator. Quelques vêtements de ville, un ou deux livres de poche, des paperasses en anglais concernant, d'après l'interprète assermenté, l'adaptation et la culture de certaines plantes sauvages de Sibérie, d'Amérique du Sud et d'Afrique centrale. Et, soigneusement enveloppée dans un gros paquet d'ouate, la *tara* dénichée au marché aux puces.

Yesügei la considéra un instant, comme si seule lui importait sa perfection. Eclat surnaturel, expression gracieuse, proportions harmonieuses, gestuelle délicate, raffinement des infimes cabochons incrustés sur sa tiare, à ses oreilles, son cou, ses seins, sa taille, ses chevilles. Puis il la soupesa et la caressa d'un geste de connaisseur. Au courant de la réputation de noceur de son supérieur, Gerel eut un sourire indulgent. Le chef ne pouvait résister aux formes féminines, même pas à celles, minuscules, coulées dans le bronze.

C'est alors que Yesügei renversa la statuette, en étudia, les yeux plissés, le fond plat, fait d'une feuille de fer gravée d'un double *vajra.* Parce qu'elle ne lui parut pas tout à fait plane mais un peu gondolée, il appuya son pouce sur les bords, avec de plus en plus d'insistance, jusqu'au moment où – un éclair de satisfaction passa dans les petits yeux jaunes – la feuille de fer céda, s'enfonça imperceptiblement et fut soulevée par un index épais mais néanmoins adroit, laissant apparaître un creux. La *tara* avait déjà été forcée. « Pas étonnant, on entre ici comme dans un moulin ! »

— *Tchort !*

La statuette était vide, mais Yesügei demeurait persuadé qu'elle ne l'était pas quand Larry l'avait achetée ou bien qu'il y avait lui-même introduit un document, destiné à quelqu'un d'autre. Gerel crut comprendre que c'était un indice important, mais il ne jugea pas opportun de demander pourquoi.

Mis de bonne humeur par sa découverte, Yesügei l'invita à assister aux interrogatoires de Tsering, de Bayar et du *djolotch.*

Tsering, l'interprète de Larry et de Ted parti avec eux à la chasse, regardait avec une certaine fascination les rides installées dans de vieilles cicatrices sur le visage de Yesügei. Elles s'y étaient incrustées comme l'empreinte du fer à marquer les bestiaux. Il ne fit aucune difficulté pour raconter tout ce qu'il savait de ses clients et insista sur le fait que Larry écrivait souvent dans son « journal de bord », surtout quand ils rencontraient des gerboises, des champs d'armoise et... des indications d'exploitations minières. D'après lui, l'Américain demandait alors toutes sortes d'explications et ne semblait jamais en obtenir suffisamment pour son goût.

Cette pensée parut assombrir Tsering et Yesügei en conclut que celui-ci ne s'était pas toujours senti à la hauteur.

— Il s'est montré désagréable avec toi ?

— C'est arrivé, oui. Mais qu'est-ce que ça a à voir avec sa disparition ?

Tsering hésita, puis il se décida à livrer ce qui l'avait contrarié :

— Il me charriait chaque fois que j'hésitais sur un mot de vocabulaire mais, en général, ça n'allait pas loin.

— Rien de bien méchant, en somme ?

— Si ! Il a tout de même cherché plusieurs fois à me vexer, voire à m'humilier. Il oubliait que j'ai étudié à l'Institut des langues étrangères à Moscou !

— Je sais, je sais, et il paraît que tu es sorti dans les premiers et que tu imites à s'y méprendre l'accent américain. Quoi d'autre ?

— Il ne s'est pas montré déplaisant qu'avec moi.

Yesügei savait par expérience que celui qui accuse ment toujours un peu. Il le laissa néanmoins continuer.

— Il a souvent critiqué Bayar et surtout le chauffeur. Pourtant, ces deux-là se sont beaucoup décarcassés. Ils faisaient tout pour rendre agréable cette partie de chasse. On s'arrêtait dès que les clients le souhaitaient. Le *djolotch* cuisine bien, il leur a même fait le grand jeu, avec un *boodog*, qu'ils appelaient barbecue, et ils se sont si bien régalés qu'ils en réclamaient sans cesse, alors qu'on n'avait plus de chèvre.

— Pas de marmotte non plus ? C'est vrai que, depuis peu, l'espèce est protégée et qu'on a intérêt à faire gaffe...

— Il faut avouer qu'on n'a pas eu de veine. On n'a rien attrapé du tout. Les clients étaient particulièrement difficiles, ce qui est drôle pour des chasseurs qui sont allés partout. Sans parler du mauvais temps qui nous a carrément plombés.

— Et entre eux, les Ricains, ça marchait comment ?

— Couci-couça. A plusieurs reprises, ils ont été à deux doigts de se taper dessus. Pour des bricoles, mais peut-être aussi pour des trucs privés qu'on ignorait. Après la disparition de Larry, Ted était plus furieux qu'inquiet, parce que l'autre avait emporté le whisky qui restait, alors qu'il a dû d'après moi se tromper de gourde et croire emporter de l'eau.

— Et rien de spécial ne t'a frappé dans ces discussions entre eux ?

Heureux d'être en mesure de satisfaire l'inspecteur, Tsering n'hésita pas :

— Si ! Après une violente dispute, quand ils se sont calmés, ils ont entamé une drôle de conversation. Mais, comme ils faisaient les cent pas, et comme ils s'arrangeaient pour n'être pas compris, je ne distinguais pas tout, loin de là ! Pourtant des mots revenaient : « changement de vie »... « rencontre inespérée »... « propriété intellectuelle »... « contacts »... « investissements »... « profits garantis »... « prolonger le séjour »... « laboratoires »... « lobbies »... Ce mot-là revenait souvent. Apparemment, ils n'étaient pas d'accord sur tout.

— Hum... C'est peut-être important, mais pas très substantiel.

— En y repensant, Larry lisait certaines brochures avec un tel intérêt que j'y ai jeté un coup d'œil. Entre autres, sur les plantes curarisantes, dont les Indiens d'Amérique extraient une substance paralysante, et aussi sur les strophantus d'Afrique centrale, dont les graines servent aux indigènes à préparer le poison, à effet cardiotonique, dont ils enduisent leurs armes.

Yesügei considéra l'interprète avec stupéfaction :

— Dis donc ! Tu as une de ces mémoires, toi !

Tsering s'apprêtait à se réjouir du compliment, quand Yesügei compléta :

— On dirait que tu les observais de près ! Et avec tout ça, tu es certain de n'avoir rien vu quand Larry est parti la dernière nuit ?

Tsering toussa. La question l'embarrassait, car sa responsabilité était en jeu. Il préféra esquiver, en révélant que ce n'était pas la première fois que Larry leur faussait compagnie.

— Il était déjà parti une nuit. Au petit matin, c'est le *djolotch* qui l'a trouvé, pelotonné sur lui-même, au pied du véhicule. Il a dit s'être effondré là, épuisé d'avoir cherché le chemin du retour. Il n'a fourni aucun éclaircissement, il répétait seulement qu'il s'était « perdu ».

— A propos, il paraît que le *djolotch* s'est perdu lui aussi et que vous avez tourné en rond.

— C'était pendant une tempête de neige soudaine, on n'y voyait pas à dix centimètres !

— N'empêche, ça m'étonne d'un des nôtres ! Et chauffeur de métier, en plus ! Le GPS dont on vous a tous équipés récemment, c'est pour les chiens ? Tu sais que ça la fout mal ?

— On l'avait pas emporté...

— Pour quelle raison, tu peux me le dire ?

Tsering voyait monter la colère de l'inspecteur. Il ne répondit pas, car il savait qu'ils seraient de toute façon sanctionnés tous les trois pour faute professionnelle.

Yesügei le savait aussi, mais en dehors de ces manquements et bien qu'il sentît Tsering braqué contre ces touristes, il ne le pensait pas coupable d'avoir tué Larry. Il lui faudrait cependant tirer au clair pourquoi, GPS ou pas, le *djolotch* avait perdu sa route. Pendant des siècles le monde nomade s'était passé de ce système et ils n'en étaient pas moins parmi les meilleurs traqueurs et pisteurs au monde ! Chez eux, on ne se perdait pas !

L'audition du témoin suivant n'inspirait pas beaucoup Yesügei. Bayar, le chasseur-accompagnateur, avait toujours été apprécié des clients étrangers et il n'avait aucune raison de le soupçonner plus qu'un autre. Cependant, la façon qu'il avait de se tenir les mains pour réprimer parfois un tremblement intriguait l'inspecteur. Cette agitation, qu'il tentait de dissimuler, ne correspondait pas à son tempérament, c'est ce qui poussait Yesügei à insister.

— Est-ce que certains propos de ces chasseurs étrangers t'ont blessé, toi aussi ?

— Je ne sais pas assez d'anglais pour prendre la mouche, mais je dois dire que leurs manières n'étaient pas toujours supportables. Ce qui est sûr, c'est qu'ils ont mis en doute mes compétences de chasseur, alors que c'était le gibier qui manquait et que le temps ne se prêtait pas du tout à la chasse. Du reste, ce sont eux qui ont raté les rares cibles qui se soient présentées. Ils ont même blessé une saïga, qu'on ne pouvait poursuivre à cause de la distance, du terrain et de l'intempérie. Un beau gâchis !

En vrai chasseur mongol, Bayar laissait éclater son amertume et son indignation devant tant d'impéritie.

« Il les méprise et eux l'ont humilié, c'est évident. Mais serait-ce un mobile suffisant ? » Yesügei se représentait sans mal les différentes scènes : la traque infructueuse, les tirs manqués, les insultes rentrées, l'irritation croissante, le dépit de part et d'autre. Il les plissait si fort, en imaginant le déroulement de la partie de chasse ratée, que ses yeux n'étaient presque plus visibles, ce qui inquiéta Bayar. Celui-ci devinait que l'inspecteur le laissait mariner dans son jus, avec l'espoir de le voir ajouter quelque détail intéressant. Gêné par ce silence, Bayar regarda Gerel, absorbé en apparence par le classement de documents. L'attitude neutre, presque innocente, du jeune policier lui redonna confiance. Après tout, il n'avait rien à se reprocher et, plus il ferait preuve de naturel, plus vite l'inspecteur le laisserait partir.

— Il y a aussi que ces touristes pleins aux as se croient tout permis...

— Ah oui ? Tout permis ? C'est quoi, tout ?

Les petits yeux jaunes avaient pris la forme d'un point d'interrogation.

— Je veux dire... moi, je suis chasseur professionnel, hein ? eh ben avec des types de ce genre, je me retrouve homme à tout faire. Ne serait-ce que pour donner un coup de main au *djolotch*, qui ne s'en sortirait pas autrement. C'est un pote, on part souvent ensemble. C'est qu'il faut les servir, ces messieurs : préparer la bouffe, assurer la conduite, alimenter la conversation, veiller à l'ambiance, entretenir le matériel... et le plus beau, c'est qu'ils ne sont jamais satisfaits et passent leur temps à récriminer ! Forcément, ils nous voient un peu comme des larbins.

— C'est-à-dire ?

— C'est-à-dire qu'ils veulent sans cesse donner des ordres et nous font à tout moment sentir leur supériorité. Ils viennent du pays le plus riche, le plus évolué. Ils sont pourris de fric et ont sur eux de quoi vivre à l'aise ici pendant un an : montres avec des cadrans comme des tableaux de bord, chaussures de marque, armes, jumelles, caméras...

— Tu as été tenté ?

— Hein ? Qu'est-ce que vous allez imaginer ? Non, mais ça agace forcément, cet étalage de richesses !

« Allons bon, voilà que se profilent maintenant l'envie et l'intérêt comme mobile éventuel... »

— Ce n'était pas la première fois que tu accompagnais des rupins, ne me dis pas que tu n'avais pas déjà éprouvé pareils sentiments !

— Tout dépend des gens et de leur comportement. Là, les circonstances ne nous ont pas aidés. Quand la chasse est réussie, on n'a pas le temps de penser à tout ça.

— Est-ce que quelqu'un savait où tu allais et avec qui ?

Surpris par cette question sans rapport avec les précédentes, Bayar bredouilla :

— Ben, mes parents... qu'est-ce que ça a à voir ?

— Rien, j'en suis persuadé. Et pendant la randonnée, tu as communiqué avec quelqu'un ?

— J'ai... j'ai appelé ma fiancée depuis Dalanzadgad.

— Tu as dit où vous étiez ?

— Evidemment.

— Tu lui as parlé des clients ?

— Je crois bien. Fallait pas ?

15

STRIP-TEASE

Yesügei regarda la pendule. Trop tard pour entendre ce soir le *djolotch*.

— Renvoie-le chez lui et dis-lui de revenir demain. Ça lui donnera plus de temps pour réfléchir à sa déposition.

Pendant que Gerel s'exécutait – non sans songer que le chauffeur avait poireauté tout l'après-midi et que la tactique de Yesügei visait probablement à déstabiliser le témoin –, Yesügei resta affalé sur sa chaise, les bras sur le bureau vide. Il sortit une bouteille d'un tiroir et but au goulot, à plusieurs reprises. Il tendit ensuite la bouteille à Gerel qui revenait. Le jeune homme hocha la tête et, sans se presser, l'inspecteur remit la bouteille à sa place.

— Ça te dirait de passer une soirée en compagnie de jolies filles ?

La renommée du licencieux Yesügei dans le domaine amoureux, ou plutôt sexuel, lui fit entrevoir une tournée des bars érotiques, dans lesquels il avait toujours souhaité se rendre sans avoir jamais pu le faire, faute de fonds et surtout de hardiesse. Il crut bon, cependant, d'accepter avec une certaine indifférence, comme si les ordres du patron l'emportaient sur toute préférence personnelle.

Après avoir avalé quelques portions de *khuushuur* à deux pas du commissariat, dans une gargote qui ne payait pas de mine mais servait les meilleurs beignets au mouton de la ville, ils se mirent à parcourir lentement, en voiture, le quartier des discothèques, situé à l'ouest de la cité. Dans la rue Chingujav, Yesügei laissa Gerel admirer les lumières et lui-même entra un instant au Palace.

— Rien.

Ce fut la seule réflexion qu'il consentit à livrer en regagnant son siège. Il descendit de voiture encore une fois ou deux. Toujours rien qui parût le satisfaire.

— Prends donc la perpendiculaire, là, oui celle-là, l'avenue Enkh Tayvan, en direction du centre. Stop ! je fais juste un saut et je reviens.

Yesügei s'engagea à pied dans une rue de moindre importance sur la droite. Une rue tracée en courbe, qui ressortait sur la même avenue, un peu plus loin. Toujours au volant, Gerel voyait l'enseigne d'un restaurant, surmontée de celle, encore plus scintillante, du Queen Night Club. Yesügei mit un peu plus de temps, il avait dû monter à l'étage. « Si seulement il me disait ce qu'on est venus chercher », soupira Gerel, qui commençait hélas ! à comprendre que c'était pour le boulot que son *böke* – si libidineux fût-il – écumait les lieux de plaisirs nocturnes.

Yesügei revint le visage fermé et se contenta de grogner en désignant du menton l'avenue de la Paix, qui les ramenait au centre. Il laissa passer sans broncher les néons multicolores et clignotants du Bridge Bar, puis il fit signe à Gerel de ralentir devant ceux de l'Attila Bar. Deux secondes plus tard, depuis la porte capitonnée de cuir clouté, il l'invitait à venir le rejoindre.

Quand Gerel entra à son tour, il trouva Yesügei au bar, perché sur un tabouret, entouré de filles plutôt dénudées et sifflant à la file et à une cadence soutenue de tout petits verres d'une liqueur verdâtre. Le spectacle qui se déroulait sur la minuscule scène ronde, parut torride au jeune Gerel. Il se plaça de manière à ne pas en perdre une miette, tout en pouvant suivre ce que faisait son chef.

— Vas-y ! Rince-toi l'œil ! Après, tu auras les idées plus claires.

Deux filles, déjà très dévêtues, une Asiatique et une Occidentale, montaient et descendaient lascivement, en cadence, le long d'une mince colonne lumineuse placée entre leurs jambes fuselées, gainées de nylon noir. Quand elles cessaient leur gymnastique aguicheuse, d'un rond de jambe levée très haut, elles s'éloignaient de la colonne et enlevaient un gant ou une jarretelle, qu'elles faisaient tournoyer et lançaient au public, en arrondissant leur bouche très rouge d'un oh ! de confusion amusée. La musique soulignait chacun de leurs gestes coquins et quelques applaudissements blasés les encourageaient à poursuivre. Pas un cliché ne manquait.

Tout émoustillé, Gerel tourna la tête vers Yesügei, dans l'intention de lui faire partager son appréciation enthousiaste, mais quelle ne fut pas sa surprise de constater que celui-ci ne regardait même pas la scène. L'inspecteur, qui jouait avec une pochette d'allumettes bleue, portant le nom Attila Bar en lettres d'or, était en grande conversation avec celle des hôtesses qui restait, les autres étant déjà parties accueillir de nouveaux clients.

— Gerel, mon lieutenant... Sandjimaa... la jeune personne qui a... dansé avec notre Américain, avant la partie de chasse.

Les présentations faites, Gerel eut tout loisir de détailler l'hôtesse de charme. Taille plus élevée que la moyenne, cheveux châtain clair frisés au fer, traits asiatiques mais pas trop, beaux yeux bleus, corps agréable à regarder et manières avenantes. Elle portait un pantalon taille basse très ajusté et un boléro de satin, bordé de strass, qui rappelait celui des lutteurs, avec un tout autre genre de musculature en dessous.

Grand amateur de lutte, Gerel se rappela la légende : si le boléro du lutteur est désormais ouvert, c'est parce que le plus fort d'entre eux fut un jour battu à plate couture, et à son insu, par une femme portant un boléro fermé comme ils l'étaient tous alors. Depuis, le boléro est ouvert, ce qui permet de distinguer d'emblée, sans équivoque, le sexe du combattant et d'échapper à ce genre d'humiliation.

Yesügei lui aussi observait de près Sandjimaa, mais il avait chassé toute luxure de ses petits yeux couleur de bile. Au point que Gerel ne put s'empêcher de le trouver très... flic et plus du tout voluptueux.

— Vous avez donc dansé à l'hôtel, puis ici et vous avez passé la nuit ensemble, c'est bien ça ?

Sandjimaa souriait, très à l'aise. Elle ne répondit pas directement.

— Larry restera un de mes meilleurs souvenirs. Je regrette beaucoup ce qui lui est arrivé. J'ai pourtant essayé de le prévenir, mais il n'a pas lu mes messages avant de partir.

— Le prévenir de quoi ?

— Je ne sais pas au juste. J'ai senti qu'il risquait des ennuis parce que, à plusieurs reprises, il a parlé de flore médicinale, d'industrie pharmaceutique, d'usine d'engrais et de pesticides. Or je sais bien que ce sont des domaines réservés... des chasses gardées... comme on dit, non ?

Elle rit avec légèreté et parut hésiter.

— Les Russes ?

En posant la question, Yesügei avait un air dur que Gerel ne lui avait pas vu souvent. Sandjimaa mentit avec un naturel déconcertant :

— Je l'ignore. Quoi qu'il en soit, c'est bien dommage. Je le regretterai, il était tendre, prévenant et très bon payeur.

« Voilà qui contredit les affirmations un peu trop appuyées de Ted », pensa Yesügei, en la remerciant avec une courtoisie à laquelle les filles de son milieu ne sont guère habituées.

— Alors, qu'est-ce que tu attends pour te mettre à poil ?

Le *djolotch* sursauta, il ne s'attendait pas à pareille entrée en matière. Gerel se dit, lui, avec amusement, que le chef exigeait du chauffeur un strip-tease différent de celui de la nuit précédente, mais un strip-tease quand même. Nullement gêné par son lapsus, Yesügei fixait le *djolotch* :

— A table, à poil, c'est du pareil au même. Ce que je veux, c'est que tu déballes tout ce que tu sais sur cette virée de merde, durant laquelle tu t'es permis, apparemment, toutes les fantaisies qui te passaient par la tête.

Des types au visage de voyou sympathique, il en avait vu beaucoup au cours de sa carrière. Du genre à créer des ennuis aux autres comme à eux-mêmes. Son expérience de flic le lui garantissait.

— Alors, tu accouches ?

Le *djolotch* se lança dans le récit du voyage avec les clients, reproduisant à peu près les dépositions de Ted, de Tsering et de Bayar. Avec, cependant, une nuance de filouterie, absente chez les trois autres. Et même quelques allusions à peine voilées aux penchants sexuels de Ted, qui, d'après lui, regardait tous les jeunes garçons rencontrés avec un intérêt qu'il s'efforçait de dissimuler. « C'est tout ce qui manque », se dit Yesügei, sans y accorder trop d'attention. Après tout, personne d'autre n'en avait parlé et ce *djolotch* avait l'esprit mal tourné, c'était évident. « Pas de quoi alerter le comité central », comme on disait dans le temps.

— Ces étrangers sont arrogants, ils n'ont aucun respect pour nous. A leurs yeux, on n'est rien d'autre que des esclaves, là pour les servir, des chiens bons à galoper pour satisfaire tous leurs caprices. Pour leur complaire, il faudrait presque aller jusqu'à les torcher !

— C'est ça, c'est ça, c'est pas faux !

Les yeux plissés, le rire finissant en quinte de toux, Yesügei avait l'air de se marrer franchement.

— Et comme ça, toi non plus, tu ne l'aurais pas vu partir ?

— J'étais crevé, je dormais. On avait crapaüté tout le jour, pour essayer un dernier coup de trouver du gibier et ensuite de regagner la route de retour. Tout le monde était d'une humeur de dogue, c'était pas marrant !

— Très professionnel ! Dis-moi, il paraît que tu t'es perdu ? Chapeau !

Yesügei crut lire une certaine malice dans le regard vexé du chauffeur. Il le soupçonnait d'avoir tourné en rond exprès pour embêter ces touristes dépourvus de considération envers eux. Car les chauffeurs ont toujours droit à beaucoup de respect de la part des clients, alors que ceux-ci l'avaient raillé et surnommé *Shortcut* à cause de sa manie des raccourcis.

— Le Ricain survivant nous prend vraiment pour des hommes des cavernes. Il ne comprend pas comment on peut vivre sans GPS. Puisqu'on vous en avait équipés, pourquoi être partis sans ?

— Je l'avais prêté à un copain qui allait dans une zone impossible... Mais quel rapport avec le décès du client ?

— « Prêté » moyennant finance, je parie ? On connaît la combine.

Pour éviter d'avoir à raconter, ou à entendre, la blague des nomades, qui, utilisant les mêmes initiales, appellent le Global Position System, Ger Position System, parce que le meilleur moyen de se diriger en cas de doute est de demander son chemin aux habitants, de groupe de yourtes en groupe de yourtes, l'inspecteur ne laissa pas au *djolotch* le temps de répondre :

— A propos de finance, j'y pense, ces devises...

Il laissa la phrase en suspens, pour demander à brûle-pourpoint :

— Où est-il allé, d'après toi ? t'aurais pas une petite idée ?

Comme le *djolotch* se taisait avec obstination, il enchaîna, soudain radouci :

— Tu veux que je te le dise ?

Une amorce de soulagement dans le regard, le *djolotch* acquiesça.

— Eh ben, non ! j'ai changé d'avis, je ne te dirai rien. C'est à toi de parler ! Où en étions-nous ? Ah oui ! au fait, les devises découvertes chez toi, elles venaient d'où ?

— Ce fric est à moi. Ce sont mes économies, ça vous dérange ?

Le *djolotch* avait pris son air le plus buté. Yesügei cracha avec vigueur.

— Tu l'as eu comment ?

Le *djolotch* s'entêtait dans son silence.

— A moi, tu peux bien le dire puisque je ne suis pas inspecteur du fisc. Au cas où tu ne le saurais pas, je fais plutôt dans les homicides. Ce pognon ne m'intéresse que parce qu'il y a des chances pour qu'il provienne du mec assassiné que j'ai sur les bras. Sinon d'où ? Petits boulots au noir ? Prostitution ?

L'inspecteur posait ses questions sur un ton grivois, propre à ulcérer le témoin. Le geste menaçant que celui-ci esquissa envers lui attira aussitôt une réaction violente de la part de Yesügei.

— Joue pas à ça, ducon !

Du plat de sa vaste pogne, il repoussa sans ménagement le front du *djolotch*, dont la tête bascula en arrière. La casquette s'en alla valser au milieu de la pièce.

— Qu'est-ce qui vous prend ? Vous n'avez pas le droit !

Yesügei cracha à nouveau, plus fort et plus loin, avec une grossièreté accrue.

— Arrête tes conneries ! et évite de me raconter des salades ! Tu n'as rien à y gagner, sinon des emmerdes. Donc...

Il se leva, donna un coup de pied dans la casquette, et vint se planter devant le témoin, tout près de lui. Puis il le plaqua violemment contre le mur, le souleva comme si c'était un vulgaire jouet en peluche ou un pantin de son, le reposa avec brutalité. Puis, avec un art consommé des interrogatoires, il se mit à lui cogner dessus, à différents endroits bien précis, en se gardant de toucher tout organe vital et de laisser la moindre trace visible, jusqu'à ce que, soucieux d'éviter la bavure, Gerel vînt s'interposer.

— Tu soutiens toujours que tu n'as parlé à personne de l'itinéraire et que tout ce blé a été gagné honnêtement. Tu es prêt à signer une déposition dans ce sens ?

Le *djolotch* s'agita, tâta ses poches, regarda désespérément autour de lui, puis il osa demander :

— Je peux fumer ?

Yesügei prit son temps pour sortir sa tabatière. Après un rapide simulacre d'offre à la ronde, il se remplit de poudre les narines. Rendu débonnaire par cette bonne petite prise, il cligna de l'œil en direction de Gerel, qui en profitait pour se rouler une cigarette, et lui dit :

— Allez, va lui chercher ses sèches.

16

VOIES

Les différentes dépositions concordaient, au moins sur certains points : Larry s'était montré constamment intéressé par les gerboises, par les champs d'armoise et, à un moindre degré, par les sites miniers, surtout par leur emplacement.

Même si elle devait tout au hasard, une première constatation sautait aux yeux : le corps de Larry avait été retrouvé en un lieu fort éloigné du campement, situé à égale distance de « filons » de gerboises, d'armoise et de richesses minières...

« Sans compter l'usine d'engrais à proximité », avait fait remarquer Gerel avec un à-propos qui avait surpris son chef.

Après avoir fumé sa cigarette avec volupté, le *djolotch* avait avoué qu'il avait subtilisé dans le sac de Larry un paquet de dollars. C'était au moment où ils avaient décidé de regagner sans lui la capitale, après l'avoir cherché en vain toute la matinée dans les environs. Il regrettait son geste mais « franchement », il ne pensait pas que ce petit larcin pouvait compter pour un type si fortuné. Il affirmait par ailleurs qu'il y avait dans cette besace beaucoup plus d'argent, qu'il n'en avait pris qu'une petite partie, « plutôt pour le principe », et il jurait ne pas savoir ce qui était advenu du reste, puisqu'on n'avait rien retrouvé.

Aucune ruse déployée par Yesügei, aucune menace, aucune violence supplémentaire, rien n'avait pu faire démordre le témoin de ses dernières déclarations.

Il avait également reconnu avoir téléphoné d'Erdenedalaï à son frère, pour lui faire part de ses ennuis : il lui avait alors tout naturellement indiqué leur position et leur intention de rentrer par le plus court chemin. Il n'y avait « pas de mal à ça ». Il ne voyait pas en quoi il avait pu manquer à son devoir.

Yesügei récapitulait les circonstances qui avaient abouti à la mort de l'Américain et, autant par habitude que pour initier Gerel, il parlait tout haut :

— Théoriquement, chacun des quatre aurait bien un mobile pour le faire disparaître. Ted était jaloux de sa réussite et de ses succès et ils ne s'entendaient pas si bien que ça ; Tsering s'est senti humilié et méprisé ; Bayar et le *djolotch* également, dans une moindre mesure, mais ces deux-là avaient conçu en plus une certaine cupidité pour les possessions de Larry, dont ils ne cessaient d'exagérer l'importance.

Cette idée rendait Yesügei perplexe. Il aurait compris que l'on convoitât un bel arc en cuir et bois de saule, un cheval à la robe ou au caractère exceptionnels, à la rigueur une femme irrésistible... Et encore ! En son for intérieur, il ressemblait à ses ancêtres, dont des voyageurs de passage ont écrit qu'ils « ne vivaient pas sur terre », n'étant attachés à rien de matériel. Une affirmation sujette à caution et qui resterait à démontrer, explicable pourtant par la fascination exercée par le mode de vie nomade sur des hommes habituellement sédentaires.

Quels que soient les avis sur le détachement des Mongols à l'égard des biens terrestres, c'était un fait : lui ne tuerait pas par concupiscence.

— Bon, en admettant qu'ils aient bien eu chacun un motif, aucun d'eux n'aurait eu l'occasion de l'éliminer sans être vu ou entendu par les trois autres, lesquels auraient de toute façon retrouvé le cadavre à proximité, le lendemain. Ce qui me surprendrait aussi, c'est que des

Mongols entretiennent avec des touristes des relations assez détestables pour dégénérer en meurtre. Ils ont une réputation méritée de tolérance, ils sont accueillants et surtout prudents à l'extrême. Je n'ai jamais vu d'exemple prouvant le contraire.

Gerel écoutait, d'avance convaincu. La perplexité de son *böke* ne l'inquiétait pas. Il lui faisait confiance.

Yesügei repoussa sa casquette pour se gratter la tête.

— Une partie de chasse gâtée par la malchance et une certaine mauvaise volonté de part et d'autre. Des dissensions plus ou moins graves. Et surtout un très mauvais choix, quant à la saison, dans un pays où printemps et automne ne durent pas. Je ne comprends pas qu'on ait pu les laisser partir à une période connue pour ses brusques variations climatiques. Quand on sait que la température peut chuter de dix à quinze degrés en quelques heures, quitte à remonter aussitôt, c'est criminel de ne pas interdire ce genre d'expédition ! Ouais, mais le pire, c'est qu'après ces sages considérations, on est bien avancé !

Yesügei pataugeait et n'en faisait pas mystère. Pourtant, il n'était nullement soucieux : aussi patient et persévérant que tout bon chasseur, il manquait rarement sa proie, dût-il l'attendre longtemps.

S'il est indéniable que les voies divines sont impénétrables, que dire de celles de l'enquêteur, sinon qu'elles sont innombrables, ténébreuses, variées et apparemment disparates. Pour commencer, Yesügei comptait suivre quelques-unes de ces voies – chemins, foulées, pistes ou traces, comme on voudra –, dont celles des filières russe et chinoise.

Gerel avait fait du bon travail en découvrant que la fiancée de Bayar était conditionneuse dans un complexe pharmaceutique russo-mongol. Interrogée, la jeune fille avait admis sans mal qu'elle avait raconté les mésaventures de son promis, parti chasser avec des Américains.

Elle se souvenait avoir mentionné le vif intérêt de l'un d'eux pour les plantes médicinales.

Quant au frère du *djolotch*, Gerel l'avait vu plusieurs fois en conversation avec le même ressortissant chinois, employé, lui, au bureau des Mines.

Yesügei décida d'utiliser les compétences de deux de ses connaissances, un Russe et un Chinois, dont il n'avait plus de nouvelles depuis longtemps. Le cas échéant, il se renseignerait également auprès des gens d'Eglise, souvent bons chimistes et, pour certains, fins observateurs de la société.

— Des indics ? demanda Gerel, soucieux de montrer qu'il était au parfum.

— Disons, pour faire plus scientifique, des informateurs...

Malgré ces nouvelles possibilités, l'inspecteur n'avait pas encore abandonné la voie débouchant sur la culpabilité de Ted, l'autre Américain. Pourquoi pas ? Il n'écartait pas non plus la complicité de Sandjimaa. L'hôtesse de charme, un peu souris d'hôtel sur les bords, pouvait aussi avoir par intérêt renseigné le ou les meurtriers. Qui sait ? Ses protestations de sympathie pour Larry avaient beau être convaincantes, elles ne la mettaient pas pour autant à l'abri des soupçons.

L'éventualité d'une attaque de braconniers n'était pas à exclure non plus. On pouvait même envisager, bien que ce fût improbable, le passage nocturne de voleurs de bétail, surpris par ce témoin involontaire et contraints de le réduire au silence. Enfin, il n'avait pas oublié que son frère juré, Erdenbat, lui avait signalé l'indice de la flèche...

Malgré les dénégations de Ted, Yesügei le croyait tout à fait capable d'avoir fait disparaître le restant de la somme en devises que le *djolotch* n'avait pas osé prendre. Il sentait l'Américain hostile et effrayé. Décidément, cet homme lui paraissait suspect, sans que ce fût forcément d'un meurtre. D'ailleurs, depuis qu'un de leurs compatriotes avait tenté de voler un œuf de dinosaure au musée d'Oulan Bator, même s'il s'en défendait, Yesügei était toujours prêt à soupçonner les Amerloques... Il était du reste persuadé qu'un croc-en-jambe astucieusement porté suffirait à faire trébucher Ted, le tout au figuré, s'entend.

Les braconniers, quant à eux, il les connaissait bien : ils n'entendent pas partager leur source de revenus avec quiconque. Encore moins avec des étrangers, même payeurs, puisqu'ils ne sont pas, eux-mêmes, bénéficiaires de cette manne. Le gibier est rare, les lois sévères, les ramures se vendent à prix d'or : que les chasseurs aillent au diable et si on peut les y aider... Si c'était le cas, il n'y avait rien à faire, il ne les attraperait jamais. Yesügei soupira et étouffa un juron.

La flèche, elle, constituait peut-être un indice intéressant. Mais quelle flèche et quel indice ? Ses pensées se mouvaient dans le noir, un noir de poix.

« Sauf si on retourne là-bas. »

Il pensait à l'endroit où ils avaient découvert le corps, ainsi qu'à celui où les randonneurs avaient campé la dernière nuit.

— En vénerie, le circuit parcouru par la bête autour de l'endroit où elle a été lancée s'appelle randonnée. On sait que certains animaux retournent plus volontiers que d'autres sur leurs voies. De même, certains assassins reviennent, dit-on, sur les lieux du crime. Allons donc voir là-bas s'ils y sont.

17

BOURRAGE (DE CRÂNE)

Ted fit une petite grimace. La neige tombait en flocons légers et transparents. Dans une heure, le soleil brillerait à nouveau. Ce temps changeant l'agaçait, comme lui pesait cette vie de prisonnier de luxe. Il s'étonnait de ne pas éprouver plus de peine pour la mort de Larry et de n'avoir pas été bouleversé par l'identification du défunt, à laquelle il avait dû se plier. Ce qui l'avait le plus impressionné, même s'il s'y attendait, c'était la bouche maculée de terre. Il se rassurait en se disant que ce manque de sensibilité était dû aux circonstances, particulières. En revanche, il avait été troublé, presque contrarié, par l'annonce de l'arrivée imminente de Tina. L'ex-femme de Larry, il la connaissait à peine, mais elle avait le chic pour le mettre mal à l'aise.

Comble de l'absurdité, on venait de lui signifier, à la réception de l'hôtel, que son visa allait expirer ! On le retenait donc en Mongolie contre son gré, pour les besoins d'une enquête sur la mort suspecte de son partenaire de chasse et, sans doute à cause d'une erreur de date, il serait bientôt en infraction pour expiration de visa ! L'ambassade de son pays ferait-elle un effort ? Elle ne lui avait jusqu'ici été d'aucun secours. « Bien au contraire », ne pouvait-il s'empêcher de penser, en ayant du mal à l'admettre.

Ted acheva de feuilleter le *Mongol Messenger*, qu'il avait déjà lu trois fois sans rien retenir, et le reposa sur la pile de l'autre hebdomadaire local en anglais, l'*Oulan Bator Post.* Tout en contemplant distraitement les titres des couvertures, il se remémorait la perquisition de sa chambre et la fouille de ses bagages par des douaniers, au retour du funeste périple. Que prétendaient-ils trouver déjà ? Ah oui ! Des « publications subversives », je vous demande un peu. Ils lui avaient également cherché des poux dans la tête, à propos de la déclaration d'introduction dans le pays d'armes à feu, que lui et Larry avaient omis de remplir, à l'arrivée.

En voyant entrer dans le hall de l'hôtel ce péquenaud d'inspecteur, il se sentit tout à coup le sang au visage. Yesügei se dirigeait vers le bar sans regarder autour de lui. Presque tous les fauteuils étaient occupés, mais il avait tout de suite vu que Ted était là. Celui-ci se leva et l'interpella sans façon, en anglais :

— Dites donc, inspecteur, vous êtes au courant pour mon visa ?

Conscient de la barrière de la langue entre les deux hommes, sur un signe de Yesügei, le concierge s'empressa d'offrir ses services en traduisant la réponse :

— Hélas, cher monsieur, ce sont des choses qui arrivent, mais elles ne sont pas de mon ressort. Vous permettez ?

Yesügei paraissait si pressé d'atteindre le bar que Ted regretta aussitôt son impulsivité. Puisqu'il avait commencé, il continua malgré tout par l'intermédiaire du concierge polyglotte :

— Dites-lui que je veux lui offrir un verre...

— Il pense que ce n'est pas très indiqué, mais si vous avez quelque chose à lui dire, il vous écoute.

— Je veux tout simplement lui faire savoir que j'en ai assez d'attendre et d'être interrogé tous les jours, que j'en ai marre de ce pays, que j'en ai jusque-là du bourrage de crâne, du lavage de cerveau... de...

Plus il en rajoutait, plus il se sentait ridicule et donc irrité par ses propres paroles. Sa bouche molle et mal dessinée tremblait de rage et il en bafouillait.

Après avoir écouté avec le plus grand sérieux la traduction, Yesügei partit d'un grand éclat de rire et s'exclama, à l'intention des employés mongols qui assistaient à cette scène digne de l'agent 007, coincé entre la CIA et le KGB :

— Il nous prend pour des bolcheviques, ma parole !

Puis, comme si de rien n'était, il alla s'asseoir tranquillement au comptoir, en déplorant que ce Ted, si antipathique, ne fût pas la victime. A nouveau le dur et le mou s'étaient affrontés, à nouveau sans résultat.

Furieux, Ted serra les poings et, le plus dignement possible, il sortit de l'hôtel, en se maudissant, lui et plusieurs générations précédentes. Il prit le chemin de l'ambassade des Etats-Unis, se ravisa, et décida de s'y rendre en faisant un détour. Il était trop en colère. Arrivé devant l'enceinte d'un monastère, encore une fois il changea d'avis et héla un city-taxi jaune en maraude, en se rappelant à temps qu'il fallait baisser le pouce pour l'arrêter. Il avait perdu toute envie de marcher, de rencontrer des gens, même des Américains, de discuter. Devant Freedom Square, il fit arrêter la Hyundai, « freedom, c'est le mot ! », donna un pourboire excessif au chauffeur hilare et revint lentement sur ses pas.

La seule consolation à l'horizon, c'était la soirée au club de jazz, où il se rendait fréquemment. A son grand étonnement, les quelques orchestres de jazz et de rock de la capitale mongole étaient excellents et, malgré l'alcoolisme ambiant, qui lui paraissait ici plus désespéré qu'ailleurs, son seul plaisir actuel était d'aller y boire un verre, en écoutant les airs et les rythmes de sa jeunesse. Il pouvait alors se détendre et finissait par s'avouer que la disparition de Larry lui inspirait entre autres un certain soulagement – phénomène beaucoup plus courant qu'on ne veut bien l'admettre –, un sentiment qui, le reste du temps, le culpabilisait trop.

Quant à se distraire autrement, ici les enfants nécessiteux ne manquaient pas, mais, à ce qu'il avait compris, c'étaient pour la plupart des toxicos, sales et malades, qui lui inspiraient dégoût et pitié. A vrai dire, dans ce domaine, Ted était surtout un rêveur. Il frissonna : si les nomades avaient soupçonné son attirance pour l'enfant à la langue de loup, pour une fois c'est lui, Ted, qu'ils auraient écorché vif, à la place du loup !

Si Yesügei n'avait pu s'attarder au bar pour boire autant qu'il l'aurait voulu, c'est qu'il avait ensuite rendez-vous avec le médecin légiste.

— Vous avez pris votre temps, on dirait ! Alors ?

Le vieux docteur, qui employait « ouverture du corps » de préférence à autopsie, ne se précipitait jamais, même pour parler.

— Ben, je dirais crise cardiaque...

— Hein ? Qu'est-ce que ça veut dire ?

— Arrêt du cœur, si vous préférez.

On ne percevait aucune trace d'ironie chez le vieux praticien.

— Et il serait ensuite allé se fourrer tout seul dans ce tunnel, en se traînant sur le dos, après avoir bouffé le plus de terre possible, peut-être ?

— C'est à vous de trouver. Moi, je ne fais que constater. Mais ce n'est pas tout : quelqu'un aurait essayé de le brûler et y aurait renoncé car seuls les poils de ses bras et le bas de ses manches étaient roussis, ou bien il aura lui-même mis le feu à un objet qu'il tenait... A part ça, aucune trace de coup ou de violence quelconque. Encore moins de blessure par arme à feu, comme on pourrait s'y attendre au cours d'une partie de chasse. Ah ! oui, les engelures profondes aux pieds expliquent que vous l'ayez trouvé déchaussé...

Yesügei pensa à la curieuse odeur décelée par lui sur le cadavre de Larry, mais la suite le surprit encore plus.

— En fait, il peut également y avoir eu tentative d'empoisonnement...

— C'est pas vrai ? Dites-moi, c'est très en vogue en ce moment ! Ce ne serait tout de même pas du polonium 210 ou de la dioxine ou je ne sais quoi d'autre ?

Toujours imperméable à l'humour, le médecin continuait imperturbablement à exposer ses constatations :

— Un peu comme si on l'avait chloroformé et que cela ait ralenti le cœur au point de l'arrêter...

— Vous voulez dire qu'on aurait pu lui faire respirer ou ingérer une substance anesthésiante ?

— Je ne sais pas encore. Dans le sang et l'estomac, on trouve surtout de l'alcool. Mais le corps présente une blessure au pouce droit, qui pourrait être la voie d'entrée de cette substance, à mon avis, très proche de la pilocarpine, une sorte de digitalique.

Yesügei plissait les yeux, c'était probablement l'explication de l'autre odeur, celle qui lui avait évoqué la morgue et les désinfectants.

— Vous avez dit pilocarpine ?

— C'est un alcaloïde extrait d'une rutacée dicotylédone. La plus courante chez nous, c'est la rue, employée sous diverses formes pour soigner le bétail. Mais, tout bien considéré, il s'agirait plutôt d'un glucoside... oui, c'est encore plus probable, un glucoside extrait des feuilles de la digitale pourprée, une scrofulariacée, communément nommée chez nous « gant-de-renard », « queue-de-loup » ou « doigt-de-bergère ». Tout le monde connaît cette belle herbacée vénéneuse... Un poison violent à usage médical.

De toute évidence, le légiste se délectait.

— Ce serait la cause de cette forte contraction des mâchoires ?

— Le symptôme par excellence du trismus des tétaniques, inspecteur ! Provoqué par la contraction des muscles des maxillaires inférieurs.

Bien que pressé de prendre la route, Yesügei écoutait avec la plus grande attention. Comme tous ceux du monde rural, au fait des remèdes de bonne femme, il connaissait à la rue et aux substances digitaliques assimilées, un pouvoir abortif, ainsi qu'une action contre les troubles digestifs ou les insuffisances respiratoires. Il savait moins que c'était un puissant tonique cardiaque, provoquant hyperexcitabilité ou, à l'inverse, fort ralentissement de la conduction, et que la gamme de ses effets, digestifs, oculaires, psychiques et surtout cardiaques, était étendue.

— Rue ou digitale, c'est toxique à partir de deux milligrammes, mais la dose mortelle minimale varie suivant les cas et les constitutions. Si on en ingère jusqu'à cinquante, on constate confusion mentale, troubles de la vision, asthénie musculaire, troubles cardiovasculaires.

— Graves ?

— Si à la fibrillation auriculaire vient s'ajouter une tachycardie ventriculaire, survient une fibrillation ventriculaire qui débouche sur la mort. Les cœurs sains ne sont pas forcément épargnés. Je ne connais aucune médication contre ce qu'on appelle le choc cardiogénique, même pas l'atropine. A plus forte raison quand on est en présence d'un individu à antécédents cardiaques.

— C'était le cas ?

— Sans rien pouvoir affirmer pour le moment, je dirais que non. Je peux pousser l'investigation si c'est nécessaire et si vous me le demandez.

Puisque c'était Gerel qui conduisait, Yesügei pouvait parcourir la presse du jour. Après lui avoir relaté la scène de l'hôtel avec Ted, et brièvement exposé les conclusions du médecin légiste, il lui lut à voix haute celui des titres de la une de l'*Önöödör*[1] qui les concernait.

UN ÉTRANGER RETROUVÉ MORT
DANS LA STEPPE : trois suspects.

Gerel donna sans le vouloir un brusque coup de frein.

— Trois suspects ? Ils sont au moins quatre, non ?

— Correct ! mais, comme ça, on ne sera plus les seuls à se poser des questions. S'ils pensent que l'un d'eux ne figure plus parmi les suspects, chacun des quatre espérant que c'est lui, ils vont commencer à se désolidariser. L'un ou l'autre finira sûrement par craquer.

Gerel manquait d'expérience et il lui fallait encore apprendre ceci : moins nombreux sont les suspects, plus forte est la pression sur chacun d'eux.

Sans s'en douter – mais rien ne dit qu'il n'en était pas plus ou moins conscient –, Yesügei employait les ruses légendaires de ses lointains ancêtres : fausses proclamations aux populations soumises ; absence d'attaque frontale ; amorce de fuite avec retournement direct, la tactique dite du « combat de chiens » ; emploi de boucliers humains. Ted ne serait-il pas parfait dans le rôle ? Il n'aurait aucun mal à le jouer contre les autres, les trois indigènes, en les incitant à l'accabler.

Vrai ou pas, en ce moment, Yesügei rejoignait ses ancêtres mais pour d'autres raisons : plus il s'éloignait de la ville, plus il pénétrait dans la steppe, plus il retrouvait son identité, se rapprochait de ses racines et de sa nature profonde. Il se sentait si heureux et si insouciant qu'il en aurait oublié de commenter en détail les résultats de l'autopsie, mais la curiosité de Gerel l'emporta et il réussit à remettre son *böke* sur la voie.

---

1. *Aujourd'hui.*

— Il serait mort d'une crise cardiaque. Selon son habitude, le toubib n'explique rien et ne se prive pas de souligner que c'est à nous de le faire. Une crise cardiaque, ça peut être dû à un cœur déficient et, à première vue, ce ne serait pas le cas. Ou encore à un traumatisme : aurait-on surpris brutalement Larry ? L'aurait-on bousculé parce qu'il aurait vu quelque chose ou bien l'aurait-on menacé pour tenter d'obtenir de lui un objet, un document, un renseignement ? Etait-il dans ses intentions, en partant seul, de rencontrer quelqu'un ? L'aurait-on malmené parce qu'il possédait, ou savait, ou voulait quelque chose d'important ? Les habitants de l'*aïl* d'Erdenbat ont perçu des mouvements inhabituels cette nuit-là. L'odeur de brûlé, les poils et les manches roussis témoignent d'un feu, était-ce dans le but de détruire le carnet de moleskine disparu ? L'enduit verni dont est revêtu ce tissu de coton, brûle en dégageant le genre d'odeur que j'avais perçue sur le corps. Si l'odeur médicamenteuse témoigne vraiment d'un empoisonnement, on ne peut exclure, même si c'est tiré par les cheveux, la piste russe. C'est à la mode, là-bas, en fait ça l'a toujours été. La liste est longue des opposants envoyés *ad patres* par ce moyen.

— Moi, je pensais que c'était un intérêt financier qui expliquait le mieux le cas de Larry ?

Yesügei jeta un coup d'œil en direction de Gerel : le blanc-bec commençait à se dégourdir.

— Ce qui est intéressant, c'est que l'arrêt du cœur a pu être provoqué par l'ingestion de certain alcaloïde toxique, mais éventuellement aussi par contact sanguin, vu qu'il avait une profonde entaille à un pouce.

— Curieux moyen d'empoisonner quelqu'un. Sauf s'il s'agit d'une blessure accidentelle ou qu'il se serait lui-même infligée.

— Tu sais que tu deviens bon ?

Gerel n'aurait su dire si Yesügei était sincère ou s'il se moquait de lui. Plutôt qu'à des compliments, les enfants et les jeunes ont droit, en général, à des sobriquets moqueurs ou à des injures affectueuses, qui repoussent ainsi le mauvais œil tout en n'excluant pas la tendresse.

— Ouais, chez nous, de même qu'ils utilisent couramment l'acide formique extrait des orties pour anesthésier un animal avant de le soigner, et qu'ils vont parfois jusqu'à s'en servir sur eux-mêmes, les éleveurs expriment un jus de la rue, qui fait avorter une femelle trop âgée ou malade et je sais, parce que je l'ai vu, qu'une dose un peu forte risque de lui coller une paralysie générale.

— Et après la mort de Larry ? Qui l'a fourré dans cette galerie, sous des tas de cailloux ? Il ne s'y sera pas mis lui-même, je pense ?

— Tu l'as dit ! En arrivant en vue des marais, tu tourneras à droite, à deux kilomètres environ des Trois Puits. Je veux faire une visite à ceux de l'*aïl*, retourner là où on a découvert le corps et aussi aller examiner l'endroit du dernier campement.

18

FLÈCHE

Ils avaient quitté la route nationale depuis un bon moment. A présent, tous deux se taisaient. Yesügei, parce que les couleurs, les senteurs aromatiques et les bruits familiers de la steppe l'envahissaient peu à peu. Il baignait dedans comme dans une onde vivifiante et parfumée, qui stimulait tous ses sens et galvanisait son esprit. Gerel, d'abord parce qu'il était attentif à la piste accidentée, ensuite parce que, à chaque nouveau contact avec elle, le charme de la steppe le gagnait, lui, l'enfant de la ville.

La compagnie de Yesügei la lui faisait aimer, lui offrant avec elle une intimité nouvelle, plus profonde chaque fois. La transparence de l'air, le jeu des nuées, les reflets sur les herbes, jamais il ne les avait ainsi perçus et une sorte d'allégresse naissait en lui, sans qu'il pût s'expliquer pourquoi.

La brise détachait de leurs tiges trop mûres les fleurs soyeuses de la linaigrette, les faisant voltiger tout autour en flocons argentés, qui s'accumulaient au moindre obstacle. La floraison du lin des marais leur signalait la proximité des galeries de mines.

— Impossible qu'il n'y ait pas sur place, là où se trouvait le corps, au moins un indice ! grogna Yesügei qui, sitôt rendu, reprenait sa quête.

Il fut prompt à constater que le vent avait effacé toutes les marques extérieures. Sur le sol du tunnel où Larry avait été trouvé sans vie, rien de nouveau, à part une ou deux marques de pas qui n'y étaient pas la dernière fois. Des empreintes de bottes, d'une pointure au-dessus de la moyenne. « Démarche légère et rapide », murmura-t-il.

A l'entrée de l'une des deux autres galeries, collé à l'empilement de pierres érigé pour barrer l'accès à la mine fermée depuis des années, il finit par repérer un minuscule lambeau de moleskine noire. « Chassé là par le vent ? »

— S'il a brûlé lui-même son carnet, ce n'est pas ici qu'il l'a fait, il y aurait des cendres. Cherche bien s'il n'y en a pas dehors, encore qu'avec le vent... ou dans le troisième tunnel.

Yesügei ressortit à l'air libre et but une gorgée d'alcool au goulot de sa fiasque. Puis une deuxième et une troisième. En renversant la tête, il aperçut au loin un vol de corbeaux. « Etonnant que ceux-là, ou les rapaces, ou les renards, ne se soient pas attaqués au cadavre. Il ne devait pas être là depuis bien longtemps. Si c'est un meurtre, nous n'avions donc pas plus d'un jour ou deux, peut-être moins, de retard sur l'assassin, quand nous l'avons découvert. En tout cas, quelqu'un l'a traîné dans le tunnel, comme l'attestent les traces à l'intérieur, et l'a grossièrement enseveli, pourquoi ? »

— Il a disparu le mercredi soir. Il serait mort le jeudi ou le vendredi. On l'a retrouvé le samedi. Qu'est-ce qu'il a bien pu fabriquer avant ça ?

Gerel n'avait pas de réponse.

Au dernier campement des chasseurs – qu'ils atteignirent facilement grâce aux indications précises du *djolotch* –, Yesügei écuma soigneusement les alentours du foyer. Les accompagnateurs mongols avaient bien fait leur travail. D'abord, la position, bien abritée, était parfaitement choisie. Ensuite, ils n'avaient pas laissé la moindre ordure. Seules marques visibles de leur passage, quelques brindilles d'un buisson aplaties ou froissées et l'emplacement du feu, apparent surtout à cause de la tâche de suie, les cendres ayant été en grande partie emportées par le vent.

— Il a dû souffler fort depuis. Faudra qu'on se renseigne.

— Ce que j'ai du mal à comprendre, c'est comment, en partant d'ici, il a pu atterrir à l'ancienne mine. C'est pas la porte à côté! Et pour y aller de nuit, en marchant, je me demande comment on fait.

— Il n'est sûrement pas allé directement d'un point à l'autre. Et puis, n'oublie pas qu'à la nuit succède le jour: si on ne se dirige pas aisément dans l'obscurité, le jour, où est le problème? seul ou accompagné, il a pu en faire du chemin!

En s'éloignant sans hâte du lieu de bivouac, Yesügei crut distinguer quelques marques profondes en travers de la piste. Ils s'arrêtèrent et il s'en fut aussitôt examiner le sol poussiéreux.

— Des traces de sabots, tu les vois? Des bestiaux sont passés là, au petit galop. Des bêtes volées ou simplement déplacées, mais certainement pas des bêtes allant au hasard.

Plutôt admiratif et confiant dans les dons de traqueur de son *böke*, Gerel tenait cependant à réagir:

— Elles n'étaient pas bien nombreuses, ces bêtes volées ou déplacées!

— Qu'est-ce que tu en sais? Le vent a effacé leurs traces sur le sol sec. Si celles-ci subsistent, c'est qu'il y a là une dépression pleine de boue, creusée par les camions, ce qui explique que les sabots de certains des animaux s'y soient enfoncés plus profondément et que, une fois sec, le sol garde ces traces. Regarde encore, tu comprends?

Yesügei leva la tête et vit que son second avait rougi. Il crut deviner pourquoi.

— Vas-y, morveux, exprime-toi ! Ça te soulagera ! Sinon, je vais te le dire, moi, ce qui te tracasse : tu penses que je vois ce que je veux voir. Et tu sais pourquoi tu penses ça ? Parce que tu as écouté les collègues qui me débinent pour mes méthodes « rustiques et vieux jeu ». Te fais pas de bile, je suis au courant et je suis prêt à prendre n'importe lequel de ces messieurs en costume, formés aux méthodes modernes et citadines, sur n'importe quel coup et à l'entuber : j'aurai trouvé des indices bien avant lui et il pourra aller se faire voir !

Le nez en air, Yesügei et son lieutenant admiraient, au-dessus de leurs têtes, la passée de grues demoiselles qui obscurcissait le ciel.

— Le froid les chasse vers l'Afrique, elles vont droit vers le sud-ouest. Vues de près, c'est fou ce qu'elles sont gracieuses, et marrantes avec leurs petites rouflaquettes blanches. On dit qu'elles dorment et rêvent en vol, sans jamais se poser, et que leurs rêves voyagent et reviennent avec elles, du moins c'est ce qu'on racontait quand j'étais môme.

— Vous croyez que c'est vrai ?

Ce fut l'une des grues demoiselles qui lui répondit par un cri bref et aigu : c'était vrai.

Ils reprirent leur chemin, jusqu'à approcher d'un *aïl*. On entendait des aboiements forcenés. Derrière une haie de branchages, ils pouvaient deviner l'imposante stature d'un taureau bringé, ainsi que, « pareilles à la pleine lune », des yourtes aux formes rondes et blanches.

Quand Yesügei fit signe à Gerel de s'arrêter, ils étaient encore à une centaine de mètres des enclos. Enorme et furibond, un chien s'élança vers la voiture mais, plus courageux à cet égard que Gengis Khan, qui craignait les chiens presque autant qu'il redoutait sa mère, Yesügei sortit sans peur et flatta le molosse, qui ne mit pas longtemps à venir se frotter contre sa jambe.

— Regarde bien ce carlin, il a quelque chose de particulier, lança l'inspecteur à Gerel, avant de s'avancer, mains réunies, vers les hommes qui avaient interrompu leur besogne.

— L'été s'est passé comment ? Beaucoup de brebis pleines, on dirait ?

— Pleines mais vieilles, trop vieilles. Ce que mon père appelait des « soupes de viande », autant dire bonnes à abattre.

Avec un petit rire gêné, l'éleveur repoussa son chapeau et se gratta la tête. Ses yeux fendus allaient de Yesügei à la plaque de la voiture.

— Vous venez de la capitale ? C'est comment là-bas, en ce moment ?

Gerel avait fini par quitter son siège et il osa s'approcher du chien afin de l'examiner. Celui-ci s'était couché, mais il grognait de temps en temps pour signifier qu'il restait vigilant. Ne lui trouvant rien de spécial, Gerel observa l'antenne parabolique bricolée avec des bouts de tôle disparates et les panneaux solaires adossés à l'une des habitations, dans laquelle un écran de télévision donnait des images brouillées comme par une tempête de neige, puis il s'intéressa à la conversation.

— A cette saison et vu l'âge de leurs mères, si on les laissait naître, les agneaux ne seraient pas viables. Alors, demain ou après-demain, on va abattre les brebis pour la viande d'hiver et on en profitera pour prélever les fœtus et vendre la fourrure.

— C'est vrai que ça se vend bien, l'astrakan. C'est ça qui met du foin dans les bottes, pas vrai ?

Lui-même fort à l'aise, Yesügei mettait les éleveurs en confiance par ses propos pleins de bon sens. Un à un, ils se joignaient au cercle qui se faisait autour de cet homme venu de la ville, qui s'y connaissait en tout aussi bien qu'eux. C'était un des leurs, ils n'en doutaient pas. Bientôt, debout près d'un empilement de selles de bois, à côté des piquets entre lesquels était tendue la corde où sont attachés longes et licols, on ne parla plus que de chevaux, de leurs vices et maladies et des remèdes appropriés. Seul néophyte de la bande, Gerel écoutait, les yeux ronds.

— Celui-ci, le pinchard, demanda Yesügei, en désignant un cheval gris de fer, est-ce qu'il ne faudrait pas surveiller son cal osseux, pour qu'il ne risque pas d'empirer ?

— En devenant un éparvin ? J'crois pas, mais faut voir.

— Et le rubican, là ? C'est à cause d'une bleime sèche ou humide qu'il boite ?

Tout en considérant la bête à la robe semée de poils blancs, l'éleveur expliqua :

— C'est rien qu'une ampoule sous le fer. C'est le seul à avoir été ferré pour un transport et on vient tout juste de le déferrer. Non, c'est plutôt Saure, là...

Il montrait un animal jaune-brun en le nommant, comme il se doit, d'après sa couleur :

— C'est plutôt Saure qui donnerait du tracas avec son vessigon...

Saure présentait en effet une tumeur molle au jarret.

— Où est-ce que vous vous procurez l'argile pour vos brouillaminis ? Yesügei ajouta pour Gerel : je parle des emplâtres.

— Au monastère. C'est là aussi qu'on prend l'huile de cade. Meilleure et moins chère qu'en ville.

— Tu as bien regardé le chien, petit ? Ce n'est pas un corniaud quelconque, tu sais ? Tu vois sa robe ? Une seule couleur et pas un poil blanc, c'est ce qui s'appelle un chien zain.

Gerel admirait sans réserve la façon que Yesügei avait de se renseigner en questionnant à côté, en ayant l'air de perdre son temps. Gagnés par la bonhomie et la rondeur de Yesügei, les nomades avaient perdu toute méfiance, aussi furent-ils surpris par cette interrogation soudaine :

— C'est pas tout ça, les gars ! Est-ce que l'un de vous aurait entendu parler d'un étranger qui se serait égaré dans les parages, il y a environ une semaine ?

Le silence qui suivit fut lourd d'un malaise que ne faisait qu'accroître l'attitude des hommes : on dansait d'un pied sur l'autre, on se raclait la gorge, on se frottait la joue, on s'essuyait le front.

Persuadé que rien dans leur environnement ne pouvait leur échapper, pas plus la poussière soulevée par une jeep que par un cheval, Yesügei fixait le petit groupe de ses yeux jaunes, froids et inexpressifs.

— C'est pour ça que vous êtes venus ? On aurait dû s'en douter. Ecoutez, nous, on ne sait rien et on n'a rien vu.

— Surprenant pour des gens comme vous, toujours sur le qui-vive, toujours en mouvement, toujours à l'affût des nouvelles... Je ne vous crois pas ! Vous savez ce qu'on dit, au beau milieu de la steppe, une yourte fait office de bureau d'informations... Ce serait bien le diable s'il n'en allait pas de même par ici !

— Ben, c'est-à-dire que le fils d'un cousin, qui était parti chasser et s'est arrêté dans un autre *aïl* pour aider à déplacer et à rentrer du bétail...

Les yeux de Yesügei n'étaient plus que deux fentes, trop étroites pour laisser passer la couleur.

— Il est où ? On peut lui parler ?

Au grand soulagement des autres, le plus âgé des éleveurs, un homme robuste, au visage tellement basané et buriné qu'on eût dit qu'il portait un masque de cuir, prit la parole :

— C'est mon petit-fils, un bon gars. Je m'en vais vous le ramener, mais ça m'étonnerait qu'il ait fait des conneries. Si c'était le cas, je n'hésiterais pas à le corriger moi-même, et de belle manière, avant de vous laisser l'embarquer, si toutefois il reste encore quelque chose à emmener !

Nul doute qu'il pensait ce qu'il disait. Il enfourcha le cheval qu'un gamin lui avait avancé et partit sans se retourner, dressé sur ses étriers. Yesügei approuvait ce genre de comportement, il décida donc de patienter et, en attendant, de poser encore quelques questions :

— Est-ce que quelqu'un de par ici aurait subi dernièrement un vol de bétail ?

— Ça fait un bail qu'il n'y a pas eu de vol ici, on se relaie pour surveiller...

— Qu'est-ce que je disais ? Rien ne vous échappe !

A nouveau s'installa un silence gêné, que rompit Yesügei sans y prêter attention :

— Par conséquent, les marques de sabots, visibles aux environs des Trois Puits, pourraient être celles du déplacement de bestiaux dont vous parliez ?

— Pour sûr ! mais j'aurais cru que le vent les aurait balayées, sauf peut-être aux endroits boueux ?

— Exact ! A propos, le vent a soufflé ces temps-ci ?

— Pas mal, oui. Il a dû se lever dans la nuit de lundi ou mardi dernier, on l'entendait mugir dans le tuyau du poêle. Avec des pointes, et même de fortes bourrasques le mercredi et le jeudi. Je m'en souviens parce qu'on devait fouler le feutre et qu'on a dû remettre à plus tard, ça soufflait trop.

Pour parler du vent, sujet neutre et familier, les langues se déliaient. Tout en observant avec attention les bottes que portaient ses hôtes, Yesügei entendait profiter de leur soudaine loquacité :

— Vous vous rappelez la direction, bien sûr ?

D'une seule voix, les nomades s'écrièrent :

— Du nord ! Quand les rafales sont tombées, c'est devenu une bise glaciale.

— Autre chose, avec l'ortie et la rue, est-ce que vous fabriquez vous-mêmes vos acides à soigner les bêtes ou bien est-ce que le monastère vous en fournit ?

— On l'a fait longtemps, mais plus trop maintenant, vu qu'au monastère...

Le bavard s'interrompit, comme quelqu'un qui se mord les doigts d'en avoir trop dit. Yesügei ne se formalisa pas, il verrait au monastère. Seul acquis pour lui jusqu'ici : l'hypothèse, assez improbable, d'une agression de Larry par des voleurs de bétail pouvait être totalement écartée. Quant aux empreintes fraîches de bottes dans le tunnel, elles n'appartenaient à aucune des chaussures en présence.

Dans l'espoir de détendre l'atmosphère, un des anciens s'excusa :

— Dire qu'on ne vous a même pas proposé de boire un coup !

— Jamais pendant le service ! mentit Yesügei avec un aplomb magnifique.

Le jeune homme, ramené par l'énergique grand-père, portait, lui, des bottes de grande taille et marchait de façon « rapide et légère ». Il pouvait très bien avoir laissé les empreintes en question. Nullement intimidé, il raconta à peu près ce que le cousin de son père avait dit et que son grand-père, présent pendant la conversation, lui avait peut-être soufflé. « Peut-être mais peut-être pas, le bonhomme est trop roublard », se dit Yesügei sans s'en faire. De toute façon, feinte ou pas, si la culpabilité du garçon était avérée, il savait qu'il n'aurait aucun mal à le confondre.

— C'était pas loin de Bonlieu, un *aïl* situé à la croisée de Loup pendu, de Puits à sec et de Lieu brûlé. Après avoir aidé les gens de cet *aïl* à rentrer les bêtes, j'ai voulu emmener leur fils à la chasse avec moi, c'est un de mes copains. Mais il devait encore aller récupérer une poulinière pleine, qui s'était sauvée parce qu'elle avait probablement été mal entravée. On est donc partis ensemble, dans mon pick-up, avec notre attirail de chasse, plus quelques instruments et un produit anesthésiant. On a trouvé la pauvre jument couchée assez loin des Trois Puits, dans la zone marécageuse : elle avait mis bas, mais elle et son poulain étaient si mal en point qu'on a dû se résigner à les euthanasier. Oui, elle avait été attaquée par les loups juste au moment où elle poulinait...

Il en avait presque les larmes aux yeux et Gerel remarqua que tous les hommes paraissaient assombris par ce récit et que certains cachaient leur visage dans leur chapeau. Etaler sa peine ou sa fatigue serait un tel signe de faiblesse que, pour ne pas démériter aux yeux des autres, à défaut de se retenir, on aime encore mieux pleurer dans son chapeau. Malgré son amour des chevaux, Yesügei ne pouvait se permettre de s'attendrir, aussi le pressa-t-il de continuer et le jeune homme dit d'une voix morne :

— On a fait ce qu'il fallait, c'est tout.

Yesügei comprit que, pour une raison quelconque – ce devait être contre les coutumes de leur clan –, ils n'avaient pas voulu utiliser leurs fusils. L'air de n'avoir pas d'avis, il s'enquit :

— C'était quoi, le jus anesthésiant, tu le sais ?

— Pas vraiment. Quoi qu'il en soit, ça n'a pas traîné, jument et poulain ont vite cessé de souffrir.

— Qu'est-ce qui s'est passé ensuite ?

— Ensuite ? On a chargé les carcasses sur le pick-up et on les a ramenées chez lui. Depuis, les aigles, les busards et les renards ont dû faire le ménage, parce que...

« Faux », se dit Yesügei, qui avait remarqué, lui, l'absence surprenante de traces de prédateurs. Il garda pour lui son avis et demanda :

— Parce que ?

Imperceptiblement, l'attitude du garçon avait changé, il ne paraissait plus aussi détendu et son regard semblait rechercher celui de ses aînés, comme s'il attendait d'eux autorisation ou interdiction de poursuivre. Son sixième sens de vieux flic expérimenté disait à Yesügei que le jeune homme était bien retourné là-bas et que ce qui l'embarrassait pouvait être important pour l'enquête. Il laissa tomber momentanément la révélation inachevée et demanda :

— Les instruments qui ont servi à achever les bêtes, on peut les voir ?

Courageusement, le jeune homme se lança. Dans l'œil de son grand-père, il voyait bien que c'était inéluctable :

— En réalité, on n'avait pensé à emporter ni lancette, ni scalpel, ni seringue, puisqu'on n'imaginait pas ce qui était arrivé et...

— Un couteau ne faisait pas l'affaire ?

La question parut soulager le garçon.

— Bien sûr, on a dû se servir de nos couteaux. On les a nettoyés depuis, il n'y a rien à voir. D'ailleurs...

Le garçon hésitait, mais, en entendant un bruit de moto qui approchait, les aînés s'éloignèrent pour aller au-devant du médecin ambulant. Une visite trimestrielle – car il faut bien trois mois pour faire la tournée des patients de tout un secteur administratif – que l'on ne saurait ignorer. Le jeune homme avoua alors à voix basse :

— En fait, ça ne s'est pas du tout passé comme ça : comme on n'avait de couteau ni l'un ni l'autre, on...

Yesügei leva les sourcils, il ne pouvait y croire ! A l'extérieur comme à l'intérieur, nomades et éleveurs ont toujours leur couteau sur eux ! Jamais sans couteau, sauf cette fois-là, le diable sait pourquoi ! Conscient de l'énormité, le jeune homme avait le feu aux joues.

— J'ai essayé d'utiliser une pierre tranchante, mais elle ne coupait pas assez, alors j'ai pris une des flèches à inciser.

Les yeux baissés, il acheva :

— Pour comble de malchance, on en a oublié une sur place, celle qui n'avait pas servi ! Quand je suis retourné sur les lieux, le lendemain, j'ai d'abord eu du mal à retrouver l'endroit précis, à cause de la visite des corbeaux, rapaces et renards et j'ai dû me rendre à l'évidence : la flèche avait disparu ! J'ai cru déceler des traces de pas sur les herbes, sans en être certain parce que le vent avait déjà redressé les tiges. Du coup, j'ai eu du mal à les suivre, mais j'ai fini par arriver en vue des Trois Puits et là, vous n'allez pas me croire, qu'est-ce que je vois ? La flèche !

— Et alors ? C'est quand même pas le vent qui l'y a transportée ! Et tu n'as rien vu d'autre ni personne ?

— Rien, tout ce que je sais, c'est qu'il y avait du sang sur la flèche. Je l'ai rapportée ici et on se demandait ce qu'il convenait de faire...

— On peut la voir ?

Les premiers objets que vit Yesügei, en pénétrant sous la yourte familiale du jeune homme, furent un arc, dont les éléments de corne et d'écorce étaient reliés par des tendons de taureau, et un carquois auquel ne manquait aucune flèche.

— Tu ne l'as tout de même pas remise avec les autres ?

— Bien sûr que non ! La voici !

Le garçon alla chercher un étui d'écorce, près de l'autel des ancêtres et des divinités et, des deux mains, il le présenta à l'inspecteur. Comme on le lui avait laissé entendre, il ne s'agissait pas d'une flèche traditionnelle de chasse. Ordinairement, celles-ci présentent un bout rond, destiné à assommer la proie, sans déchirer la peau, sans faire couler le sang. Economiques ou religieux, les tabous sont ainsi respectés.

Des lambeaux de soie y pendaient encore et cette flèche-ci était pourvue d'une pointe acérée, dont l'acier paraissait en effet souillé de sang noirci.

— Fichtre ! Mais c'est qu'on dirait une flèche de guerre ! Qu'est-ce que vous faisiez avec ça pour inciser des animaux malades ?

Pour la première fois, le jeune chasseur se troubla :

— En réalité, ces deux flèches, avec lesquelles on n'a jamais chassé, avaient servi à une cérémonie destinée à convoquer la prospérité. Elles étaient restées dans le pick-up, je me demande pourquoi. On n'avait rien d'autre pour mettre fin aux souffrances de la jument et de son petit. En partant, on ne pensait pas les trouver en si piètre état, donc on n'avait rien emporté. Malheureusement, comme je le disais, on n'avait même pas nos couteaux...

Devant les aînés, le jeune avait affirmé s'en être servi. Doublement surpris, Yesügei intervint :

— Pourtant, tu as dit...

— J'ai menti, parce que les anciens n'auraient pas compris qu'on n'en ait pas. Pas plus qu'ils n'auraient admis l'utilisation de cette flèche pour cet usage. C'est la raison pour laquelle j'avais nettoyé la flèche utilisée avant de la ranger. Les plus âgés, surtout le grand-père, auraient crié au sacrilège : on ne se sert pas de ce type de flèche pour ce genre d'intervention !

Yesügei siffla entre ses dents et déclara :

— Tu n'es retourné en direction des Trois Puits que cette fois-là ? Seulement pour reprendre la deuxième flèche de cérémonie, celle qui n'avait pas servi et que tu aurais retrouvée plus loin, ensanglantée ?

Au grand étonnement du jeune, il n'attendit pas la réponse et dit en désignant la flèche, qu'il avait replacée dans l'étui d'écorce, en la manipulant avec un mouchoir :

— Je vais devoir te l'emprunter et il faudra que tu viennes en ville avec ton ami, pour signer ta déclaration. C'était quand exactement ? Tu t'en souviens ?

19

LAMAS

En reprenant le volant, Gerel exultait. Né dans un faubourg de la capitale, il ignorait tout de la science animale et de son vocabulaire, qui sont à la fois le quotidien et la fierté du monde nomade. Le *böke*, lui, était si calé que ça vous en bouchait un coin !

Gerel tourna la tête vers lui. Yesügei semblait perdu dans ses pensées et se taisait, en apparence indifférent à ses récentes découvertes, qui constituaient pourtant, aux yeux de Gerel, un progrès sensible. C'est que Yesügei revoyait l'attitude des éleveurs d'âge mûr, mains sur les genoux, doigts écartés, et qu'il y lisait un signe évident de découragement ou de souci : qu'est-ce donc qui tourmentait ces hommes ? Pourquoi, à part le plus âgé, paraissaient-ils à ce point consternés ? Quant au jeune Ayurzan, alias « Un autre », bien que ce ne fût pas dans son tempérament, il mentait. Soit pour détourner l'attention d'une grosse bêtise dont il se serait rendu coupable, soit pour couvrir la faute de quelqu'un d'autre. Qui protégeait-il ? Ses aînés ? Son copain ?

L'épisode de la flèche contribuait à l'excitation de Gerel. De même que son supérieur, il avait bien observé le jeune chasseur, un garçon athlétique, au teint cuivré et aux épais cheveux un peu longs. Celui-ci s'exprimait clairement et, une fois loin des autres, il n'avait fait aucune difficulté pour leur confier la flèche et donner des détails sur le poison utilisé pour soigner ou achever les bêtes malades, ou encore pour neutraliser les animaux dangereux, ours, panthères et léopards. Il s'était montré docile et conciliant et avait promis de les rejoindre en ville, mais il avait « préféré » ne pas les accompagner au monastère. Et Yesügei avait laissé faire ! Il lui avait fait confiance !

Gerel s'émerveillait de cette aptitude à évaluer les gens et à se comporter avec eux en conséquence. Il aurait, lui, exigé qu'il les suivît immédiatement. Yesügei savait parfois céder et, apparemment, c'était une force.

Le conducteur fut tiré de ses réflexions par une exclamation de son passager. Jusqu'ici silencieux, Yesügei avait fini de digérer l'information et il s'anima :

— Du travail d'amateurs ! On s'en prend violemment à un mec pour lui soutirer quelque chose, cet imbécile en profite pour crever, on ne se donne même pas la peine de bien dissimuler le corps et, en prime, on nous laisse le mauvais rôle !

— Mais puisque c'est probablement une crise cardiaque...

— N'empêche. Une fois mort, il a bien fallu que quelqu'un aille le fourrer dans cette galerie.

Ils ne demeurèrent pas longtemps en ville. Juste assez pour faire examiner la flèche, relever les empreintes et prélever suffisamment de la substance présente sur la pointe, qui devait être analysée. Yesügei n'eut même pas à s'impatienter, déjà ils se remettaient en route.

Dès qu'ils eurent atteint Zuunmod, petite bourgade à une cinquantaine de kilomètres d'Oulan Bator, ils prirent la direction du monastère de Manzshir. Au moment de changer de route, ils furent dépassés par un 4 x 4 flambant neuf, conduit de manière sportive par un bonze à la tonsure impeccable, au teint parfait et au sourire publicitaire.

— Lama mondain, lança Yesügei sans rire. Prends par-là, doucement, je te dis. Ralentis, nom d'un chien !

Même s'il n'avait ni l'âge ni l'expérience de Yesügei, Gerel savait qu'il existait des bonzes de toutes catégories. Mondains, nomades, reclus. Des lamas des villes et des lamas des champs. Des hommes d'affaires et des hommes de prières. Des saints et des imposteurs. Une catégorie sociale qui n'avait pas laissé que de bons souvenirs à ceux qu'ils asservissaient du temps de la théocratie et des mœurs féodales.

Ils contournèrent lentement un *ovoo.* Cet amas de cailloux et de chiffons colorés, sur lequel chaque passant lance son souhait lesté d'une nouvelle pierre, n'avait pas été placé là parce que le passage aurait été difficile, mais plutôt en souvenir de la splendeur passée du lieu – un grand ensemble monastique réduit à néant par l'occupant russe – et dans l'espoir de son renouveau. Entre animisme et lamaïsme, la distinction n'est pas toujours évidente, cet *ovoo*-ci était bien là en hommage aux esprits des arbres et des eaux, mais à ceux qui avaient appartenu au site religieux, érigé sur une terre antérieurement réservée au culte animiste.

Manzshir n'était plus que ruines. Certes grandioses et impressionnantes, mais ruines quand même. Yesügei y connaissait un bonze qui, ayant grandi là, y était revenu, après la répression du clergé et les purges. A quelques centaines de mètres, il avait reconstruit une petite lamaserie et, aidé de quelques acolytes, il occupait ses jours à herboriser.

Des novices, éparpillés dans la cour comme une volée de moineaux, s'adonnaient bruyamment à leurs exercices de rhétorique : en battant des mains, dans l'intention d'appuyer un argument ou d'intimider un adversaire, chacun se livrait au préambule de son choix. Suivaient exposition du sujet, indices, présomptions, digressions, démonstrations, preuves, réfutations, récapitulation. A chacune de ces périodes, les plus calés, les plus éloquents, ne se privaient pas d'ajouter un ou deux suppléments.

Yesügei et Gerel restèrent un instant à les écouter. Les phases successives de ces joutes oratoires, qui fortifient le mental grâce à une vigoureuse gymnastique intellectuelle, avec pour but ultime la quête de la vérité, évoquaient vaguement à Yesügei les différents stades d'une enquête policière, elle aussi à la recherche de la vérité. Seulement, il ne s'agissait pas tout à fait du même genre de vérité. Du moins en apparence.

Ils trouvèrent l'abbé au bord de la rivière, près d'un moulin à prières actionné par le courant, et furent si bien accueillis par le supérieur qu'ils acceptèrent son invitation à rester pour la nuit. Ils passèrent donc la soirée à bavarder avec lui, à boire de son alcool un peu raide et à se chauffer les mains au brasero. A plusieurs reprises, Yesügei dut faire signe à Gerel, assis en lotus, de changer de position : c'est celle des moines et on ne doit pas la prendre en leur présence. Pour tout dîner, ils eurent le choix entre un brouet de sarrasin et un gruau d'orge.

Le clergé mongol, lamaïste – variante tibéto-mongole du bouddhisme –, s'était en grande partie opposé à l'occupation soviétique, et avait compté des dizaines de milliers de victimes. Ils parlèrent un peu de cette répression sanglante, beaucoup de la rivalité entre lamas des villes et lamas des champs, encore plus de la dernière visite en terre mongole du dalaï-lama, quatorzième du titre – quand les steppes herbeuses avaient partout retenti du son des trompes, hautbois, cymbales et conques –, et fort longuement d'herboristerie.

Le vieux prieur, qui n'interrompait son discours que pour prêter l'oreille – comme il avait coutume de le faire chaque nuit – aux glapissements du renard cherchant la faille pour pénétrer dans le poulailler, et aux hululements de la chouette en quête d'aventure, s'y connaissait en drogues. Pourtant, après l'avoir flairée avec attention, il n'identifia pas avec certitude le poison sur la flèche. Il ne se souvenait pas en avoir fabriqué, encore moins vendu. Il s'étendit, en revanche, sur l'élaboration de l'acide formique à partir de l'ortie, et sur sa transformation en une variété de chloroforme, destiné aux soins du bétail, qu'il vendait couramment aux éleveurs.

A l'aube suivante, après le petit-déjeuner, où ils eurent à choisir entre un gruau d'orge et un brouet de sarrasin, le supérieur leur offrit un pot de yaourt aigrelet pour la route, ainsi qu'une lettre pour le lama apothicaire de Gandan.

— Allez-y de ma part. Lui, c'est un savant. Moi, j'étais surtout bon pour la cueillette, un peu pour la prière. Et pour toutes les pratiques – il balaya ses paroles d'un geste négligent – un peu désuètes qu'affectionne le peuple : l'usage des pierres à faire pleuvoir, la scapulomancie, la divination numismatique...

Le saint homme qui, au monastère de Gandan, régnait sur les bols, électuaires, onguents, collutoires et liniments et surveillait leur confection, depuis la cueillette jusqu'à l'établissement méticuleux des doses et des diverses applications, était un être jovial et aussi bien dans sa peau que dans sa robe grenat. Il observa à la loupe la pointe de la flèche – sur laquelle avaient déjà été relevées les empreintes – et la flaira lui aussi. Il mouilla ensuite de salive la phalangette de son auriculaire, la passa légèrement sur l'extrémité de la lame d'acier, puis l'effleura du bout de la langue. Il alla cracher et se rinça soigneusement la bouche.

— Du sang, hum... curieux pour une flèche de cérémonie... mais pas seulement. Il y a aussi, me semble-t-il, un alcaloïde employé par les vétérinaires.

— Quelle provenance ?

Le lama ferma les yeux, avant de répondre :

— Vraisemblablement une rutacée. Chez nous, la rutacée tropicale, comme le jaborandi, n'existe pas, mais on en possède deux ou trois, dont la fraxinelle à odeur citronnée et surtout la rue, une rutacée dicotylédone. Selon la dose, l'âge, le poids, de celui – homme ou animal – qui l'ingère, son alcaloïde produit un effet sudorifique, sialagogue...

Il rouvrit les yeux et, constatant l'expression un peu perdue de son auditoire, il suspendit sa récitation livresque, pour employer des termes plus accessibles :

— Je disais que l'alcaloïde extrait de la rue, aux propriétés très voisines de celles du glucoside digitalique, fait transpirer, saliver, contracte les pupilles et ralentit le rythme cardiaque. Les...

— Au point de l'arrêter ?

— Vous savez ce qu'on dit toujours ? Tout dépend de la dose et de l'individu. A faible dose, les éleveurs l'utilisent pour faire réagir un animal amorphe. A dose plus élevée, pour le calmer avant une intervention, au besoin en même temps que du chloroforme à base d'ortie.

Tout en discourant, le moine savant reprit la flèche, la scruta, la flaira de nouveau, y appliqua cette fois une languette de papier de soie réactif et continua à réfléchir tout haut :

— A moins que… mais oui ! Ce serait de l'extrait de digitale pourprée que ça ne m'étonnerait pas... Une simple décoction de la variété pourprée nettoie et épure l'organisme...

« Le voilà reparti ! » songea Gerel, impatient de passer à l'action.

— ... décongestionne les viscères, dégage la poitrine, favorise l'expectoration. Peu à peu, on a constaté de façon empirique que la digitale avait plus que les autres plantes un puissant effet cardiotonique, mais qu'une posologie excessive engendrait non seulement vomissements et diarrhées, mais également un fort ralentissement du pouls, des sueurs froides et une vision confuse des objets et des couleurs... Chez les animaux, tous les éleveurs savent que cela peut provoquer des convulsions, des syncopes et même la mort.

De toute évidence, le vieil homme était décidé à ne rien leur celer.

— De nos jours, les décoctions obtenues à partir de la feuille de la digitale pourprée restent le meilleur moyen de réguler le pouls. On sait désormais isoler la digitaline cristallisée pure et réaliser ainsi diverses préparations magistrales : teinture éthérée, sirop, pilules, granules, soluté, vin et vinaigre diurétiques... C'est vraiment l'opium du cœur ! Le *grand* médicament !

Pour illustrer ses paroles, il désignait, sur un comptoir, un paquet de feuilles grisâtres, racornies, ainsi qu'un mortier de marbre, muni d'un pilon de bois.

— On les contuse soigneusement là-dedans, puis on secoue le tout sur un tamis de crin, ce qui permet de séparer les poils argentés qui sont sur la face inférieure. Ensuite, on sèche à l'étuve et on pile, mais cette fois avec un pilon en fer. La matière pulvérisée doit être d'une belle couleur verte et garder l'odeur prononcée de la plante. On la conserve dans des flacons bien secs, bouchés hermétiquement, c'est essentiel.

Il en fabriquait donc et le produit trouvé sur la flèche pouvait provenir de son laboratoire.

Le bonze apothicaire se leva pour jeter un coup d'œil à l'apprenti qui peinait à rouler d'infiniment petites quantités d'une substance végétale pulpeuse dans une poudre grise.

— Applique-toi un peu, Boule rasée. Il faut que le bol soit vraiment ovoïde, sinon c'est difficile à avaler, d'autant plus que le contenu est amer...

Le maître se tourna vers Yesügei pour expliquer :

— Ce qu'il préfère, celui-ci, c'est travailler le peucédan palustre, l'ombelliféracée qui servait autrefois de diurétique. Mais il faut qu'il apprenne à confectionner le diascordium. Un électuaire, à base de germandrée, d'aromates et d'opium. Sédatif, astringent, antidiarrhéique.

Voyant que Gerel, au bout de l'autre comptoir, observait un moinillon qui s'appliquait en tirant la langue à broyer une plante à l'odeur intoxicante, il dit :

— Celui-là fait un dictame, un vulnéraire puissant à l'origan. Quant à lui...

Il montrait un disciple plus jeune encore, avec une bonté qui démentait le dicton : « Plus fort on bat son disciple, mieux il apprend. » Au moins, cet apprentissage épargnait à ces enfants, souvent orphelins, une vie plus rude et plus précaire et leur offrait quelque avenir, conclut Yesügei à part soi.

— Lui, c'est le catholicon qui l'intéresse, parce que je lui ai dit que c'était une panacée et il veut si bien faire qu'il s'en met partout. Allons, petit souillon, dis-nous ce que c'est !

Rouge jusqu'aux oreilles, l'apprenti herboriste bredouilla :

— Une préparation molle, au séné et à la rhubarbe, dans du sirop de miel.

— « Passez-moi la rhubarbe, je vous prépare le séné », vous voyez ce que je veux dire ? s'écria le lama en riant.

Yesügei se demandait comment remettre l'apothicaire sur la voie qui l'intéressait, sans lui manquer de respect. Avec un tel érudit, le temps ne pesait pas, il passait même trop vite et l'inspecteur avait encore bien des questions à lui poser.

— Et l'armoise, que pouvez-vous m'en dire ?

— Ah, l'armoise... Il faudrait une soirée entière pour couvrir ses différentes variétés et leurs innombrables propriétés...

Gerel se sentait des fourmis dans les jambes. Il redoutait de voir le lama se lancer dans un nouvel exposé. Heureusement, un jeune moine, grand, le crâne nu et d'une minceur extrême, apparut sur le seuil, attendant avec révérence le moment de parler, sans avoir à interrompre. Le son de sa voix fit lever la tête à Yesügei et à Gerel. Ils l'avaient déjà entendue, alors qu'ils étaient certains de n'avoir jamais rencontré son propriétaire.

— Oui, « Qui vous savez », que veux-tu ?

— On vous demande d'urgence à l'imprimerie, maître.

— J'arrive. Et toi, ne tarde pas à retourner au dispensaire. On dirait que tu as pris un peu de retard avec les préparations qu'on doit livrer sous peu.

Le vieil homme enleva ses lunettes et se frotta les yeux, puis il eut un sourire d'excuse :

— Vous savez ce que c'est quand on imprime, le travail n'attend pas. Pour obtenir des enseignements sur l'armoise, il n'y a pas mieux que Yandjimaa, la vieille abbesse. Elle a quitté son monastère, mais elle habite toujours dans la ville ancienne. Dites-lui que c'est moi qui vous envoie. A une autre fois.

Yesügei s'empressa de prendre congé du brave lama, avec une déférence qui s'adressait moins au religieux qu'au savant, tout entier dévoué à une bonne cause. On dit que le bon maître est « celui qui enseigne à se passer de maître ». D'après lui, celui-ci devait être un bon maître. Ni lui ni Gerel ne pouvaient, cependant, détacher leur regard du visage, clair et glabre, du messager venu chercher l'apothicaire, pas plus qu'ils n'arrivaient à se rappeler dans quelles circonstances ils l'avaient déjà vu.

20

ARMOISES

Ils n'étaient pas plus tôt sortis de l'enfilade de cours du monastère que Gerel fit claquer ses doigts en signe de brusque réminiscence. Yesügei le devança :

— Ça y est ! J'y suis moi aussi ! Le lama messager, je sais où on l'a vu !

Bien décidé à ne pas se laisser voler la primeur, Gerel n'hésita pas à lui couper la parole :

— On l'a vu dans la yourte aux flèches, en beaucoup plus balèze et beaucoup plus chevelu ! A part ça, c'est exactement le même !

— Un frère ? Un cousin ?

— Un jumeau ?

Les interrogations pouvaient attendre. Yesügei décida de suivre le conseil du bonze apothicaire et d'aller sans tarder voir l'abbesse défroquée.

— Défroquée ? Comme Bote, la chamane, alors ? remarqua Gerel, soudain frappé par le genre particulier des fréquentations de Yesügei.

— Comme Bote, oui, c'est ça, c'est ça.

Yesügei répondait distraitement, car il connaissait cette femme depuis sa jeunesse et avait eu l'intention de lui rendre visite, même sans recommandation.

La religieuse les reçut dans une pièce quasiment vide : un lit, sur lequel elle se tenait assise, deux tabourets bas et un coffre. Seul objet de luxe dans le décor spartiate, un chaudron de cuivre ventru. Beau dans sa simplicité, il contenait une bonne quantité d'encens de genévrier, dont la fumée s'élevait en fines volutes.

A travers le mince écran odorant, Yesügei essayait de reconnaître la nonne. Son crâne entièrement tondu n'arrivait pas à enlaidir un visage régulier, magnifiquement marqué par le temps et pénétré d'intelligence. Une robe de bure informe s'ouvrait sur une épaule décharnée, laissant deviner une poitrine flétrie. Malgré cet aveu criant de renoncement à toute féminité, elle gardait une majesté qui en imposait aux deux visiteurs.

En croyant déceler certaine lueur dans le regard alerte, Yesügei n'aurait pas juré n'avoir pas fait quelques galipettes avec elle, du temps où Yandjimaa était une future novice rebondie et chevelue, à la vocation encore incertaine, et où lui-même, aussi peu expérimenté, courait après toute créature féminine, qu'elle fût promise à la vie séculière ou sur le point de la quitter.

S'ils avaient quelque réalité, ces souvenirs semblaient les avoir mis, elle comme lui, de bonne humeur. Ils échangèrent quelques banalités, mais très vite elle voulut savoir le but de cette visite impromptue :

— Quel bon vent vous amène, inspecteur ? L'armoise ? Ah !

Comme son frère en religion, elle aussi ferma les yeux, tâchant de se remémorer tout ce qu'elle pouvait en dire.

— Asseyez-vous, c'est qu'on peut parler de l'armoise pendant des heures. D'abord, d'après une coutume ancienne, aussi bien chez nous que chez les voisins chinois, on en a toujours brûlé pour chasser les mauvais esprits.

Elle se lança ensuite dans l'énumération des variétés, innombrables, de cette composée, herbacée dicotylédone, vivace ou annuelle. Une plante aromatique, à l'odeur amère, possédant presque toujours des propriétés excitantes.

L'abbesse ne se contentait pas de dévider sa leçon de cours – Yesügei se rappelait vaguement que Yandjimaa avait travaillé comme préparatrice à l'herboristerie de son monastère –, elle émaillait son discours de remarques personnelles :

— L'armoise des glaciers produit une liqueur aussi violente que celle de l'armoise absinthe. Un parfum et une saveur inoubliables, je me souviens en avoir goûté, parce qu'on en vendait, avec un certain succès, aux Russes. Les feuilles de l'armoise absinthe, ou herbe-sainte, présentent des poils soyeux sur les deux faces. Elles sont vénéneuses, comme l'alcool nuisible qui en dérive, et vermifuges...

Elle se tut, le temps de se frayer un chemin dans le labyrinthe d'un lointain passé.

— L'armoise vulgaire, c'est celle qu'on appelle chez nous l'herbe-à-cent-goûts. Ses capitules, ou semen-contra, contiennent la santonine, un vermifuge très actif, croyez-moi ! Ses feuilles, glabres sur le dessus et dont le dessous présente des poils blanchâtres, ont des propriétés toniques et antispasmodiques. L'armoise pontique, je sais qu'elle existe, mais je n'en ai jamais vu. En revanche, avec les feuilles de l'armoise dracunculus – on en fournissait de grosses quantités aux Chinois –, on faisait une sorte de condiment, au goût très fort.

La vieille abbesse retrouvait toutes les sensations olfactives et gustatives des jours sans nombre qu'elle avait consacrés aux plantes. Yesügei écoutait sans intervenir. L'exposé ne manquait pas d'intérêt, bien qu'il se demandât ce qu'il devrait en retenir.

— J'ai gardé le meilleur pour la fin : celle qui pousse chez nous aussi abondamment que l'armoise commune, l'armoise sinensis ou moxa.

— Moxa ?

— Oui, un mot chinois, ou plutôt japonais, je crois bien. C'est une armoise dont le parenchyme est combustible. Pour des effets voisins de ceux de l'acupuncture, en médecine traditionnelle chinoise et japonaise, on applique sur la peau des bâtonnets d'armoise incandescents.

— Vous disiez le parenchyme ?

— Les feuilles de la variété moxa sont recouvertes d'un duvet cotonneux. Si on les laisse sécher, elles deviennent très inflammables. Comme vous le voyez, c'est une plante pleine de qualités que cette armoise. Aux applications quasiment infinies, grâce à ses propriétés aromatiques, toniques, apéritives, digestives, emménagogues… donc éventuellement abortives.

— En somme, c'est une plante susceptible d'intéresser beaucoup de monde ? Vous avez cité les Russes, les Chinois, les Japonais. Beaucoup d'étrangers…

— Russes et Chinois surtout, comme d'ailleurs toutes nos ressources naturelles. Pendant que nous nomadisions sur notre terre, malgré nos quolibets, les Chinois vivant ici la cultivaient déjà. On les a connus maraîchers, usuriers et propriétaires du cheptel : une dette tartare valait une mine d'or. Maintenant, bien que ce soit interdit par la Constitution, puisque cette terre appartient « au peuple sous la protection de l'Etat », l'Etat la brade à ces étrangers, qui font actuellement main basse sur le restant des sites miniers.

Yesügei laissa passer ces récriminations inattendues.

— Quant aux Russes, ils connaissent ce pays comme leur poche – ils l'ont occupé assez longtemps ! – et leur industrie pharmaceutique est à l'affût de chaque plante médicinale qui y pousse… C'est que chez eux, ce n'est pas comme chez nous : ici, quand on est à court de pilule, la formule suffit. Eh oui, on a remarqué qu'un petit papier, contenant la composition du médicament sous forme de mantra, fait autant d'effet ! Avaler le nom du remède ou le remède lui-même, aucune différence !

Elle avait beau appartenir à la vieille école, elle connaissait l'effet placebo ; elle avait beau ne pas vivre dans le siècle, rien de ce qui s'y passait ne lui était inconnu. Elle allait également élucider sans tarder l'énigme des faux sosies que Yesügei lui exposa ainsi :

— Les deux jeunes gens sont grands de taille, mais l'un est d'une maigreur ascétique, l'autre plutôt athlétique. L'un est rasé d'aussi près que vous, l'autre arbore une épaisse chevelure, ce qui a causé notre confusion. Leurs voix présentent une frappante similitude. Plus drôle encore, j'ai cru entendre le grand-père du jeune éleveur l'appeller « Un autre », alors que le maître du jeune bonze affuble celui-ci du nom d'enfance « Qui vous savez » !

— Vous brûlez ! Ces deux garçons à la ressemblance marquée, en dépit de certaines différences, sont pour moi des jumeaux. Le père a dû vouloir le cacher car, un peu vieux jeu, il a craint d'être forcé de les donner tous les deux au clergé, ce qui ne se fait plus du tout, je vous rassure. Par le passé, selon une tradition remontant aux Mandchous, au moins un fils par famille y était voué et il arrivait fréquemment que les jumeaux fussent envoyés ensemble. Quoi qu'il en soit, puisqu'on parle du clergé, les lamas actuels sont des herboristes fameux, ce qui m'oblige à revenir à nos moutons.

Aucun Mongol ne rechignant jamais à y revenir, Yesügei demanda :

— Un jumeau dans les ordres, un autre s'occupant du patrimoine et cela dans le secret, par pure précaution ?

— Exactement ! Peu confiants dans les nouveaux usages, les parents auront caché cette gémellité et ils utilisent encore, comme termes de substitution, des surnoms protecteurs.

Un éclair de malice dans les yeux, l'abbesse affirma :

— Ça n'en fait pas des coupables pour autant, quelle que soit l'affaire qui vous a conduits à vous intéresser à eux.

Gerel venait de faire une découverte, il s'exclama :

— C'est donc pour ça qu'« Un autre » n'a pas voulu nous accompagner dans les monastères !

Souhaitant profiter encore de l'expérience de l'abbesse, qu'il savait autant au fait des événements de la vie séculière que de ceux de son Eglise, Yesügei remit à plus tard le problème des jumeaux pour poser une ultime question :

— Pardon pour l'insolence, mais croyez-vous des bonzes capables de vilenies, par exemple dans le but de protéger certains secrets de fabrication ?

— En ce bas monde, tout est possible, mon fils. Mes pareils, et je ne m'exclus pas, ne sont à l'abri d'aucune infamie quand certains intérêts, souvent mercantiles, mais parfois idéologiques, sont en jeu.

Yesügei ne vit là qu'une confirmation de ses propres convictions.

21

RENCONTRE

Le supérieur hiérarchique de Yesügei connaissait son faible pour la bouteille et la bagatelle, son absence totale de préjugés, de déontologie et de bonnes manières. Il n'en appréciait pas moins son flair et sa persévérance de chasseur, ainsi que son habileté de traqueur et, comme cette affaire mettait une pagaille noire dans sa vie de chef, celui-ci traitait son inspecteur avec une relative bienveillance.

— Est-ce qu'il ne serait pas temps de rayer une fois pour toutes ce Ted Machin Chose de la liste des suspects ? Ça devient embarrassant à la fin et on n'a plus aucune raison valable de le garder ici. Vois ce que tu peux faire, ça m'arrangerait. Ah ! autre chose, l'épouse, ou plutôt ex-épouse, de la victime va arriver incessamment. Ne me demande pas pourquoi, je l'ignore, mais je compte sur toi pour t'en occuper et m'en débarrasser. Pour commencer, il va falloir aller l'attendre à l'aéroport.

« Pourquoi moi ? Voilà qu'il me prend maintenant pour son factotum ! » La perspective de cette corvée rendait Yesügei furieux.

L'avion en provenance de Moscou avait un retard considérable. Il passa ce temps d'attente à boire et à fulminer. « Comme si je n'avais que ça à foutre ! » Le plus vexant, c'est que c'était probablement l'opinion du chef. De petit verre de vodka Attila en petit coup de gin Sapphire, l'humeur de l'inspecteur fluctuait entre colère, ennui et béatitude. Un groupe d'hommes, tous grands et vêtus de sombre, se tenaient à quelque distance du bar, le dos tourné comme des conspirateurs et, à plusieurs reprises, Yesügei eut conscience d'un regard posé sur sa nuque avec insistance et acuité. La dernière fois qu'il tenta de surprendre ce regard, les conspirateurs s'étaient évaporés.

Parmi les femmes qui descendirent de l'Iliouchine, une seule retint l'attention de Yesügei, elle paraissait scruter les visages à la recherche d'une connaissance, mais ce n'était pas ainsi qu'il imaginait la femme de Larry. Il s'attendait à voir une Américaine typique et, sans raison valable, il s'en méfiait déjà. « Quel imbécile ! J'aurais dû amener un interprète ! Tant mieux, comme ça la conversation sera réduite et je la déposerai comme prévu à son ambassade, sans discours superflus. » Sans enthousiasme, il brandissait le panneau portant le nom de la passagère qu'il venait chercher. « C'est le bouquet, elle va me prendre pour un tour operator et je n'aurai même pas la possibilité de la détromper ! »

— Comme c'est gentil, inspecteur, d'être venu m'attendre !

Souriante, la femme qu'il avait remarquée entre toutes s'avançait vers lui, la main tendue et, divine surprise, elle parlait russe avec une pointe d'accent ibérique. En la circonstance, Yesügei considéra que c'était une aubaine d'avoir dû, plus ou moins sous la contrainte, apprendre cette langue. « Heureusement que je n'ai pas amené d'interprète ! »

— Je suis Tina, la femme, ou plutôt l'ex-femme, de Larry. Enchantée de faire votre connaissance.

Yesügei examinait Tina, ses yeux brillants, son sourire engageant, sa pétulante chevelure auburn, sa silhouette plantureuse. Bien avant la fin de cette évaluation, son humeur maussade s'était dissipée.

Cette femme ne donnait pas vraiment l'impression d'être accablée par le sort malheureux de Larry. Tout à coup, Yesügei en eut conscience : elle cristallisait toutes ses envies, toutes ses nostalgies. Malgré le nombre de ses aventures sans lendemain, jamais il n'en avait fréquenté de pareille et il s'aperçut qu'il le souhaitait violemment.

De son côté, Tina était impressionnée par la carrure de Yesügei et intriguée par ses yeux, deux fentes topaze, étirées jusqu'aux tempes. Un bel homme, à la silhouette un peu lourde, mais qui collait bien à l'idée qu'elle se faisait des Mongols. « Légèrement éméché, on dirait, ce qui est curieux pour un officier de police en service. » En se sentant scrutée par ces yeux jaunes, elle s'en voulut presque de ne pas paraître plus affectée par la raison qui l'amenait dans ce pays. « Au diable les apparences ! Larry et moi étions restés proches et, bien entendu, je déplore qu'il soit venu jusqu'ici pour rencontrer la mort, mais moi, je suis en vie et j'entends en profiter ! »

— C'est ma fille, notre fille à Larry et à moi, qui devait venir. Finalement, j'ai préféré lui éviter ce voyage de retour avec le cercueil de son père. Et puis, les affaires...

Tina s'était tue, tandis que Yesügei mettait sa valise dans la Jaris. Une fois assise, alors que ses yeux inspectaient l'intérieur peu soigné de la jeep et s'attardaient sur les cadavres de bouteilles qui jonchaient le plancher à l'arrière, elle soupira. « Pas de doute, c'est un poivrot et je me demande si on peut lui faire confiance pour élucider la mort suspecte de Larry. »

Alors qu'il s'engageait sur la route menant à la ville, à peine revenu de sa bonne surprise – une belle femme, tout à fait à son goût, et parlant très bien le russe –, Yesügei se demandait, lui, à quoi la venue de l'étrangère pouvait bien l'avancer. « Ce qui est certain, c'est que, même si on ne voit pas grand-chose à cause de ses vêtements d'hiver, on devine qu'elle est plutôt bien fichue... Ouais, et alors ? Elle est là pour prendre livraison d'un macchab, son ancien jules de surcroît et... »

Leurs pensées avaient dû suivre le même chemin car il entendit sa voix qui disait :

— En réalité, je suis là parce que, avant son départ des Etats-Unis, Larry m'a prévenue. « S'il m'arrivait des bricoles là-bas, ne t'en laisse pas conter. Remue ciel et terre pour en savoir la raison. » Dites, le brevet...

Un bruit de klaxon couvrit sa voix et elle ne répéta pas.

— C'est quoi, au juste, une *tara* ?

Yesügei avait dressé l'oreille, mais il ne manifesta aucune émotion, aucune curiosité. Il conduisait avec une nonchalance extrême. De plus en plus sceptique quant à ses capacités d'enquêteur, Tina décida de ne pas aborder tout de suite le sujet qui l'intéressait et de meubler le silence en attendant. Elle releva son col parce que la voiture n'était pas chauffée et se lança dans quelques confidences sans conséquence. Valentina était cubaine et, pour cette raison, elle avait fait ses études à Moscou, avant de trouver le moyen d'obtenir un visa touristique pour les Etats-Unis, d'où elle n'était plus repartie. La Mongolie l'attirait depuis toujours et c'était elle qui avait poussé Larry à aller y chasser. Outre qu'elle-même ne chassait pas et qu'ils ne voyageaient plus ensemble, c'était la présence de ce bon à rien de Ted qui l'avait vraiment dissuadée de l'accompagner.

— Ted est un tocard. Ce pauvre Larry avait le chic pour se lier avec des gens médiocres et assez vulgaires. En l'occurrence, avec un tordu, refoulé par-dessus le marché. Remarquez, ce que j'en dis...

Yesügei pensa qu'elle faisait allusion aux goûts supposés de Ted, mais il ne voyait pas à quel titre il aurait dû s'y intéresser, aussi la laissa-t-il poursuivre sans intervenir.

— Quant à moi, il était écrit que je devais quand même fouler le sol mongol, mais quelle déveine, tout de même, de devoir repartir avec lui... mort... dans son cercueil...

Yesügei osa un coup d'œil furtif sur ce profil volontaire, momentanément désemparé, et il se sentit s'enflammer. « Du calme, mon vieux. Est-ce qu'elle a bien dit qu'il avait prévu d'avoir des ennuis ici ? Est-ce qu'elle a bien prononcé les mots "affaires", "brevet" et "*tara*" ? » Si oui, il ne fallait pas la lâcher d'une semelle et éviter qu'elle n'en parlât à d'autres. Et pour cela, il n'allait pas la déposer à l'ambassade américaine, mais l'y escorter et y rester jusqu'au bout avec elle.

Tout le temps que dura la traversée de la ville du sud jusqu'au nord, Tina se montra enjouée et curieuse du spectacle nouveau. A sa descente de voiture devant l'ambassade américaine, elle contempla longuement les berges de la Selbé puis, redevenue soudain très américaine, du moins aux yeux de Yesügei, comme tout bon contribuable, conscient d'avoir droit au soutien de l'ambassade de son pays, en échange d'impôts dûment acquittés, elle se dirigea résolument vers l'entrée. Tina resta très américaine durant le premier quart d'heure d'attente. Souffrant, l'ambassadeur ne serait pas visible, mais elle serait reçue par le premier secrétaire.

Quand, sur les talons de Tina, Yesügei avait pénétré le sanctuaire diplomatique, le planton avait levé un sourcil, mais le sourire de Tina, doublé du passeport qu'elle brandissait, l'avait rassuré : ils étaient ensemble. Il s'en était donc retourné fumer à l'abri des regards.

La jeune femme à l'accueil avait, elle, fait preuve de cordialité, mais ne paraissait pas même avoir remarqué la présence de Yesügei. L'inspecteur avait saisi l'occasion pour suggérer à Tina, envers les diplomates, l'attitude suivante : en dire le moins possible et, en revanche, leur en faire dire le plus possible. Tina avait acquiescé après une courte hésitation. Au moment où, sur son invitation, Yesügei était sur le point de s'asseoir à côté d'elle, un employé américain, qui savait quelques mots de mongol, vint lui demander sèchement bien que sans hostilité ce qu'il faisait là. Le Mongol émit alors un grognement bourru de paysan. Lui-même tiré à quatre épingles, l'homme conclut que ce *deel* élimé appartenait à un larbin, affecté au service de sa concitoyenne, mais que sa place n'était pas dans ce salon.

— Pendant que cette dame attend d'être reçue par le premier secrétaire, pourquoi n'allez-vous pas à l'office vous faire offrir un café par le personnel ? On vous appellera quand la dame en aura terminé.

Yesügei leva vers lui son regard jaune, mais le rebaissa aussitôt. Il avait compris la méprise et il allait tâcher d'en tirer parti. Il grogna à nouveau, en signe d'obéissance, et disparut promptement dans les couloirs de l'ambassade, sous l'œil d'abord médusé puis amusé de Tina. C'était son tour d'apprécier Yesügei et il lui vint l'envie de faire plus ample connaissance avec un homme aussi riche de ressources. Il saurait mettre à profit cette incursion inattendue, elle n'en douta pas un instant.

Quand, près d'une heure plus tard, ils se rejoignirent dehors, Tina en était arrivée à la conclusion que ses concitoyens étaient moins en mesure de l'aider que ne l'était l'inspecteur mongol. Quant à celui-ci, il souriait à l'idée que le hasard, doublé du snobisme d'un employé, lui avait fourni une rare occasion.

A la morgue, Larry avait perdu l'aspect effrayant produit par son regard opaque et sa bouche pleine de terre, ce qui soulagea Yesügei, qui redoutait cette vision pour Tina. Réprimant un frisson, à cause de la température, elle se comporta avec gravité et naturel, mais ne put s'empêcher de s'exclamer :

— Mon Dieu ! Comme ses cheveux et sa barbe ont poussé ! Ses ongles aussi !

Puisqu'elle s'exprimait en russe, le médecin légiste, pour une fois disert, lui expliqua que ce n'était qu'une impression due à la rétractation des chairs et que les phanères ne continuaient pas à pousser, comme on le dit improprement. C'était du moins sa théorie.

Dès que Yesügei put la ramener à l'hôtel, au nombre de têtes qui se tournèrent sur leur passage, il constata avec des sentiments mêlés que Tina ne passait pas inaperçue. Ils avaient hâte d'être à nouveau seuls. Loin de se forcer à parler pour ne rien dire, ils s'accordaient pour savourer le silence et le plaisir d'être ensemble, ainsi que la vive attirance qu'ils éprouvaient l'un pour l'autre. Ils auraient préféré, à leur arrivée, ne pas tomber sur lui, mais Ted ne leur demanda pas leur avis. Informé de sa nouvelle situation, qui ne l'obligeait plus à rester jusqu'à la fin de l'enquête, il n'avait plus rien à craindre de l'inspecteur et le fait de croiser Tina ne lui était pas aussi déplaisant qu'il l'aurait cru. Ce ne fut pas le cas pour elle, qui abrégea doléances et condoléances. Décidément, elle le supportait mal et ne se plaindrait pas de le voir partir.

Aussitôt que Yesügei eut liquidé quelques formalités, ils se retrouvèrent au bar et s'installèrent dans un coin sombre, avec des bières et un carafon d'alcool de genièvre. Toujours silencieux mais sans gêne aucune, ils se regardaient en souriant et buvaient sans se presser, Tina faisant preuve d'une endurance presque égale à celle de Yesügei. Ils se plaisaient, mais mesuraient tous deux les difficultés qu'ils trouveraient en travers de leur route, s'ils donnaient suite à pareille rencontre. A l'un comme à l'autre, cependant, l'occasion paraissait trop belle pour ne pas être saisie. « Pas question de passer à côté », se disait Tina. En termes plus cynégétiques, Yesügei pensait qu'il ne fallait surtout pas « manquer l'élan, sous prétexte que l'on poursuit le rat ».

— Dites-moi, je ne vous situe pas bien. Vous devez être quelqu'un d'important, n'est-ce pas ? s'enquit doucement Tina.

Comme il ne répondait pas, elle insista :

— Non ?

— Si, mais personne ne le sait !

Yesügei s'en tirait par une pirouette qui les fit sourire tous les deux.

Au fil, un peu lâche et souvent rompu, de leurs propos, se profilaient les antécédents de Larry, ceux qu'il connaissait déjà et ceux qu'il ignorait. Natif de Cincinnati, dans l'Ohio, il y avait toujours vécu. Ingénieur agronome, il se passionnait pour la géologie et les plantes. Divorcé de Tina, remarié et veuf, c'était un insomniaque notoire et il réfléchissait mieux en marchant. Il lui arrivait d'être velléitaire, mais le plus souvent c'était un entêté. Elle ne lui connaissait pas d'insuffisance cardiaque, mais il ne lui avait probablement pas tout raconté, surtout depuis leur séparation.

Chaque fois que Tina se montrait inquiète sur l'issue de l'enquête, Yesügei pensait : « Je suis payé pour gérer ce genre d'ennuis, laissez-moi faire », mais il le gardait pour lui et la rassurait en ces termes :

— Ne vous en faites pas ! Divertissez-vous durant votre séjour. Abandonnez-moi les tracas, j'ai l'habitude, je m'en charge.

Et galant avec ça ! Si galant qu'il l'avait même aidée à enlever son manteau. Le grain de beauté, qu'il avait alors aperçu sur sa nuque, l'avait bouleversé.

— Puisque vous allez être occupé ces jours-ci avec vos informateurs – c'est bien ce que vous m'avez dit ? –, j'ai envie de m'inscrire à un voyage organisé, avant qu'il ne fasse trop froid.

Devant l'air grave de Yesügei, son sourire s'effaça un peu et elle murmura sur un ton rauque, qu'il interpréta à sa façon et qui lui incendia les sens :

— Nous deux, on prendra le temps de se voir plus tard.

22

HISTOIRE

Pour emprunter une métaphore culinaire, on dira que c'est dans le même chaudron que se cuisinent la grande Histoire et la petite. Comme si les événements présents, engendrés et façonnés par l'Histoire, s'inscrivaient tout naturellement en elle. L'individuel, l'intime, lovés dans l'universel. La petite se reflétant au miroir de la grande Histoire.

Cependant, bien qu'il soit tentant d'évoquer en passant l'*Histoire secrète*, cette chronique toute de fraîcheur et de poésie, à la chronologie parfois douteuse, aux généalogies interminables, ne serait-ce que pour les savoureux récits d'enlèvements, de chasses, de razzias, de conquêtes, d'alliances, d'amitiés fidèles, de traîtrises, pas plus que sur les exploits épiques de Geser le Légendaire, il ne convient de s'étendre ici sur ces anecdotes qui happent l'imagination par la chaleur des sentiments et la cruauté des vengeances, tandis que surprend l'étrange hermétisme de certains passages destinés *a priori* aux seuls Mongols, soucieux de ne pas livrer certains secrets aux peuples nouvellement assujettis.

Pourtant, ce qui frappe chez les Mongols contemporains – ceux dont sont relatées ici les aventures –, c'est la similitude de leurs comportements avec ceux du temps de Gengis Khan. Ce n'est pas que ses modernes descendants ne soient influencés par l'époque actuelle ou par les changements survenus dans leur environnement, néanmoins certaines de leurs caractéristiques communes les rattachent sans conteste à ces lointains ancêtres.

On constatera par exemple que Yesügei – pour ne citer que lui – est animé des mêmes passions et pétri des mêmes ruses que les héros de l'*Histoire secrète*. Gerel, quant à lui, se glisse sans y penser dans le rôle des « chiens fidèles » de Gengis, les quatre preux de son proche entourage. Les accompagnateurs de la partie de chasse, les éleveurs rencontrés, tous les protagonistes, en somme, de cette histoire actuelle pourraient, en la prolongeant, jouer sans détonner leur part dans l'histoire ancienne.

Et celui qui objecterait qu'il en va de même pour chaque peuple, n'aurait évidemment pas tort. Quoi qu'il en soit, l'histoire récente des Mongols apparaît comme une suite, moins romancée, plus triviale, mais tout aussi agitée et violente que celle des temps glorieux. Pour faire bonne mesure, et si l'on veut respecter la réalité, on n'oubliera pas de prendre en compte le rôle des étrangers, de tout temps présents et actifs sur le vaste territoire mongol. Et pendant que nous y sommes, ne négligeons pas la géographie, dont l'Histoire dépend si étroitement : qui oserait nier la contribution de ses vastes espaces aux destinées de ce pays ?

Sans quitter l'Histoire, revenons donc – puisqu'elles sont imbriquées – à la petite histoire. Une fois Yesügei parti, Gerel se sentit presque orphelin. C'était la première fois qu'il était livré à lui-même et, surtout, la première fois, depuis le début de leur collaboration, que son chef ne l'emmenait pas. Sous la forme de dossiers à remettre en ordre, il lui avait laissé de quoi ne pas s'ennuyer.

Gerel admirait Yesügei sans réserve. Pourtant, son attitude le laissait parfois perplexe. Un anonyme s'était accusé par téléphone du meurtre de Larry et quand, tout excité, il en avait fait part à l'inspecteur, celui-ci avait simplement dit :

— Vérifie ! Il y a trop de vantards, avides de célébrité. Trop de gens qui ont besoin qu'on leur prête attention ou qui veulent voir leur nom dans le journal.

De même, quand Gerel avait parlé à son supérieur de la plainte que le chauffeur de la partie de chasse avait l'intention de déposer contre lui pour violences, Yesügei avait répondu sans s'émouvoir :

— Il va falloir qu'il le prouve.

— Patron ! Vous lui avez flanqué des gnons à assommer un yak !

— Je sais, mais tu aurais dû remarquer, et je suis chagriné que cela t'ait échappé, que j'ai fait ça scientifiquement : je ne faisais que lui bloquer tantôt la circulation de l'air, tantôt celle du sang. Juste assez pour qu'il se sente mal, pas assez pour qu'il crève. Aucune trace, aucune suite. Tu feras bien d'apprendre, ça peut toujours servir. Donc, c'est la parole du *djolotch* contre la mienne. Point.

Gerel se repassait pour la dixième fois la réplique, quand on vint lui signaler qu'une certaine Sandjimaa Yablokova se trouvait en quarantaine à l'hôpital russe, à la suite de certains « ennuis ». La première fois que Gerel avait vu cette Sandjimaa, c'était avec Yesügei dans une boîte de nuit et jamais encore il n'avait posé les yeux sur une créature aussi splendide. Si, à ce moment-là, on lui avait proposé de la revoir, il aurait accepté sans hésiter. Maintenant, il était moins pressé, mais comment y couper ?

A l'hôpital russe de Peace Avenue, personne n'avait entendu parler de cette femme et on lui suggéra avec mauvaise grâce de se renseigner à l'hôpital russe N° 2, sur la même avenue, à l'angle de Tokiogiin gudamj. Tandis qu'il s'y rendait, Gerel se remettait en mémoire le peu qu'il savait de la fille en question. De père russe et de mère mongole, elle avait étudié la gymnastique acrobatique à Irkoutsk, était devenue une bonne contorsionniste et s'était produite un peu partout avec succès. Elle s'était ensuite essayée un temps à la profession de mannequin et de modèle, avant de se résigner à revenir travailler comme hôtesse d'accueil dans différents hôtels de la capitale, ainsi qu'au dancing de l'Attila Bar. Etait-ce une coïncidence si cette fille, qui s'était attiré des « ennuis », était aussi celle qui avait eu une brève liaison avec le touriste américain, mort de façon suspecte et auquel elle avait envoyé un message de prudence ? Yesügei lui avait déjà appris à se méfier des coïncidences.

A l'hôpital russe N° 2, on força Gerel à mettre un masque, avant de pénétrer dans le service des contagieux, ce qu'il fit en s'assurant machinalement de la présence de son amulette, accrochée à son ceinturon, avec les menottes. Yesügei, qui n'en portait jamais, les lui avait empruntées, une fois, mais c'était pour maintenir ouverte une barrière. « Ces vieux flics sont décidément capables de tout », se disait-il en tirant sur l'amulette coincée, qu'il eut un mal fou à dégager des menottes.

Quand il accéda enfin au chevet de Sandjimaa, il ne la reconnut pas tout d'abord, tant elle était amaigrie et tant son visage était congestionné. Après avoir toussé en se cachant la bouche, la malade ouvrit ses grands yeux bleus et les referma, déçue de ne pas voir Yesügei. Pourtant, dès qu'on les laissa seuls, elle fit signe à Gerel de se rapprocher un peu, mais pas plus, puis elle écarta sa chemise, pour lui montrer la multitude de petites taches rouges sur son décolleté, qu'il se rappelait beaucoup plus attrayant. Sandjimaa murmura un mot inconnu de lui, ajouta « bouquet de roses » et, en esquissant un pauvre sourire, elle serra sa chemise contre elle et referma les yeux.

Gerel se sentit tout désarçonné à l'idée qu'une maladie contagieuse ne relevait pas, à sa connaissance, des services de police. Il avait cru la trouver blessée ou, en tout cas, mise à mal du fait de violences exercées contre elle par un tiers. Il n'en était rien. Pourtant, si elle avait fait prévenir la police après son hospitalisation, c'est qu'elle avait des révélations à faire.

Elle lui inspirait tant de pitié qu'il s'efforça d'agir comme il pensait que l'aurait fait Yesügei et, l'air de rien, s'en alla poser quelques questions à l'infirmière en chef. Il s'agissait de la peste bubonique, la « peste noire », maladie infectieuse transmise par les piqûres de puces ayant fréquenté marmottes, écureuils ou rats contaminés. La patiente souffrait de fièvre et ses ganglions lymphatiques étaient toujours gonflés, malgré le traitement à la tétracycline. On manquait de streptomycine, « tellement plus efficace », mais ses chances de survie étaient de plus de 60 %, car le mal avait été pris à temps.

Revenu auprès d'elle, Gerel entreprit de l'interroger, en la priant de ne répondre que par des signes de tête, les yeux fermés. Oui, elle pensait être l'objet d'une vengeance. Non, elle ne voyait pas qui pouvait lui en vouloir à ce point. Là, l'ex-contorsionniste s'agita et il eut comme l'impression qu'elle mentait. Non, elle ne savait pas comment on avait pu s'y prendre. Non, elle n'avait pas mangé de marmotte cette année et d'ailleurs elle n'aimait pas ça. Oui, elle faisait un lien entre la mort de l'Américain et ses propres ennuis. Elle cessa de réagir et Gerel se tut, car on entendait approcher des pas. Un médecin au visage fermé intima sèchement à Gerel de laisser la malade se reposer et il dut quitter la chambre.

Toujours dans la peau de Yesügei, où il se sentait bien au large, Gerel se dit qu'une visite au domicile de Sandjimaa ne serait pas inutile. Il gardait en mémoire la réflexion de son supérieur sur les empoisonnements, de tout temps très en vogue chez les Russes et particulièrement ces derniers mois sur la scène internationale. Mais quel rapport ?

La tête farcie des hypothèses les plus diverses, Gerel prit le temps de se rouler une cigarette et bomba le torse. Il avait l'impression d'être plus baraqué que d'habitude. Du coup, la chance lui sourit. Sandjimaa partageait un petit deux-pièces avec une étudiante à demi chinoise,

Pingping, qu'il trouva atterrée par la fouille opérée récemment dans les affaires de sa camarade. Elle se remontait le moral en mangeant fortune-cookie sur fortune-cookie, « de façon compulsive » pensa Gerel, non sans remarquer qu'elle prenait bien soin de lisser et de conserver les emballages, porteurs de messages, des petits gâteaux secs. Très ébranlée par la mésaventure de Sandjimaa, la coquine s'apprêtait à quitter les lieux et avait déjà déposé ses bagages chez le portier, quand les « visiteurs » étaient passés. Et ce n'était pas cette « visite » qui la ferait changer d'avis.

Gerel eut la présence d'esprit de descendre avec elle et de demander à inspecter ses baluchons. Elle n'opposa aucune résistance, mais ses nerfs lâchèrent quand elle le vit soulever à l'aide d'un mouchoir un petit sac à main en peau de marmotte. En larmes, la colocataire indélicate expliqua qu'elle avait pensé ne plus revoir Sandjimaa, si « mal en point », et qu'elle lui avait par conséquent « emprunté » le joli sac qui lui faisait tant envie.

Cela expliquait probablement que le sac en marmotte eût échappé aux recherches des inconnus, venus pour supprimer la preuve de leur forfait. Gerel n'aurait pas su dire avec certitude si une peau de marmotte travaillée pouvait encore abriter des puces, mais cette jeune personne avait tout de même intérêt à se faire examiner en vitesse et à se débarrasser des objets qui avaient été au contact de la peau. C'est ce que Gerel conseilla à Pingping sur un ton paternel, ce qui déclencha chez elle un torrent de larmes.

Pourquoi Sandjimaa n'avait-elle pas mentionné le sac ? Parce qu'il n'avait mentionné, lui, que la viande de marmotte et non pas la peau ? Parce qu'elle s'était contentée de répondre oui ou non par des hochements de tête ? Parce qu'elle cachait quelque chose ?

Le plus surprenant, n'était-ce pas que cette pauvre Pingping n'eût pas lu le danger dans les fortune-cookies, dont elle semblait faire une consommation immodérée ?

23

HISTOIRE (SUITE)

Lorsque Yesügei avait quitté Oulan Bator, il éprouvait du regret à s'éloigner, si peu de temps après leur rencontre, de la belle Tina, qui l'avait embrasé. Gerel, en revanche, lui avait tapé sur les nerfs en lui annonçant, avec la plus vive excitation, qu'un individu s'était anonymement accusé du meurtre de Larry. « Des fous de ce genre, des affabulateurs en mal de publicité et de reconnaissance, on en croise à chaque coin de rue. »

Gerel l'avait également prévenu de la plainte pour violences que le chauffeur des touristes américains se proposait de porter contre lui. Comme si cette petite gouape avait la moindre chance de prouver quoi que ce fût contre un vieux routier comme lui ! « Toi, mon coco, ton compte est bon. A la première occasion, tu tombes. »

Une fois sur la route, même s'il accordait parfois quelque attention aux tumultueuses collisions de nuages, dignes des études artistiques les plus poussées, Yesügei consacra ses pensées à l'ami russe qu'il s'en allait voir à Zuunmod. Piotr et lui n'avaient pas toujours été amis, tant s'en faut. Il s'agissait d'un ancien sous-officier, stationné à Saïnchand, dans le Gobi méridional, à l'époque où l'Union soviétique y maintenait un fort contingent. La moindre escarmouche avec les Chinois aurait mis la région à feu et à sang, mais il n'en avait rien été et les Soviétiques avaient fini par se retirer. Piotr n'était pas retourné au pays, tout simplement parce que son pays, maintenant, c'était la Mongolie.

Ils s'étaient donc connus à Saïnchand, ville venteuse, poussiéreuse, ingrate, parce que, jeune stagiaire à l'école de police, Yesügei avait été contraint de faire en compagnie de Piotr des rondes sur la frontière avec la Chine, toute proche. Ils étaient même passés ensemble en Mongolie-Intérieure, afin de se procurer du *maotai*, un alcool chinois de sorgho, robuste et parfumé. Cette incursion en territoire adverse avait créé des liens. La plupart des lieux de loisir étant alors interdits aux non-Russes, ils n'étaient pas censés frayer, mais ils avaient trouvé le moyen de faire ensemble les quatre cents coups. Il leur restait donc quelques bons souvenirs de beuveries au Shand Plaza, où Piotr soudoyait le portier, qui fermait les yeux sur la présence de Yesügei et lui évitait ainsi le knout.

Bons souvenirs, peut-être, mais Yesügei n'était pas mécontent de ne pas devoir retourner à Saïnchand. Il devait retrouver Piotr à une heure de route de la capitale et conduisait sans hâte. Il ne tenait pas à arriver à l'heure, encore moins en avance. Bien que très proche d'Oulan Bator, la Mongolie centrale lui paraissait, comme toujours, pleine d'un charme dont n'importe quelle ville était singulièrement dépourvue à ses yeux.

On aura compris que Zuunmod ne représentait pas pour lui un lieu idéal, mais il pensait que Piotr, devenu instructeur à l'Académie militaire après le départ des troupes russes, avait tout de même bien fait de s'y installer. Avec les kilomètres, défilaient les réminiscences. Zuunmod lui paraissait en effet beaucoup plus vivable que Choir, ville située sur l'itinéraire du chemin de fer transmongolien, où il avait parfois rendu visite à Piotr, à la base aérienne. Déjà sinistre à l'époque à cause de ses barres de béton et de ses sculptures colossales d'inspiration martiale, puis abandonnée dès la fin de la guerre froide, Choir n'était plus qu'une ville fantôme, délabrée, avec pour seul avantage un statut de zone franche, où s'approvisionner en vodka et cigarettes. Décidément, Piotr était bien mieux à Zuunmod.

Sujet à la bougeotte, Yesügei avait préféré se déplacer lui-même. Il avait besoin de respirer l'air du large. S'il désirait s'entretenir avec Piotr, c'était parce que celui-ci, bien que désormais retiré de l'armée, en savait long sur tout ce qui se trafiquait un peu partout. « Un informateur ? aurait demandé Gerel. Bien mieux que ça ! » C'était aussi parce qu'il n'y avait pas meilleur compagnon de soûlerie. Les capacités de Piotr à absorber n'importe quel breuvage alcoolisé, de préférence très titré, avaient plus d'une fois stupéfié Yesügei, pourtant fameux buveur.

Devant l'hôtel, quelques motos, des Planeta, et une Lada, probablement celle de Piotr, depuis qu'il avait dû se résoudre à abandonner son antique Jigouli.

— Tu t'en souviens, frère ? La dernière fois, ou bien était-ce la précédente ? On s'était mutuellement décorés de l'ordre du Chameau velu.

Yesügei n'était pas près de l'oublier, ils étaient ce jour-là pleins comme deux outres à koumis : l'épisode des décorations avait eu lieu après qu'ils eussent descendu quatre bouteilles de vodka, des grandes.

Quand ils cessaient de se taper sur les épaules, c'était pour se donner l'accolade. La comédie dura si longtemps que le barman crut bon d'intervenir, en leur brandissant sous le nez une première bouteille :

— Cocktail molotov ou seulement vodka ?

Pour commencer, il aurait bien aimé leur servir ce mélange explosif, dont il gardait les doses secrètes, à base de cognac, de gin et de rhum, « avec un trait de vodka, pour allumer ». Le bar du Chandman, l'ancien Zuunmod récemment rénové, offrait tous les agréments chers aux deux compères, partis pour arroser de manière décente leurs retrouvailles : semi-obscurité, fauteuils accueillants, personnel discret et, surtout, énormes provisions de vodka. Les rangs serrés de bouteilles, pleines donc bonnes à vider, inspiraient la nature poétique de Piotr :

— De la fenêtre de la chambre, on a une vue renversante sur les hauteurs enneigées de Tsetseegün Uul, eh bien, je me demande si je ne préfère pas encore la vue que nous offrent ces étagères si richement pourvues.

Cheveux roux en brosse, yeux gris, envergure de *bürged*, l'aigle des steppes, Piotr était capable de décapsuler une bouteille avec les dents comme de sombrer dans de terribles accès de mélancolie, dus autant à ses origines qu'à ses excès de boisson.

— Qu'est-ce qui t'amène, camarade policier ? ce ne serait pas pour m'annoncer qu'une femelle t'a mis le grappin dessus et que tu vas passer sous le joug, par hasard ?

La première bouteille tirait à sa fin et, sans attendre la réponse de Yesügei, Piotr interpella le barman :

— Apporte-z-en une autre, tout de suite ! Mais les suivantes, je te l'ai dit cent fois, c'est à moins dix-huit degrés que je les veux ! Ne les sors du congel qu'au moment de servir. C'est pourtant pas bien sorcier ! Allez, cul sec !

Yesügei l'écoutait, un sourire dans ses petits yeux jaunes étirés. Il s'octroya une prise de tabac et posa sa tabatière à côté des cigares de Piotr, avant de se laisser, en imagination, revenir en arrière. Vers cette période noire, celle où – avec l'aide d'experts et d'« épingles de sûreté », dûment placés dans tous les rouages de la grande machinerie stalinienne – les occupants russes faisaient alterner en Mongolie terreur abominable, délation feutrée, bureaucratie aliénante, purges féroces, lente décérébration, en vue du refaçonnage de l'identité mongole, alors ces deux-là s'étaient tout d'abord haïs.

Dès que Piotr qui, jusque-là, partageait avec ses semblables un mépris absolu pour la prétendue balourdise et le « margachisme » des indigènes, avait flairé, sous son apparence et son comportement rustiques, la subtilité de Yesügei, son attitude avait commencé à changer. Selon son habitude, plus finaud que rustaud, Yesügei laissait venir. Quelques dizaines de bouteilles de gnôle plus tard, Piotr s'était senti lui-même gagné par le margachisme. « A demain, les affaires », aurait-il pu dire, à condition d'avoir pratiqué Montaigne avec autant d'ardeur qu'il relisait Gontcharov et Maïakovski. Du coup, les deux hommes avaient une raison tacite supplémentaire pour boire ensemble à l'amitié durable, la leur.

Tout embuée, la troisième bouteille leur parut frappée à point. Réfrigérée à moins dix-huit degrés, elle coulait dans les verres avec la viscosité d'une huile transparente et laissait sur la langue et au palais un sillage sirupeux. Le barman prenait sa pause. En russe ou en mongol, indifféremment, de chaque côté du rideau de fumée produit par le cigare malodorant, ils pouvaient discourir en totale liberté.

En effet, les industries pharmaceutique et agroalimentaire russes avaient quelques visées sur les remèdes, les produits cosmétiques et les fertiligènes à base d'armoise. Le trafic des brevets était florissant.

— Et tiens-toi bien, il paraît que la plus recherchée des armoises, ce serait celle qui pousse à proximité de l'habitat des gerboises. Evidemment, les bonzes herboristes sont sur les rangs. De même que nos camarades chinois.

Ils buvaient à courtes gorgées, insoucieux de l'heure, du cadre, du passé, de l'avenir. Seul comptait ce présent, chaleureux et, malgré cette exquise impression d'apesanteur et d'absence de sensations, bien réel. Ils ne sentaient plus leurs corps, mais leurs esprits galopaient de compagnie, voguaient de conserve, gardant à vue ce qui préoccupait Yesügei, la mort d'un touriste américain.

Piotr partit tout à coup d'un gros rire d'ivrogne :

— Tu te souviens de ce Kazakh qu'on appelait « Jamais sans mon aigle » ? Je pense à lui parce que je l'ai aperçu récemment. Il faut dire qu'il t'avait embringué dans une poursuite mémorable. J'adore quand tu racontes !

Yesügei n'eut pas de gros effort à faire pour se rappeler le Memet en question. Un lascar brut de décoffrage, à côté duquel lui-même aurait pu passer pour un dandy. Grand chasseur, comme la plupart de ses congénères, ce type avait pour unique sujet de conversation la chasse à l'aigle, d'où son surnom. Poivrot notoire, il avait souvent eu maille à partir avec les forces de l'ordre et, un beau jour, il s'était retrouvé suspect numéro un dans une affaire de vol ayant dégénéré en meurtre et il avait pris la poudre d'escampette. L'itinéraire de la poursuite engagée par Yesügei pour pincer le Memet en cavale, passait d'un point de vente d'alcool à un lieu de consommation et ainsi de suite. Chaque fois, Yesügei l'avait manqué de peu : d'un « abreuvoir » à l'autre, magasin de spiritueux, yourte dont tous les occupants buvaient sec, coopérative d'*arkhi*, point de vente clandestin, brasserie d'Etat, planque d'alcool de contrebande, Memet restait insaisissable... Pour finir, Yesügei – lui-même passablement gris pour n'avoir pas omis de lamper quelques coups de bibine à chacune de ces occasions – avait retrouvé le Kazakh endormi, ivre mort, dans un fossé par moins dix degrés. Selon ses propres paroles, celui-ci ne fuyait pas, car « le Kazakh est un guerrier libre ». Il « vagabondait, comme tout Kazakh digne de ce nom ».

Il n'avait ni volé ni tué, il était innocent et d'ailleurs le coupable s'était rendu peu après.

A ce récit, entendu cent fois, des déconvenues de Yesügei lors d'une poursuite restée dans les annales, Piotr avait encore aux yeux des larmes de rire. Les deux complices revoyaient le personnage : immense, moustachu et barbu, toujours en chemise et pantalon flottants, avec un gilet, un grand manteau noir jusqu'au sol et un *loovuuz*, l'énorme chapeau de renard qu'il ne quittait jamais, pas même pour dormir.

— Je me souviens que les collègues se moquaient de lui à cause de ses « poils à la bouche » et de son accent à coucher dehors, et qu'ils le traitaient de sauvage parce qu'il mangeait de la viande de cheval ! Il a beau être musulman, en voilà un qui ne crache pas sur la vodka ! A part ça, il est un peu dingue, tu ne crois pas ?

— C'est plus compliqué que ça. Tu sais combien il aimait courir la gueuse ? Eh bien, il a fini par se ranger. Il s'est mis en ménage et il a eu un fils dont il était fou. Quand ce gosse est mort, il a perdu la boule. Puis il a rencontré un pote à lui, un Bouriate du Baïkal, dont la fille du même âge venait de mourir aussi. Ils ont décidé de procéder à des « noces de trépassés » entre les deux enfants, dès qu'ils auraient virtuellement atteint l'âge nubile, une coutume ancienne. Ils ont engagé des frais énormes pour une fête somptueuse d'une semaine, avec nécromanciens, cérémonies grandioses et orgies de viande grillée. A compter de ce temps, ils ont considéré que leur alliance serait indéfectible, ont vécu comme une seule et même famille et, désormais inséparables, les deux hommes sont devenus tout à fait intimes.

— Quand je te dis qu'il est zinzin, cette coutume n'a jamais eu cours chez les Kazakhs, que je sache !

— Attends ! Tu sais bien qu'il ne pratique pas un islam très orthodoxe. On raconte qu'il remet son pèlerinage à La Mecque d'année en année et qu'il ne le fera sans doute jamais. Et puis, son compère était bouriate, bouddhiste, chamaniste, ce qui expliquerait cet usage étrange. Non, le plus intéressant, c'est que, quand le Bouriate a disparu à son tour, Memet a tout abandonné, sa femme, la chasse traditionnelle et même la bouteille. La dernière fois que je l'ai vu, il était pourvoyeur pour étrangers. C'est-à-dire qu'il se livre sans entrave à des trafics en tout genre. Je suis tombé sur lui à Moscou, pas plus tard que le mois dernier.

Piotr se tut, assombri par l'histoire qu'il venait de raconter et repris par sa morosité native. La cervelle un peu embrumée, Yesügei se fit la réflexion que ces trafics étaient bien naturels, puisque les Kazakhs, qui peuplent la région située à l'extrême ouest de la Mongolie, avaient toujours eu l'occasion, de par leur vie errante et leur statut à part, de passer la frontière entre Chine, Russie et Mongolie et par conséquent d'établir des contacts avec tous les voisins.

— Si cet âne bâté n'a pas mis suffisamment de bouteilles au congélateur, j'en ai plein dans celui de ma chambre. Parce que, je vais te dire, le seul défaut de la vodka, c'est qu'il n'y en a jamais assez.

Piotr et Yesügei avaient déjà oublié Memet. Le Russe raconta que lui et Oyun, sa femme mongole, n'occupaient cette chambre que l'hiver.

— Parce que l'été, c'est la yourte. Je ne pourrais plus m'en passer. Oyun tient l'épicerie, près du commissariat, et c'est elle qui se charge de remplir le frigo.

De verre en verre, la situation leur apparaissait de plus en plus limpide. L'Institut militaire des langues étrangères de Moscou, celui où l'interprète Tsering avait étudié, était connu pour être un repaire d'espions, tiens donc ! Les Russes procédaient en ce moment à une épuration par élimination – comprendre : empoisonnement –, de certains intermédiaires ou agents doubles, notamment de double ascendance, russe et mongole, impliqués dans diverses tractations.

— Ils ne sont souvent que du menu fretin, mais on ne les en supprime pas moins de cette manière : c'est une longue tradition politique. Même la veuve de Lénine y avait eu droit ! Tu ne le savais pas ?

Yesügei attendait maintenant le laïus obligé sur Staline, « ce gangster paranoïaque » et il ne tarda pas à arriver :

— C'est que, entre attaques à main armée, braquages, tabassages, chantages, enlèvements, extorsions de fonds, attentats, le Petit Père des peuples avait commencé tôt sa carrière de parrain mafieux. Il n'a fait que la poursuivre en politique, à une bien plus grande échelle, celle du pays, avec terreur, procès iniques, purges, pogroms, déportations, goulag... et tutti quanti.

Yesügei devait le reconnaître : Piotr avait toujours été un anti-stalinien farouche et, il s'en vantait, « primaire ».

— Quant aux empoisonnements récents de personnages en vue, certains étaient dus à l'ingestion d'une matière radioactive, du polonium 210 introduit dans une innocente tasse de thé. Pour ne rien dire de plats fins, assaisonnés à la dioxine pure.

Dans un éclair de lucidité, Yesügei éprouva une soudaine inquiétude pour Sandjimaa. « A vérifier d'urgence dès mon retour. »

De plus en plus clair, de plus en plus lumineux, jusqu'au moment où l'hôtel Chandman tout entier s'écroula, où le bar vola en éclats et où la lumière s'éteignit tout à fait dans leurs cerveaux imbibés, ou plutôt inondés, tandis qu'ils allaient, l'un après l'autre, s'écraser au sol, face contre terre.

24

HISTOIRE (ENCORE)

Pour son court voyage organisé en pays mongol, Tina avait élu le Nord-Ouest et elle ne devait pas le regretter. Quand le groupe arriva à proximité du lac Khövsgöl, les nuances infinies des rousseurs automnales dont se paraient encore les forêts alentour surprirent agréablement les yeux, un peu battus par les secousses de plusieurs heures de piste. Grâce aux fortes pluies d'été, les prairies avaient conservé leurs dernières fleurs sauvages. Les pentes menant aux sommets étincelants de neige étaient tapissées de clématites argentées, d'azalées bleues, de rhododendrons pourpres.

Le spectacle lui parut si magnifique que Tina se demanda un instant pourquoi Larry n'avait pas choisi cette région-ci pour se balader. « Probablement trop semblable au Dakota ou au Wyoming. » Et puis, une grande partie de la prairie américaine originelle ayant été peu à peu irréversiblement détruite, l'attrait des steppes mongoles n'en était que plus vif. Ici les espèces étaient plus étroitement protégées qu'ailleurs et les permis de chasse, plus rares donc très convoités.

Rivières cristallines, lac posé tel un joyau sur des berges d'un vert presque phosphorescent, on n'entendait que des exclamations. Quelqu'un a écrit que le paysage, c'est le visage d'un pays. Ce visage-ci produisit aux voyageurs un effet inoubliable.

La collation servie dès l'arrivée acheva de les conquérir. Tina n'avait jamais goûté pareilles myrtilles au parfum sauvage : pour elle, qui souffrait de l'absence dans cette contrée de légumes et fruits frais, ces baies étaient les bienvenues. On les leur proposait soit meringuées, soit accompagnées de crème caillebottée au lait de renne blanc et de pain frit. Le dépaysement était total.

On les incita à acheter aux pêcheurs leur prise du jour et, ainsi, le dîner fut un panaché d'esturgeons, d'ombles et de brochets. Quant à l'énorme taïmen, espèce protégée de saumon de Sibérie, il demeura entier, bien vivant mais les yeux de plus en plus vides, à mesure que la vie s'en échappait avec chaque seconde passée dans l'air, en attendant d'être maintes fois photographié, en raison de sa taille exceptionnelle, puis rejeté dans le lac, juste à temps pour y reprendre ses esprits. Malgré les efforts louables des divers cuisiniers dont elle avait expérimenté les plats, Tina avait vite conclu que la nourriture relevait ici de la sustentation, voire de la survie, plutôt que de la gastronomie. Bonne vivante, elle n'en jouissait pas moins de chaque bouchée.

La matinée du lendemain se passa à jouer comme des enfants dans la poudreuse. Sans crier gare, l'hiver était prématurément arrivé durant la nuit et la neige ensevelissait le paysage lacustre. Les cigognes noires s'étaient rassemblées et, dans l'énervement des derniers préparatifs de départ, caquetaient à qui ferait le plus de vacarme, agitées par le retard qu'elles avaient pris. Tétras des neiges et lagopèdes blancs resteraient désormais maîtres des lieux. Sur la route du retour, au pied d'une cascade, de grosses touffes de pivoines sauvages, d'un rose soutenu, pendaient pitoyablement : elles n'avaient pas résisté à l'assaut du gel nocturne.

L'étape du soir se fit à Bulgan, bourgade enfouie dans les forêts de sapins, couverte de chalets et de baraques en rondins. Tina remarqua l'incessant va-et-vient de cavaliers, ainsi que le nombre de chevaux, chargés de cuvettes et d'outils, stationnés devant les habitations. Dans le bar principal de la ville – étrangement semblable à un saloon de western, avec la rangée de montures attachées à une auge et voisinant avec les motos Planeta –, les consommateurs jetèrent un coup d'œil plus ou moins distrait à la belle femme qui buvait sa bière en conversant en russe avec le serveur. Dès que Tina entrait quelque part, le comportement des hommes se modifiait. Beaucoup se mirent à la fixer. De son côté, Tina observait ouvertement la foule des buveurs, autant de femmes que d'hommes, qui se pressaient au comptoir et autour des longues tables usées.

Dépenaillés, l'air épuisé, parfois hagard, ces gens consommaient sans restriction et payaient sans barguigner. Leur présence, dans ce décor insolite de film américain, donnait à Tina l'envie de se frotter les yeux d'étonnement. Quelqu'un lui dit que c'étaient les nouveaux chercheurs d'or. Chômeurs, nomades, pasteurs et fermiers ruinés, retraités, étudiants, aventuriers, tous nécessiteux, ils venaient de tout le pays, chassés de chez eux par des hivers catastrophiques et dévorés par la fièvre de l'or. Dans toute la Mongolie septentrionale et centrale, ils mettaient sens dessus dessous les environs des gisements d'or exploités par des compagnies ayant pignon sur rue, et entreprenaient un peu partout des fouilles illégales. Cette population campait dans des tentes aux abords des sites miniers et des villes entières surgissaient du jour au lendemain. Avec toutes sortes d'échoppes vendant nourriture et outillage, billets de loterie ou doses de coke, louant engins ou téléphones mobiles, des buvettes, des bars, des bureaux de poste et des agents de change, des banques, des cahutes où des guichetiers pressés achetaient aux particuliers leur récolte quotidienne de métal précieux, des bains-douches, des crèches et garderies, des infirmeries, des salons de coiffure et de massage, des lupanars, ainsi qu'un mont-de-piété florissant. De véritables agglomérations, que les policiers n'arrivaient jamais à faire déménager, leur nombre allant toujours croissant. On parlait de cent mille individus, acharnés à défoncer le sol, de préférence la nuit, et dont la santé se détériorait à vue d'œil, à cause du mercure employé pour séparer l'or de la roche.

Etant donné que, même s'ils trouvaient plus d'infimes paillettes que de grosses pépites et bien plus de boue que d'or, ils gagnaient là dix fois plus qu'ailleurs, aucun danger ne pouvait les dissuader, pas même les effondrements meurtriers. La situation était devenue insoluble.

— L'or passé en fraude en Chine représente des sommes énormes. L'Etat est impuissant à enrayer ce phénomène d'orpaillage clandestin, alors il songe à légaliser cette activité parallèle, ne serait-ce que pour récupérer des taxes sur cette exploitation sauvage !

Tina faisait mine de ne pas croire tout ce que lui disait ce serveur si bavard, mais elle buvait ses paroles.

Le lendemain, sur la route qui les ramenait à Oulan Bator, après avoir consulté sa carte, elle insista auprès du guide pour faire un détour par Erdenet. Bien des femmes, sans doute, étaient plus belles que Tina, mais elle avait quelque chose d'excitant et paraissait si disponible qu'il était difficile ne pas se sentir attiré vers elle, qui avait comme personne l'art d'en tirer profit. Elle n'eut donc aucun mal à user de son charme pour obtenir cette dérogation, car le guide était un homme agréable. Très différent de Yesügei, mais d'une grande séduction aussi. Si bien que pour le déjeuner ils firent une halte à Erdenet. Plus tard, l'homme devait se souvenir des questions incessantes de sa passagère sur la mine de cuivre, comme sur l'éventuelle existence de rhodium, métal rare présent d'après elle dans l'Oural. Il évoqua également le personnage étrange – « un drôle de larron, peut-être un type d'une tribu du Nord, je ne sais pas trop » –, avec lequel elle s'était entretenue un moment. Il avait disparu aussi soudainement qu'il était apparu et personne ne l'avait plus revu.

Erdenet ressemblait tant à une ville russe que Tina se crut un instant de l'autre côté de la frontière et en profita pour étancher sa soif permanente de renseignements. La présence russe s'expliquait par le fait que près de la moitié de la production de cuivre de la région – le plus grand gisement du pays – appartenait aux Russes et qu'une privatisation imminente accorderait bientôt la majorité aux investisseurs étrangers. Les rumeurs de privatisation concernaient également la compagnie aérienne nationale, en difficulté, qui suivrait celle de la compagnie du cachemire du Gobi.

Attablée devant une assiettée de *pirojki* frits, la version russe des beignets de viande, avec chou en prime, Tina écoutait avec attention ses voisins, qui lui racontaient les déboires de la mine, dus à la corruption, aux erreurs de gestion, aux fluctuations du cours mondial du cuivre, actuellement en pleine dégringolade.

Une fois sur le site minier, les compagnons de voyage de Tina, même les plus réticents, ne purent que reconnaître qu'ils auraient manqué quelque chose en n'y venant pas. Ici, la géologie s'invitait ouvertement dans le paysage, s'y exposait, s'y dénudait, s'y exhibait, se donnait en spectacle. L'exploitation à ciel ouvert permettait de constater que la montagne entière n'était qu'un énorme bloc de cuivre, gigantesque fromage ou miche de pain rassis, dans lequel on pouvait tailler à volonté. Du poste du garde – facilement soudoyé – la vue sur le mont cuprifère et sur la ville, qui y adhérait telle une excroissance sur un tronc, ne ressemblait vraiment à rien d'autre.

Tina s'en revint donc à Oulan Bator à la fois satisfaite et songeuse. En peu de jours, elle s'était instruite sur divers sujets qui paraissaient lui tenir à cœur et elle avait fait connaissance avec deux aspects de la Mongolie, moins connus que ceux des cartes postales et des dépliants touristiques. Il lui avait été donné de voir le pays tour à tour en tenue d'apparat et en vêtements de tous les jours.

25

HISTOIRE (TOUJOURS)

C'était bien ce que craignait Gerel : durant son absence, Yesügei n'avait pas une seule fois consulté son portable. Pis, celui-ci était resté éteint, donc sourd et muet. L'avait-il seulement pris ? Pour l'inspecteur, qui avait coutume de dire qu'il aimerait encore mieux avoir à faire des signaux de fumée, cet objet qu'il assimilait, au même titre que les montres, à un instrument de torture psychologique, faisait partie des engins diaboliques dont on pourrait fort bien se passer. D'ailleurs, la plupart du temps il n'emportait même pas son arme de service.

Ce qui fait que Yesügei tomba des nues quand il apprit les malheurs de Sandjimaa. Après avoir écouté, en se massant les tempes et en roulant dans sa bouche une langue pâteuse, les hypothèses finement élucubrées par Gerel sur le probable empoisonnement criminel de la jeune femme, il se précipita à l'hôpital russe N° 2. Le « bouquet de roses », qui s'épanouissait sur la gorge autrefois si tentante de l'hôtesse de charme, ne la lui rendit pas moins désirable. Les pétéchies s'étaient étendues au visage, aux bras et aux jambes de la malheureuse, des manifestations hémorragiques qui, autant que le gonflement des ganglions, confirmaient le diagnostic. La peste bubonique était encore en pleine poussée, cependant le médecin chef confirma que chaque heure qui passait augmentait l'espoir de la sauver. Persuadé qu'une peau de marmotte travaillée ne devrait plus contenir de parasites en état de nuire, Yesügei s'informa sur les méthodes de propagation du fléau, ainsi que sur la période d'incubation de la maladie.

Désireux de lui poser quelques questions, il observait la malade. Quand il voulut écarter le masque qu'on l'avait obligé à porter, elle eut un geste pour l'en empêcher et le regard furibond de l'infirmière acheva de l'en dissuader. Yesügei connaissait Sandjimaa de vue depuis longtemps, mais il n'avait éprouvé de véritable béguin pour elle qu'après l'avoir rencontrée au dancing de l'Attila Bar. En dépit du métier qu'elle exerçait, elle ne manquait pas de classe et il se doutait bien qu'elle n'était pas pour lui. Sauf moyennant finance, ce qui lui aurait déplu. « Plus tard, qui sait ? », se dit-il en la voyant si faible et sans défense, mais dans son for intérieur il sentait qu'il ne lui serait jamais donné de « respirer son odeur ». Une expression appliquée aux amoureux et aux mères, qui tous s'enivrent du parfum de la chair de leur partenaire ou de leur nourrisson et y enfouissent leur nez plus encore qu'ils ne la dévorent de baisers.

Respirerait-il l'odeur de son autre béguin actuel, Tina ? On verrait bien quand elle serait revenue de sa balade.

Yesügei s'arracha à ses pensées semi-érotiques pour interroger Sandjimaa. Ce sac en peau de marmotte, elle l'avait gagné à une tombola, à laquelle elle n'avait pas participé !

— Le genre de jeu idiot, quand on trouve dans sa boîte aux lettres un prospectus vous annonçant : « Bravo ! Vous avez de la chance, vous venez de gagner tel ou tel lot ! »

Se rappelait-elle depuis quand elle l'avait chez elle ? Depuis quelques semaines déjà.

Avant même de la quitter, il en conclut que les déductions de Gerel n'étaient fondées qu'en partie. Quelqu'un avait en effet pu vouloir contaminer cette fille avec une peau de marmotte intentionnellement réinfectée. Cela dit, cette tentative présumée ne pouvait être la conséquence de ses relations avec Larry, la durée de la période d'incubation l'infirmait. Mais Gerel ne se débrouillait pas trop mal pour un benêt!

Yesügei se trouvait maintenant à un carrefour dangereux: celui que présentait la multitude de pistes, dont aucune jusqu'ici ne l'avait mené nulle part, et surtout pas au coupable du meurtre de Larry C. Il commençait à douter, non pas de sa capacité à le trouver – pour peu que l'on soit persévérant, cette engeance finit toujours par commettre une erreur et vous tomber entre les pattes –, mais de l'existence même d'un coupable.

Il décida pourtant d'ajouter encore une ou deux pistes au réseau inextricable dans lequel il se débattait sans résultat. C'est ainsi qu'il s'en alla trouver un certain M. Tan.

Dans la vieille ville d'Oulan Bator, tout le monde connaissait M. Tan. D'abord à cause de sa barbiche et de son calot. Ensuite, parce qu'il dépannait volontiers les impécunieux, moyennant les intérêts les plus élevés du marché, et ne refusait jamais son aide à personne. Enfin, parce que sa boutique pompeusement baptisée, comme le proclamait son enseigne en plusieurs écritures, le Pavillon aux cent marchandises, tenait du bazar et recelait des trésors introuvables ailleurs: alcool de bambou, kakis et kumquats séchés, pâte de jujube contre la toux, bonbons au poivre, moxas, pétards, jouets en plumes, bijoux de tête en faux martin-pêcheur, chaussons de toile matelassée, pions de mah-jong et de go, cages à grillons, vides ou occupées, piment du Sichuan, flûtes traversières, gâteaux de lune, fortune-cookies, nids d'hirondelle, holothuries des mers de Chine, méduses déshydratées, œufs de cent ans, pipes à opium, racines de ginseng de Corée, poudres aphrodisiaques ou abortives, ainsi qu'une inépuisable variété de thés.

On racontait aussi, mais personne n'avait jamais été autorisé à aller dans l'arrière-boutique, qu'il y avait là un élevage de fourmis, dont on prélevait certaine substance, entrant dans l'élaboration d'un « remontant », que l'on croyait vendre légalement au gouvernement chinois, par l'intermédiaire d'un fabricant peu scrupuleux qui dupait toutes les parties.

Quand Yesügei pénétra dans le magasin, les yeux de M. Tan se fendirent à l'extrême, mais il s'avança d'un pas empressé, les mains tendues vers le visiteur.

— Bienvenu, bienvenu ! Qu'est-ce qui vaut l'honneur de votre visite à ma pauvre demeure ? Cet humble magasin est indigne de vous, inspecteur... Hum... une petite coupe de thé ?

« Arrête ton cinéma ! » Yesügei était sur le point d'interrompre sans façons ce flot de simagrées, quand une cliente entra. Il en profita pour observer le manège du Chinois. On aurait dit une fouine, partagée entre curiosité et circonspection. Toujours aussi longue, sa barbiche paraissait de plus en plus clairsemée et son calot décoloré, le seul qu'on lui eût jamais vu, n'était pas de première fraîcheur.

M. Tan comprenait fort bien la langue mongole, mais il la parlait avec un accent si prononcé qu'il faisait rire tous les gamins du quartier, par ailleurs fascinés par ses ongles jamais coupés. S'il parlait mal, il comptait bien et, d'ailleurs, Yesügei put constater avec amusement que, pour l'addition de l'acheteuse, il faisait deux opérations simultanées, l'une sur sa calculette, l'autre sur son abaque, c'était plus sûr.

Alors que le commerçant chinois classique grise ses clients mongols à coups d'eau-de-vie et de flatteries, et leur fait acheter n'importe quoi à un prix exorbitant, tout en les persuadant qu'ils font l'affaire du siècle, M. Tan n'offrait, lui, jamais que du thé et encore pas à n'importe qui. C'est bien ce qui énervait Yesügei qui, malgré le stock d'alcools chinois occupant tout le mur du fond, se voyait invariablement proposer du thé. Il soupçonnait même M. Tan d'y prendre un malin plaisir et de se payer sa tête en variant, thé fumé, thé vert, thé rouge, thé du dragon, thé aux céréales, au jasmin, au chrysanthème, au lotus, au pavot, sans que Yesügei pût décider lequel était le plus détestable. Le seul que Tan ne lui eût jamais présenté était un certain thé vert du Guanxi, parfumé au lys et à l'osmanthe, dont les bourgeons, qui s'épanouissaient dans l'eau chaude en fleurs merveilleuses, étaient censés conférer longévité, et même immortalité, à ses heureux consommateurs. Peut-être, après tout, le Chinois ne souhaitait-il pas prolonger à ce point la vie du policier.

Si malgré tout il lui arrivait de venir se renseigner auprès de M. Tan, c'est que celui-ci était au courant de tout. Longtemps, il l'avait pris pour un mouchard au service de son pays d'origine, mais il avait fini par comprendre que la fouine ne travaillait que pour soi-même, mangeait à tous les râteliers et distribuait ses tuyaux au plus offrant, sans autre distinction. Il le considérait donc comme une sorte d'indic, facile à localiser puisqu'il menait la vie la plus sédentaire qui fût. Car Yesügei faisait la nuance entre Tan et Piotr : le Russe était devenu un ami et s'était plus ou moins mongolisé avec le temps. Tan, lui, ne serait jamais un ami et ne le souhaitait sûrement pas. Il redoutait ce Mongol rude et imprévisible. Plus exactement, sous la brute épaisse, il flairait charme, finesse et humour caché, mais ces qualités le laissaient froid.

Piotr était pour Yesügei un informateur au sens noble du terme, quelqu'un qui analysait les situations et en tirait des théories, parfois des conclusions. Le Chinois, lui, mettait son nez partout et, interrogé, il livrait, à condition d'y trouver profit, des faits tout nus sans ajouter aucun commentaire, sans afficher le moindre avis. C'est ainsi, du moins, que le ressentait Yesügei. Tan vivait en Chinois sur le sol mongol, sans avoir jamais cherché à s'assimiler. Une attitude qui s'expliquait en partie par l'histoire ancienne : les Chinois n'avaient pas eu à conquérir la Mongolie, elle était à eux, cela allait de soi. Les usuriers intransigeants qu'ils avaient été dans tous les domaines, cheptel, terre, sous-sol, avaient rendu la situation économique de la Mongolie si dramatique que, au début du XXe siècle, les Mongols en avaient été réduits à solliciter le soutien et la protection des Russes. On connaît la suite.

Quoi qu'il en soit, ce ne serait pas en compagnie de M. Tan que Yesügei prendrait une cuite mémorable. Reléguant sur le côté son exécrable thé au gingembre, avec une certaine réticence il étala sur la table dix billets de dix mille *tögrök* – une libéralité dont l'excès apparent était dû à l'inflation – et posa deux questions, l'une sur les moxas, l'autre sur les mines situées aux abords des Trois Puits. Après avoir poliment repoussé les billets avec un sourire glacial, M. Tan y répondit avec précision et indifférence.

Aujourd'hui, l'imprévisible Chinois renseignait gratis.

26

TRAQUEUR

En général, pour obtenir renseignements ou documents administratifs, mieux vaut ne pas être pressé.

Lui-même plutôt adepte de la nonchalance, Yesügei n'était pas un stakhanoviste, l'augmentation du rendement au travail n'ayant jamais été sa préoccupation première. Mais, devant la lourdeur des services de police, dans le cas particulier de l'enquête en cours, il commençait à s'impatienter. D'autant que la mort suspecte de Larry C. pouvait être imputée à quantité de facteurs, dont aucun ne semblait jusqu'ici prédominant.

Plus d'une fois, il se surprit à penser que les « erres étaient rompues », c'est-à-dire qu'il avait définitivement perdu la trace d'éventuels coupables. Malgré la profusion des pistes, toutes donnaient le même résultat, négatif.

Que fait un Mongol nomade quand, ayant changé de pâturage, il a démonté sa yourte et veut la remonter ailleurs ? Il met sa femme au milieu d'un cercle virtuel, l'entoure du treillis circulaire et lui passe dans l'ordre prescrit les éléments de la structure de bois qui soutiendra le feutre.

Que fait un bon traqueur quand il est confronté à une pléthore de pistes et d'indices ? Sans pour autant en négliger aucun, il s'astreint à faire le tri !

A condition qu'elle fût sincère, ce que Tina avait bien voulu livrer du passé de Larry et Ted pouvait toujours servir. Directeur commercial d'une firme d'outillage, marié, deux enfants, à l'inverse de Larry, Ted ne s'intéressait qu'aux stratégies de vente et à la chasse. Il vivait lui aussi à Cincinnati et tous deux voyageaient beaucoup, surtout pour chasser, c'est ainsi qu'ils s'étaient connus. Elle ne leur voyait pas d'autres affinités. D'après Tina, Ted n'était qu'un minable. Même s'ils étaient pour quelque chose dans la cause de leur divorce, elle s'était abstenue d'énumérer les travers de Larry.

En Mongolie pour la première fois, ni Ted ni Larry ne pouvaient y avoir d'ennemi. Puisque Ted n'avait pas eu la possibilité matérielle de faire, à l'insu des trois autres, le trajet, aller et retour, entre le lieu du bivouac et celui où avait été retrouvé le corps sans vie de Larry, on pouvait le déclarer innocent et le laisser partir. Pourtant, Yesügei n'excluait pas tout à fait une complicité entre lui et des inconnus, sur lesquels Larry serait malencontreusement tombé.

Quant au passé des trois guides, même s'ils s'en étaient bien sortis, il se résumait à un seul mot : misère. Et, d'après Yesügei, ils demeuraient marqués par elle. L'un ou deux d'entre eux, pourquoi pas les trois, avaient très bien pu brutaliser Larry pour le dépouiller. Mais comment se seraient-ils arrangés pour le transporter si loin, à l'insu de Ted ? L'un d'eux aurait pu s'entendre avec un complice pour lui dérober un document de valeur, encore plus précieux que des devises. Tsering, l'interprète, avait fait ses études à Moscou, dans ce vivier de futurs agents secrets qu'était l'Ecole des langues et, comme par hasard, il avait retenu tout ce que disaient les clients et tout ce que lisait Larry. La fiancée de Bayar, le chasseur, travaillait comme conditionneuse dans un complexe pharmaceutique russe. Le chauffeur, enfin, petite frappe sans scrupule, avait constamment tenu informé de leur position son frère qui frayait avec un Chinois du bureau des Mines.

En admettant que ces trois-là fussent hors de cause, ils avaient quand même trop parlé, soit pour épater la galerie, soit par pure indiscrétion, soit pour monnayer leurs informations et, ainsi, plusieurs personnes étaient au courant de l'itinéraire, de ses changements et des intérêts particuliers de Larry.

— Inspecteur ! Je vous enlève ! Vous m'aviez promis de me faire visiter la ville, ou bien j'ai rêvé ?

Tina sortait tout juste du sauna de l'hôtel. Malgré ses cheveux mouillés et son teint vif et luisant, elle restait la belle plante qui avait, dès le premier regard posé sur elle, allumé la convoitise de Yesügei. Il avait encore du travail, mais s'il sortait un moment avec elle, il pourrait joindre l'utile à l'agréable en espérant la faire parler.

— Dites-moi, je ne savais pas qu'ici aussi, vous aviez votre ruée vers l'or ?

Grâce au téléphone nomade, il avait déjà appris qu'elle avait posé au guide toutes sortes de questions précises à Bulgan, où une multitude de petits orpailleurs clandestins concurrencent sérieusement les chercheurs légaux. De même, le complexe minier d'Erdenet, qui n'était pas sur l'itinéraire, avait tellement intéressé l'Américaine qu'elle avait réussi à s'y faire emmener. Un détour qui ne laissait pas d'intriguer Yesügei. Le but ultime du voyage, le lac Khövsgöl, justifiait le déplacement, mais si c'était un prétexte pour passer par les mines ou établir un contact ?

Sur sa fiche d'entrée en Mongolie, à la rubrique profession, Tina avait inscrit *sans*. Pour l'inciter à en dire plus, il décida de ne pas la brusquer par des questions trop directes, mais de l'emmener voir la ville, qui se préparait à commémorer la date anniversaire de sa fondation, ou plutôt de sa sédentarisation, puisque, comme tout en Mongolie, elle avait commencé par être nomade.

A l'angle de Baga Toiruu et de Peace Avenue, aux abords du Palais des sports, des Ouzbeks profitaient de la fête pour vendre des *shashlik* en plein air, avant de suspendre leur activité durant l'hiver. Leurs étals fumants parfumaient le paysage urbain. Diverses manifestations populaires se mettaient en place et on ne pouvait choisir meilleur moment pour se promener, surtout avec un ciel aussi limpide. « Voilà la ville "en habit de lumière", la ville sous son meilleur jour », pensait l'enthousiaste Tina.

— Vous aviez raison de dire qu'il n'y a de bonheur véritable hors les grands espaces vides ! Même pas deux habitants au kilomètre carré ! Avec une si faible densité humaine, qu'envierait plus d'une région surpeuplée du globe, on ne peut que ressentir du bonheur !

Il lui semblait que, comparées aux plaisirs intenses procurés par la steppe, fondrières, pistes incertaines et tôle ondulée ne méritaient pas d'être mentionnées. Et si elle ne souhaitait pas à ce pays un réseau de routes droites et uniformes, c'est qu'elle s'était prise à l'aimer !

— La statistique ne vaut que si on la complète : on dénombre une bonne douzaine de chevaux par habitant ! Pour moi, c'est ce détail qui rend le bonheur total, commenta Yesügei.

Tina, qui achevait de grignoter un deuxième *shashlik* bien grillé, le considérait d'un air pensif. Elle se sentait si bien en sa compagnie que, n'était la crainte d'attraper le scorbut, à cause de la pénurie de fruits et légumes, elle aurait volontiers prolongé son séjour. Jamais elle n'avait côtoyé homme plus authentique. Un grand enfant, qui se plaisait à lui faire entendre un air de viole « à tête de cheval », dont on dit que le seul son vous ramène au pays, puis s'affligeait, sans s'en cacher, au spectacle des troupes de gosses des rues, au visage barbouillé de crasse, vêtus de guenilles malgré le froid.

A sa grande surprise, Tina, qui les suivait des yeux, en vit plusieurs qui disparaissaient dans une bouche d'égout, tandis que d'autres se pendaient en grappes aux portières des voitures en proposant de les laver. Yesügei, qui lui aussi se sentait étrangement à l'aise avec elle, expliqua d'un ton résigné :

— Ils sont des centaines ici à vivre dans les canalisations souterraines, parce qu'elles sont chauffées et que, dès cette saison, les nuits dehors sont insupportables. La plupart ont été abandonnés par leurs parents au chômage, parfois partis chercher de la poussière d'or sans eux. D'ordinaire, on compte trois fois plus de chômeurs en ville qu'à la campagne, mais les catastrophes climatiques ont provoqué un exode massif de la steppe vers la ville.

Pour la forme, Yesügei tança vertement un jeune garçon qui, après avoir tenté en vain de soulever une plaque d'égout, s'était mis à sniffer, le nez dans un sac en plastique répugnant.

— La vie de policier n'est pas rose tous les jours. Il ne vous arrive jamais d'en être dégoûté ? demanda doucement Tina.

— Ça arrive, mais il suffit de boire un petit canon, ou deux, ça finit toujours par passer.

Tina avait remarqué la tristesse de Yesügei et aussi sa fausse sévérité à l'égard du gamin. Celle qu'il réservait aux jeunes, parce qu'il leur voyait encore un espoir de s'en sortir. Elle le savait tolérant, en raison peut-être de son absence de principes, mais il ne lui avait pas échappé que son indulgence et sa sympathie allaient surtout aux chiens errants et à tous les laissés pour compte : vagabonds, pochards vapés à l'alcool frelaté, prostituées, enfants couverts de vermine, en proie aux maladies, à la malnutrition, aux persécutions policières, aux drogues, aux abus sexuels.

Il leur vint à l'idée, à l'un comme à l'autre, que ces gosses déshérités étaient des proies faciles pour des gens comme Ted, mais Tina refusa de s'attarder sur le sujet. Indifférent par nature à la sexualité des autres et persuadé que les mœurs de Ted, réelles ou pas, n'avaient aucune incidence sur la disparition et la mort de Larry, Yesügei rejeta cette pensée parasite.

« Ailleurs habit de lumière, ici habits de misère. » Elle aurait voulu le consoler en se blottissant contre lui. Elle l'entendit qui essayait malgré tout de crâner :

— On nous a nommés les Tatars, parce qu'on nous croyait issus du séjour souterrain au plus profond des enfers. C'était faux, nous ne venions pas des entrailles de la terre. Faux, mais prémonitoire : pour un peuple qui ne supporte déjà pas les maisons, est-ce qu'on peut imaginer pire habitat que sous terre ? Mais, qui sait ? Dans une éventuelle guerre du futur, cette ville souterraine permettrait de stocker vivres, armes et munitions, d'exfiltrer des otages, de lutter clandestinement contre l'occupant et de repasser dans le camp des vainqueurs. En attendant, aux yeux de la plupart de ceux d'en haut, ceux d'en dessous ne sont que racaille, aussi méprisable que les rats avec lesquels ils partagent les égouts !

Résolue à égayer l'ambiance coûte que coûte, Tina évoqua la saveur unique des myrtilles du Khövsgöl. Elle le vit alors se renfrogner, sans comprendre à quel point le sujet était sensible. Lui, cependant, bien qu'un peu piqué, pensa alors au message aux myrtilles d'Erdenbat, ainsi qu'aux questions destinées à Tina et encore en suspens. Que faisait-elle précisément dans la vie et qu'était-elle venue faire ici ? Ignorait-elle vraiment ce qu'avait pu contenir la *tara* ? De plus en plus, il la soupçonnait de lui cacher des tas de choses, d'autant qu'elle demeurait très vague sur ses activités professionnelles et qu'il ne voyait pas comment la forcer à se montrer plus sincère. D'ailleurs, il ne sentait déjà plus chez elle le même abandon.

Tina marchait à quelques pas devant lui, ses cheveux humides étaient relevés et Yesügei pouvait contempler à loisir le bouleversant grain de beauté sur sa nuque, une partie de l'anatomie féminine qu'il n'avait jamais remarquée et qui ne lui avait pas paru jusqu'ici autant pourvue de sensualité et d'érotisme.

27

VÉRITÉS

Dès qu'il se trouva à nouveau seul, un peu abattu par cet intermède, qui n'avait rien apporté à son investigation ou à ses projets d'aventure avec Tina, Yesügei prit sans réfléchir la route de Delgerhaan. Cette fois, ce ne fut ni sur la mythique Guzzi ni en compagnie de Gerel. Cette fois, il ne huma pas les senteurs de la steppe, il ne s'émut pas aux splendeurs du paysage puisqu'il faisait nuit, il ne quitta pas l'asphalte pour d'improbables raccourcis, il ne fit pas la moindre halte, mais il assécha une bouteille entière d'alcool de riz chinois et dépassa de beaucoup les limites de la vitesse autorisée.

Alors qu'il s'était épanché sans honte auprès de Tina sur la misère actuelle de son pays, il regrettait de ne lui avoir pas dit que, parfois, certains nomades réfugiés en ville avaient fini par retourner à la steppe avec succès. C'était le cas d'Erdenbat chez qui, après plusieurs heures de route, il allait arriver. Il lui vint à l'esprit que le rétablissement inattendu de la situation d'Erdenbat après son exode, était relativement récent. S'il y pensait, il faudrait lui en demander la raison.

Il eut alors une petite émotion : l'*aïl* n'était pas là où il l'avait laissé. Or Yesügei avait une mémoire topographique infaillible. Bientôt des traces le rassurèrent, Erdenbat et les siens avaient dû se déplacer de quelques kilomètres, il n'avait qu'à suivre ces traces. Ce déménagement avait dû s'imposer, il s'agissait de trouver de nouveaux points d'eau sans épuiser les réserves, de permettre à l'herbe de repousser et aux déjections de se diluer. Erdenbat avait tout simplement trouvé un nouveau pâturage pour l'hiver.

— Si le feutre et le treillis sont bien en place, alors tout est en ordre, ce n'est pas ce qu'on dit ? Je vois que tu es à nouveau bien installé, frère.

— Sois le bienvenu, frère ! Tous les bonheurs arrivent ensemble : hier la Grande Ourse était bien visible et ce matin, avec l'aurore, c'est toi qui parais.

Yesügei se rappela que l'aube rendait toujours son ami lyrique, et aussi que la visibilité de la Grande Ourse – des loups lancés aux trousses de chevaux au galop – était une vieille obsession pour ceux, nombreux, qui croient que le jour où les loups rattraperont les chevaux pour les exterminer, c'en sera fait de la nation mongole.

Une fois assis dans la yourte avec Erdenbat, il s'empressa d'imiter son frère juré en enlevant l'une des manches de son *deel* et en desserrant sa large ceinture, sans toutefois enlever tout à fait le précieux attribut, dont la couleur ne doit rien au hasard et qui depuis la nuit des temps vous affilie à telle région comme à tel clan, celui des Colverts, des Cœurs vaillants, des Torrents ou des Princes.

Par la « fenêtre du ciel », ils observèrent un instant la clarté naissante et Yesügei se dit qu'il aimait Erdenbat de tout son cœur et qu'il allait peut-être devoir l'arrêter pour le meurtre d'un touriste étranger. Cet être à la fois si proche de lui et si mystérieux, comment se débrouillait-il ? Avait-il supprimé sa première femme ? Quel rôle crapuleux avait-il pu jouer dans la disparition de Larry ?

Ignorant la tempête qui faisait rage sous le crâne de son *anda*, Erdenbat se leva pour chasser la première mouche du jour, qui menaçait de se poser sur la photo du dalaï-lama.

— C'est bien vrai, ce qu'on dit : « La mouche qui se pose sur des excréments va aussi bien sur la tête du dalaï-lama. »

On n'est pas tous égaux pour les privilèges, mais on a tous droit aux mêmes misères. Alors, il faut bien se démerder.

Les yeux étrécis par la concentration, Yesügei attendait la suite :

— Tu vois pourquoi je dis ça ? A toi, je peux bien l'avouer. Tu sais comment j'ai redressé mes finances et enfin réussi à quitter le bourbier de la ville ?

Erdenbat raconta alors à son *anda* qu'il n'avait fait que tirer profit, avec un certain génie il le reconnaissait lui-même, de la situation inattendue qui avait présidé aux récentes élections du Grand Parlement. Voulant mettre fin à l'instable coalition au pouvoir, mais se trouvant à court d'arguments politiques, les deux partis – démocrate et communiste – unis jusqu'alors contre leur gré, avaient fait chacun de son côté des promesses mirobolantes. En faisant miroiter les richesses qu'ils pourraient tirer de l'exploitation minière intensive, s'ils avaient les mains libres, ils offraient des primes aux électeurs qui leur permettraient d'agir en leur nom. Des primes faibles certes, mais étant donné le fort taux de chômage, la hausse des prix, l'inflation délirante et le grand nombre de candidats, il s'était créé une véritable surenchère que lui, Erdenbat, et quelques autres malins, avaient exploitée à fond.

— Je me suis rappelé *Les Ames mortes*, un bouquin que mes filles lisaient au collège, en classe de russe, et je suis allé promettre toutes les voix qu'on voudrait, en inventant autant de votants qu'ils étaient disposés à en rémunérer et en me proposant comme trésorier bénévole. Parmi ces électeurs fantômes, je ne te dis pas le nombre d'anciens depuis longtemps disparus, de nouveaux-nés à la mamelle ou de fœtus en gestation. C'est comme ça que j'ai refait ma pelote et que tu me vois à nouveau libre, nomade et autonome.

Yesügei respirait. Il prisait, lui aussi, plus que tout l'autarcie. Ce moyen de s'enrichir sur le dos de politiciens hâbleurs, menteurs et véreux n'était peut-être pas d'une haute moralité, mais il lui paraissait juste : en rétablissant un certain équilibre, il compensait bien des injustices.

Yesügei, qui se souvenait surtout des graves émeutes provoquées par les soupçons de fraude électorale, savourait l'anecdote. Sa curiosité ainsi satisfaite, il se détendit tout à fait. Quant à Gogol, comment savoir jusqu'à quel point il aurait apprécié cette interprétation de son œuvre ?

Cette fois-ci, point de myrtilles dans la yourte. Quand, avec le pain frit et la « nage » de viande, composée surtout d'os, de tendons et de bas morceaux au bouillon clair, Yesügei vit arriver sur la nappe du caillé tiède, il nota que l'alternance traditionnelle entre viande et laitages, servis aujourd'hui simultanément, était bel et bien en train de disparaître – et pas seulement à la ville – et qu'avec elle s'effaçait encore quelque coutume ancestrale. Il allait cependant avoir bientôt la preuve que toutes ne disparaissaient pas.

La journée promettait d'être belle. Monté sur son meilleur cheval, Erdenbat entraîna Yesügei, au volant, lui, de sa , dans une direction que celui-ci ne tarda pas à reconnaître. Chemin faisant, ils échangèrent quelques paroles, brèves mais explicites : le message d'Erdenbat à Yesügei lui avait été dicté par la rencontre d'une de ses connaissances. Cet homme lui avait parlé d'un cadavre, déplacé par des inconnus, depuis Bonlieu, dit aussi Lieu paisible jusqu'aux anciennes mines des Trois Puits. Tous ceux qui l'avaient vu paraissaient obsédés par la terre dont sa bouche était remplie, mais Erdenbat décrivait le spectacle de façon si vivante et si précise, que Yesügei imagina un instant que c'était lui qui l'avait découvert le premier. L'autre le détrompa sans peine : les éleveurs âgés de l'*aïl* le plus proche des Trois Puits avaient fait appel à lui pour les aider à se débarrasser d'un cadavre. Dès qu'il avait vu l'étranger, Erdenbat avait supposé que, en raison de ses compétences particulières, Yesügei serait probablement chargé de l'enquête. C'est pourquoi, sur une soudaine inspiration, il lui avait composé à tout hasard le message aux myrtilles.

Le jeu de mots, resté pour Yesügei une énigme, c'était celui d'un moine errant, lequel décrivait la bouche remplie de terre à qui voulait l'entendre – ce qui expliquait que tant de monde fût au courant – et s'obstinait à appeler l'endroit *tripidaka*, furoncle, pustule, sans qu'Erdenbat ait compris pourquoi.

— C'est là-bas qu'on va, au pied de l'arc-en-ciel.

Yesügei porta ses yeux au loin, là où les lumineuses couleurs du prisme se diluaient en un halo violacé, puis sur son *anda*.

Arrivé à la hauteur d'un vénérable mélèze, Erdenbat s'étira longuement sur sa selle de bois et dit sans regarder son ami :

— Bon, je m'en vais m'en retourner, moi. C'est le bon jour pour brosser et tailler les crinières, pour fouler le feutre aussi.

Il avait dû lire son horoscope dans l'Almanach des pasteurs. Et peut-être même celui de son *anda*, car il ajouta :

— Pour toi aussi, le moment est favorable. Tu vas trouver ce que tu cherches.

S'il n'avait pas envie de s'attarder, c'est qu'il regrettait peut-être la naïve impulsion qui l'avait poussé à se mêler de cette mauvaise histoire, pour rendre service à son frère juré.

Il n'avait pas plus tôt disparu que Yesügei, cherchant malgré lui des signes propitiatoires, leva la tête et crut distinguer dans l'arbre une branche plus épaisse et plus sombre que les autres : attaché à cette branche et quasiment invisible, un fusil de chasse y était dissimulé. A quelque distance, planté dans un monticule de terre, un ventilateur de moteur tournait aux caprices du vent, faisant office de moulin à prières.

« Ça sent la magie à plein nez, on dirait. »

Guidé par un arc-en-ciel jusqu'à cet endroit, situé dans une région à ce point centrale qu'on la considère comme le « cœur » de la Mongolie, il se rendait compte qu'ici le monde profane s'effaçait devant l'univers spirituel. C'était le règne incontesté des esprits-maîtres et du principe unique dont ils dépendent, le Ciel, qui, en raison de son indifférence légendaire, se fait représenter par le Vieillard blanc, plein de mansuétude, lui. Ici, comme en témoignaient tertres de terre, pierres funéraires, *ovoo*, stèles, sources et denses épicéas ornés de rubans, de bannières effilochées, de crinières, de queues entières ou de simples touffes de crins, l'homme ne s'aventurait que dans le but d'adorer l'âme de chaque élément. Aucune transgression n'était admise et l'intrus, forcément impie, apprenait à ses dépens que, une fois profané, un lieu sacré peut facilement se transformer en lieu de malédiction.

C'est alors qu'il tomba sur le cœur desséché, miraculeusement intact, d'un animal égorgé. « On ne tue pas pour le plaisir. » Il était de plus en plus convaincu que la situation était sérieuse. C'est ce que lui confirma plus loin un habile empilement de museaux de renards, le « siège de leur âme ». Il lui revint alors à l'esprit les querelles sans fin d'autrefois, entre chasseurs et marchands de fourrures, les uns préférant vendre les peaux amputées du museau, les autres n'acceptant que les peaux entières. Tandis que se déroulaient ses pensées, il eut la perception, presque douloureuse, de l'intense présence des esprits du lieu, perchés sur chaque branche. Une sensation propre à épouvanter tout autre qu'un animiste.

Yesügei revit les fissures entrecroisées sur les omoplates brûlées, consultées par Bote. Dans ses réponses oraculaires, la chamane n'avait pas cherché à dissimuler l'évidence de mauvais augures ! Et si elle avait dit que le « lieu était bon », ce devait être par euphémisme, comme on dit la « bonne montagne » de celle qui tue le plus, afin de la rendre un peu plus propice.

En poursuivant son chemin, Yesügei comprit peu à peu que cet endroit – à la limite de deux *aimag*, à proximité de Delgerhaan, situé dans un périmètre circonscrit par les lieux-dits Loup pendu, Lieu brûlé, Puits à sec et Bonlieu – était, plus qu'un autre, voué au culte des astres, des arbres et des éléments, et que sa propre quête d'un coupable éventuel avait été vaine de bout en bout. En laissant encore ses pas le mener au hasard, il tomba sur plusieurs socles brisés de stûpas et sur des fragments de colonnes sculptées. Plus loin, il aperçut, près d'une source tarie, ainsi que dans le lit desséché d'un ruisseau, des lambeaux de soie bleue.

Ce devait être un lieu doublement sacré, car vraisemblablement c'étaient là les vestiges d'une grande communauté monastique disparue. Diverses croyances – animisme, lamaïsme – se chevauchaient, se recouvraient, prenant toujours le relais l'une de l'autre, afin d'éviter que le champ ne fût abandonné et livré à la mécréance.

Etait-ce la raison de la fermeture des mines, pourtant privatisées ? Probablement.

Le fusil caché dans le mélèze lui apparut comme un signal. L'enceinte était tabou : ici, on ne devait ni chasser les animaux, ni tuer les hommes, ni éventrer la terre pour l'exploiter. Aucune entorse à cette règle n'était tolérée, toutes étaient châtiées. L'avertissement jouait autant sur la foi que sur la superstition, à laquelle s'étaient peu à peu réduites la plupart des croyances.

Yesügei s'apprêtait à repartir, quand son œil discerna des traces de suie dans une anfractuosité entre deux rochers. « Enfin ! » Ce pouvait être le foyer allumé par Larry pour brûler son carnet. Dès qu'il aperçut dans le petit tas de cendres, abrité du vent, des lambeaux de moleskine noire, il n'eut plus aucun doute. Tandis qu'il rassemblait les cendres dans un sac en plastique, il reconnut, dissimulée par une branche qui retombait sur la roche, la pochette d'allumettes bleu et or que l'Attila Bar offrait à ses clients.

Larry avait été traîné quand on avait déplacé son corps. L'analyse de la terre qu'il avait dans la bouche et de celle du lieu où il gisait prouvait qu'elles étaient différentes. Il se pencha pour racler le sol et préleva une mesure de celle qu'il foulait. Il finirait bien par localiser l'endroit de la mort. Et aussi par exorciser cette image de terre enfournée dans la bouche d'un mort, qui persistait sur la rétine et dans le souvenir de tous ceux qui l'avaient vue, et même chez ceux, beaucoup plus nombreux, qui n'avaient fait qu'en entendre parler.

Larry avait ensuite été caché, mis à l'abri des prédateurs, mais on ne l'avait pas enterré. C'était important, cela prouvait que ceux qui l'avaient dissimulé ne l'avaient pas forcément tué eux-mêmes. S'ils l'avaient mis en terre, ils auraient non seulement enfreint la loi, mais attiré sur eux des soupçons de mauvais coup : il est rare que l'on ne signale pas une mort naturelle et encore plus que l'on enterre en douce un cadavre inconnu. Pas plus que le cœur exposé, ce cadavre-ci n'avait subi de déprédation. Même les animaux semblaient se comporter ici différemment. Yesügei vit passer sur le sol plusieurs ombres d'oiseaux, silencieuses et fugitives, comme s'ils ne faisaient que survoler ce territoire sans oser s'y poser. Faute d'eau, Larry avait bu tout l'alcool de sa gourde. Ivre de boisson, autant que de vent, il avait dû trébucher et tomber sur la flèche empoisonnée, mais que faisait-elle là ? Blessé, il avait dû, après s'être relevé, vouloir chercher un abri ou une issue. Avant de succomber, il avait erré encore. Combien de temps son cauchemar avait-il duré ? Il avait dû tourner en rond, en proie au délire des solitudes, souffrant peut-être – Yesügei l'imaginait – d'un tournis semblable au vertigo du cheval atteint de cette saleté de méningo-encéphalite, qui le fait tournoyer interminablement en tous sens jusqu'à la mort.

Le nom du lieu, à présent : pourquoi les Trois Puits ? A cause des mines, sûrement. Parce que, en réalité, il s'agissait à l'origine de creux, de paniers, de « corbeilles ». *Tripitaka, les Trois Corbeilles*, c'est-à-dire les trois « collections littéraires » du bouddhisme. Ce devait être le nom adopté par l'importante communauté monastique anciennement installée en ce lieu. Le nom avait disparu après sa destruction et avait été transformé à l'ouverture des mines. Trois Corbeilles était devenu Trois Puits. D'où l'amère plaisanterie du lama errant sur deux mots phonétiquement proches : *tripitaka* et *tripidaka*. Profané, le joyau de la religion n'était plus à ses yeux que pustule.

A plusieurs reprises, de brèves visions terrifiantes évoquèrent à Yesügei l'autre monde et il lui arriva de douter de sa lucidité. Pourtant, il n'avait encore rien bu. Pour finir, ce fut cependant cet environnement fantastique qui l'inspira. Ce furent ces créatures surnaturelles mêmes qui lui firent entrevoir la vérité. Elles lui insufflèrent la force de contempler la réalité en face, d'admettre – car il n'est pas douteux que beaucoup au vrai préfèrent le vraisemblable – que la solution la moins plausible pouvait être la bonne. Elles lui chuchotèrent le fin mot de l'énigme. Ce fut ce murmure qui lui permit de comprendre le déroulement des faits. Les faits appartenaient à son domaine, à son monde. Les raisons, elles, appartenaient à un tout autre univers.

Ici, entre traditions et superstitions, il était à son affaire. Bien plus qu'en ville, où le jeu cruel de la modernité le rendait gauche et malheureux.

Fugitivement, il entrevit aussi, sans y accorder la moindre importance, l'effondrement de sa carrière de flic.

— Un ami ? Un Russe ?

— Eh oui, un Russe ! Comme je te le dis. Un peu mongolisé tout de même, depuis le temps.

— Et l'autre, un Chinois ?

— Ah ça, oui ! Jusqu'au bout des ongles, qu'il porte très longs.

Gerel était venu montrer à Yesügei les photos prises par Larry : des *zag*, des gerboises dans toutes les attitudes, des armoises prises de très près, des chameaux d'un peu loin, une séance de barbecue, accompagnateurs et clients posant en joyeux lurons. Au début du rouleau, parmi des clichés réalisés alors que Larry était encore en Ohio, l'un d'eux représentait un homme qu'ils ne connaissaient pas, mais dont l'accoutrement parut vaguement familier à Yesügei. A peine avait-il fini de se poser la question sur l'identité du personnage que la réponse était là :

— J'y suis ! C'est Memet, le Kazakh ! Cette photo n'a pas été prise dans l'Ohio mais à Moscou, pendant l'escale ! Tu vas tout de suite me la faire agrandir ! Alors, puisque ce bougre répond, uniquement quand il le veut bien, au nom de Memet Hakan, le rendez-vous fixé par le message pour le retour de la chasse, signé M. H., pourrait bien émaner du Kazakh !

— Mon copain journaliste, Ganbaatar, celui qui travaille à l'*Ardiin Erkh*[1], ajouta Gerel, m'a affirmé que par l'entremise de l'ambassade des Etats-Unis des accords ont été passés avec quantité de laboratoires pharmaceutiques, américains ou autres, en vue d'une exploitation commune des richesses végétales locales. D'après Ganbaatar, les géants de la pharmacie et de l'agrochimie emploient des prospecteurs et toutes sortes d'intermédiaires dans les pays possesseurs de plantes rares, aux vertus thérapeutiques ou fertilisantes encore inconnues. Ces gens sont chargés de recenser la flore et de se renseigner sur son utilisation locale.

Bien que la bouteille de *mergel*, une variété encore plus traîtresse d'*arkhi* que l'ordinaire, fût ouverte devant lui, Yesügei en oubliait de boire. Ceci confirmait

1. *Le Droit du peuple.*

opportunément ce qu'il avait subodoré lors de la fouille impromptue à l'ambassade américaine. Il en devint tout gai, d'une gaieté qui ne relevait pas de l'ébriété.

— En admettant que personne ne soit coupable de la mort de Larry, mais que beaucoup y aient plus ou moins volontairement contribué, il convient que nous nous amusions un peu avec les différentes personnes impliquées, tu ne crois pas ?

Sans savoir ce que mijotait son *böke*, Gerel acquiesça avec empressement.

— On leur fait le coup de l'attaque en buissons ou celui de l'attaque en nappe d'eau ?

Devant l'air abruti de son second, Yesügei expliqua que, à l'égard des suspects, ils avaient le choix entre des attaques dispersées, comparables à la progression des panicauts roulés par le vent, ou à une attaque d'un seul tenant, semblable à un raz-de-marée. Ce ne serait pas la première fois qu'il emploierait des stratégies ou des artifices ayant fait leurs preuves dans l'Antiquité.

Pour commencer, il avait abandonné les témoins à leur sort, imitant en cela les conquérants qui se retiraient sitôt une ville prise, puis massacraient ses habitants au premier signe d'insoumission. En en faisant le principal suspect, il avait utilisé Ted comme bouclier humain, pratique inventée par ses ancêtres, pour l'exposer à la vindicte des autres suspects, avant de le libérer. Il avait décoché des traits piquants par-dessus son épaule, alors que ses victimes le croyaient parti, spécialité partagée par les guerriers parthes et mongols.

Gerel jubilait, stimulé par ces méthodes ancestrales, dont les germes devaient être en dormance dans ses propres gènes.

Tina avait prétendu que son entrevue avec le premier secrétaire d'ambassade ne lui avait été d'aucune utilité, mais Yesügei doutait de sa sincérité, surtout depuis qu'il était au courant des accords signalés par le journaliste, ami de Gerel. Elle mentait également sur la nature de ses activités, ainsi que sur le profit qu'elle avait pu tirer de cette visite. Avec elle, la stratégie serait le charme, une feinte qui ne lui coûterait rien. Et elle ? Son comportement envers lui depuis son arrivée, n'était-ce donc que stratégie ?

A l'ambassade, dans un dossier concernant l'itinéraire de Larry et de Ted, où se trouvaient mentionnés également quelques emplacements de sites miniers et d'usines d'engrais, existant déjà ou encore en projet, Yesügei avait repéré des rapports en anglais, en russe et même en chinois. Malgré le peu de temps dont il disposait, il avait, grâce à sa connaissance du russe, compris la teneur des documents. Jusqu'ici, espérant toujours un aveu, il avait reculé devant un ultime moyen, compromettant, donc dangereux : l'espionnage politique, ou pseudo-politique.

Il devait à présent s'y résoudre, c'est pourquoi Gerel fut dépêché à la cité universitaire. Uyunga, la fausse étudiante, dont il se prétendit lointain cousin, le reçut sans sourciller. C'était une auxiliaire de police trilingue, un agent très secret, une taupe à triple casquette, capable d'infiltrer sans état d'âme la sûreté nationale, le FSB [1] russe, les renseignements chinois. Par son appartenance aux réseaux périphériques de ces trois services secrets, elle officiait généralement dans les rets déployés dans les hôtels pour étrangers, ainsi qu'aux écoutes et à la propagande. Mais là où Uyunga excellait, et ce sans avoir à quitter son siège, c'était dans le piratage informatique.

Gerel la chargea de se procurer – pour elle une promenade de santé – une copie des documents de l'ambassade et de traduire en mongol ceux qui apparaissaient en chinois. *Tout autre* renseignement qu'elle jugerait utile serait le bienvenu.

---

1. Ex-KGB.

28

MENSONGES

I

— Ça va chauffer !

C'est ainsi que Gerel avait averti les collègues, avant de s'enfermer avec lui dans le bureau de Yesügei. L'inspecteur sortit aussitôt une bouteille neuve du tiroir, puis il l'y replaça sans avoir rien bu et referma le tiroir. La bouche sèche, il apostropha Gerel, un peu trop fort, comme si celui-ci se trouvait plus loin qu'il n'était.

— Alors ? A toi de me dire où nous en sommes ! D'après toi, qu'est-ce qui a bien pu se passer ? Es-tu en mesure d'avancer la moindre théorie ?

Gerel rougit et inspecta avec soin ses godillots éculés et poussiéreux, avant de se jeter à l'eau :

— Je crois que j'aimerais encore mieux avoir à dénombrer les grains de sable du Gobi que devoir démêler les fils de cette histoire...

Aujourd'hui couleur de bile, les yeux de Yesügei fixaient un point sur la carte épinglée au mur, au-dessus de la tête de son lieutenant. Un point au sud-ouest de la province de Töv, situé en gros entre le précédent *aïl* d'Erdenbat et le lieu-dit des Trois Puits. Il sentait encore sur son visage le vent qui s'était déchaîné là-bas, au moment où son frère juré l'avait quitté la veille, et qui s'était mis à rugir comme une bête sauvage engagée dans un combat à mort. Les esprits-maîtres de l'air, du sol, des ténèbres et des trépassés, il avait perçu leur présence tourmentée. Il se frotta les yeux et les joues avec insistance.

Ce qu'il avait ressenti et vu là-bas le persuadait que personne n'était coupable de la mort de Larry, mais que plusieurs en étaient responsables. Et aussi que sa retraite anticipée était inéluctable.

Entre-temps, Gerel s'était ressaisi :

— On dirait que j'ai loupé un épisode. On récapitule, chef ? Comme ça, j'aurais une chance de suivre.

— Si tu veux, mais voyons d'abord le rapport de la taupe. Elle n'a pas perdu de temps celle-là, au moins !

L'agent triple – entendez : la fausse étudiante – avait fourni un compte rendu à son image, clair et succinct. Le document en chinois reprenait textuellement ceux rédigés en russe, en anglais, en mongol. Uyunga avait ajouté des informations sur les guides de la partie de chasse. Mais pas seulement...

On sait les hérissons du désert mongol pourvus de grandes oreilles, que dira-t-on des capacités d'écoute de taupes de cette espèce-là ? Yesügei siffla d'admiration incrédule.

Ses facultés de raisonnement pouvaient enfin exploiter à fond chacune des données en sa possession. Les religieux étaient concernés par la culture de l'armoise, qu'ils utilisent couramment dans leur pharmacopée, ainsi que par la vente de produits dérivés à l'industrie pharmaceutique. Ils étaient donc forcément au courant, mais Yesügei les jugeaient peu engagés dans certains circuits, du moins internationaux.

— Pourtant, ils l'ont dit, ils pensent – je les cite – qu'on leur « vole leurs connaissances » et qu'on « pille les ressources locales ». Ce qui peut avoir un rapport avec une licence ou un brevet de fabrication. Même si leur intérêt est plus culturel que pécuniaire, ils sont loin d'être indifférents.

Cette manifestation de bon sens plut au chef de Gerel :

— Sais-tu que tu ne manques pas de jugeote ! D'après Piotr, l'industrie pharmaceutique russe est encore très active dans la région. Même son de cloche du côté de Sandjimaa, qui n'ignorait rien de l'intérêt de Larry pour le sujet. La même a été gravement punie pour son indiscrétion. Cependant, si ce châtiment sous forme d'empoisonnement, est – à cause de la période d'incubation – antérieur à ses relations avec l'Américain, quelles autres activités cherche-t-on à lui faire payer ?

Gerel buvait ses paroles, mais, s'étant déjà mépris une fois, il n'osait émettre aucun avis. Il demanda :

— Et la *tara* ?

— Larry l'a acquise auprès d'un brocanteur, voleur ou pas, d'objets sacrés et protégés, c'est-à-dire ne devant pas sortir du pays. Il devait être convenu avec quelqu'un d'y introduire un papier important. Etait-ce pour cela qu'il avait laissé l'objet d'art à la consigne de l'hôtel, ou bien pour ne pas risquer de le perdre ou de se le faire voler au cours de la randonnée ?

— Ou bien encore pour permettre à quelqu'un de venir le prendre à la consigne, en son absence ? Le Kazakh ?

L'idée plut tellement à Yesügei – Gerel ne faisait pas forcément des trouvailles extraordinaires, mais il posait souvent les bonnes questions – qu'il ressortit la bouteille du tiroir et la décapsula pensivement :

— Il aurait pu se faire buter pour un brevet, concernant l'exploitation de l'armoise, en tant que composé principal d'un remède de demain...

Yesügei esquissa une grimace qui exprimait l'invraisemblance. Il n'en poursuivit pas moins :

— Un brevet concernant également les déjections de gerboises ayant ingéré de l'armoise, lesquelles déjections produiraient un engrais à forte teneur fertiligène. Permettant l'élaboration d'un produit de synthèse propre à amender les terres pauvres et arides.

Cette fois, il mima l'ignorance et but une petite gorgée d'alcool.

— M. Tan, du Pavillon aux cent marchandises, ne savait rien des gerboises, mais il était convaincu que, en vue de la fabrication des moxas – très répandus chez eux –, le marché de l'armoise est toujours aussi convoité par ses compatriotes. Il a affirmé, cependant, que dans cette zone précise, c'étaient les mines qui retenaient leur attention et que, depuis leur fermeture forcée, ils ne seraient pas restés sur place uniquement pour l'armoise, qui pousse ailleurs en grandes quantités. Tiens-toi bien, il a livré tout ça gratuitement !

— Il a bien dit « fermeture forcée » ?

Ingénu mais pas totalement, Gerel s'étonnait à bon escient et Yesügei, qui n'avait jamais jusqu'alors apprécié le travail en équipe, fut forcé de reconnaître qu'il avait parfois du bon, mais pensa que, s'il le disait, Gerel risquait de « prendre la grosse tête ».

— Une rincette ?

Il leva la bouteille en signe d'invite et s'envoya une bonne giclée d'eau-de-feu dans le gosier, pendant que Gerel se roulait une cigarette, avec la modeste satisfaction d'avoir mis le doigt sur un détail non négligeable.

Il fallait obtenir rapidement des renseignements sur les mines en question, leur ouverture, la durée de leur exploitation et surtout, à condition que ce ne fût pas leur épuisement, sur la raison qui avait poussé M. Tan à qualifier leur fermeture de « forcée ».

Persuadé que, sans une distribution de pots-de-vin, du haut en bas de l'échelle, aux fonctionnaires censés l'éclairer, aucune demande urgente ne serait prise en considération, Yesügei laissa éclater son découragement : il n'obtiendrait jamais les finances nécessaires à ce graissage de pattes. Il donna ensuite libre cours à son indignation :

— Je ne sais pas si c'est partout pareil, mais ici tout le monde est corrompu jusqu'à l'os ! Une véritable lèpre, infectieuse et contagieuse ! Les partis politiques, l'administration. Ils ruinent leur propre pays et ça ne date pas d'hier ! Il faudrait être vraiment naïf pour espérer un quelconque effet de la récente loi anticorruption !

Il continuait à pester, mais c'étaient maintenant des grommellements et Gerel n'entendait pas tout :

— C'est vrai ça, on dirait que les salaires sont maintenus bas à dessein, pour favoriser cette putain de concussion généralisée !

S'il y mettait tant de mauvaise humeur, c'est qu'il n'était pas certain de résister lui-même, le cas échéant. A cette nuance près que personne, jamais, n'avait songé à le soudoyer. Il cracha par terre et prit une nouvelle rasade, prolongée celle-là.

II

Simple curiosité ? Pur esprit de contradiction ? Ultime défi ? Bien que libre de s'en aller, Ted avait annoncé qu'il souhaitait prolonger son séjour. Décision que Gerel, friand des potins de cantine, interpréta dédaigneusement :

— Il a pris goût à la bouffe de Zochin Buuz, la chaîne de restauration rapide. Un de nos gars, qui y mange souvent, m'a dit que ce porc se faisait servir tous les jours un œuf à cheval sur ses raviolis industriels !

Décision lourde de conséquences, car elle inspira à Yesügei la réunion des principaux témoins. S'il désirait les réunir officiellement, c'était plus dans le but de les contrarier et de les inquiéter que dans l'espoir de trouver un coupable : aucun des cinq ne profitait de la mort de Larry.

— On va la leur jouer en « nappe d'eau ». Convoque-moi Tsering, Bayar, le chauffeur, ce Ted Machin Chouette et, pourquoi pas, la belle Tina. Tu peux même leur laisser entendre, mine de rien, que je procéderai sans doute à une arrestation.

C'est ainsi que ces personnes, trois Mongols et deux Américains – sans compter l'interprète assermenté, plus deux flics, juste pour l'ambiance –, se virent réunis et soudain entourés d'eau de tous côtés. Pour espérer regagner la rive de la liberté, ils n'eurent d'autre échappatoire qu'un plongeon dans les eaux glacées de la vérité.

Aucun d'eux n'avait vu de ses propres yeux la terre dont Larry avait la bouche remplie, pourtant tous, y compris Tina, en étaient obsédés depuis qu'on les avait mis au courant du détail macabre. Pourquoi ?

Jusqu'à ce qu'il eût une idée plus claire du rôle de chacun, Yesügei, les yeux jaunes et froids, les laissa patauger, s'enfoncer, boire la tasse, parfois même couler à pic. De temps à autre, il s'octroyait un bon coup de schnaps et s'essuyait la bouche du revers de la main, avec une vulgarité étudiée.

Il ne les connaissait pas depuis bien longtemps, pourtant leurs tics lui étaient déjà familiers : Ted et ses regards fuyants, Bayar et ses mains qui se cherchaient, Tsering et son visage sérieux, le *djolotch* avec son air de le défier. Tina, enfin, dans une attitude à la fois provocante et abandonnée. Sans compter cette expression commune à tous qu'ils employaient sans cesse : « Quel rapport avec l'affaire ? »

Curieusement, le *djolotch*, qui avait tout du filou, se révéla être le moins impliqué de tous. Il n'avait commis qu'un petit larcin et une indiscrétion sans conséquence. C'est lui qui, non sans une pointe d'humour noir si l'on se rappelle l'eau pourrie du dernier soir de la malheureuse équipée, résuma le mieux leurs griefs :

— Il me semble que celui qui boit de notre eau devrait au moins respecter nos usages, non ?

Là-dessus, les trois Mongols s'accordaient. Ils estimaient en outre que c'était surtout le comportement des étrangers qui avait « déshonoré la partie de chasse ». Petit supplément gratuit : ils se déclarèrent dégoûtés de ces chasses à la billebaude, désorganisées par l'amateurisme des participants, tirant mal, chacun à sa fantaisie.

Tout compte fait, Ted, le plus antipathique, n'avait quant à lui rien à se reprocher. Il n'aimait pas Larry, dont il était jaloux, et s'était presque réjoui de sa mort. Il redoutait Tina, parce qu'il se sentait percé à jour par sa perspicacité et parce qu'elle avait repoussé avec un mépris amusé les avances que, peut-être pour masquer ses penchants véritables, il se croyait obligé de faire à toutes les femmes. Il craignait Yesügei, qu'il s'imaginait avec raison diabolique et surtout impitoyable – comme on peut se tromper ! – envers les gens de son espèce. Les activités parallèles de la victime, il en ignorait presque tout. « A part son désir de changer de vie et de recommencer quelque chose ailleurs. » C'était sa vision, bornée et déformée par sa bêtise, qui l'avait d'emblée rendu méfiant à l'égard des guides, les relations s'en étaient ressenties. Si sa malhonnêteté foncière l'avait entraîné à voler l'argent laissé par Larry, après le prélèvement effectué par le chauffeur, en revanche il n'avait jamais eu l'idée de s'emparer du carnet de voyage. C'était décidément un « tocard » sans envergure. Quant à ses goûts prétendus pour les jeunes garçons, Yesügei, qui pour d'autres raisons le faisait surveiller depuis le retour de la chasse, savait avec certitude qu'il n'avait eu aucune relation sexuelle avec des mineurs ni même, d'ailleurs, avec des adultes.

Selon le rapport d'Uyunga, la taupe informaticienne, les guides Tsering et Bayar avaient communiqué des informations précises sur l'itinéraire et les détours, ainsi que sur l'intérêt marqué de l'un des clients pour la faune, la flore et les mines. Tsering comparait l'attitude de Larry à une amorce de « biopiraterie », abus parfois commis par les prospecteurs, notamment dans le secteur de la flore.

Tsering avait agi volontairement. Affilié au contre-espionnage, à chacune de ses randonnées avec des étrangers, il avait pour mission de glaner tout ce qui se présentait. D'où la précision étonnante de son compte rendu sur la conversation surprise entre Ted et Larry, et sur les détails techniques se rapportant aux plantes et autres centres d'intérêt de Larry. Toujours d'après la fiable Uyunga, Tsering faisait à ses heures office d'agent gouvernemental, chargé de l'information des sociétés « d'intelligence économique », des sortes de doubles ou d'auxiliaires des services secrets, censés lutter contre le terrorisme et protéger les intérêts financiers du pays, la « biopiraterie » étant considérée comme du banditisme économique. Ces réseaux fonctionnaient grâce à des renseignements privés, émanant de fonctionnaires locaux, en activité ou à la retraite, qui constituaient, vénalité ou copinage, la meilleure source. Interrogé de près, Tsering n'eut d'autre choix que de confirmer.

L'autre accompagnateur, Bayar, qui avait lui aussi fourni des détails sur la randonnée, l'avait fait involontairement, dans le seul but de se valoriser aux yeux de sa fiancée, qui pour briller à son tour les avait ébruités dans son entourage professionnel, la fabrication des médicaments.

L'indiscrétion du *djolotch* ne lui avait pas profité directement, c'était son frère qui l'avait monnayée à son insu. Cependant, en raison des changements constants d'itinéraire, cela n'avait pu servir à grand-chose.

Finalement, Tina, de loin la plus séduisante, se révéla comme la plus dangereuse. Une fois « mouillée », elle avoua avoir menti sur sa profession : ancienne prospectrice minière à l'époque où elle avait connu Larry, puis rabatteuse dans l'industrie pharmaceutique, chargée de fournir de la marchandise aux laboratoires et des clients aux vendeurs de matière première. Depuis leur séparation, elle était devenue, à Cleveland, la grande ville de l'Ohio, « responsable de la propriété intellectuelle » dans une firme pharmaceutique de moyenne importance. Mais, lorsque les emplois industriels s'y étaient effondrés, elle était revenue à Cincinnati, bien décidée à s'enrichir suffisamment pour s'installer dans les beaux quartiers d'Indian Hill ou de Kenwood. C'était donc elle qui avait incité son ex-époux à « changer de vie », en lui proposant de créer ensemble une société de « portefeuilles de brevets », c'est-à-dire de gestion de brevets pharmaceutiques, miniers, agroalimentaires, et d'exploitation. Après la chasse en Mongolie, Larry était censé faire sur place un peu de repérage et établir des contacts.

Elle concéda n'être venue que pour « continuer le job que Larry aurait dû commencer sur place ». Elle prétendait, et aucun remous dans l'eau de ce bain forcé ne l'en fit démordre, qu'elle n'avait pu récupérer ni le fameux brevet ni la *tara*, dont elle n'avait pas même retrouvé la trace. Yesügei en déduisit que, si elle disait vrai, la *tara* (lui prononçait *dara*) avait disparu de la consigne entre le moment où lui-même l'y avait vue et celui où l'ex-épouse de Larry avait été autorisée à y aller et à prendre possession des affaires du défunt. Décidément, malgré ses recommandations, la sécurité de cette pièce était restée sommaire.

L'avis de Tina différait entièrement de celui de Ted quant à l'insuffisance cardiaque de Larry. Ted soutenait que la victime avait des antécédents cardiaques, elle le niait. Le médecin légiste les départagerait peut-être.

Yesügei se dit que si l'on arrivait à mettre la main sur Memet, le Kazakh devrait pouvoir donner des nouvelles de la *tara* et du brevet.

III

Et puisque l'hypothèse de ce brevet, dont la possession avait occasionné quelques troubles, s'était avérée, Yesügei devait chercher ce qu'il était advenu du précieux bout de papier.

— En admettant qu'il ait été dérobé à la consigne de l'hôtel et que Larry ne l'ait pas emporté et brûlé avec le carnet. Des gens voulaient savoir ce que trafiquait Larry et, éventuellement, l'empêcher d'arriver à ses fins. A cause des changements constants d'itinéraire, ils n'en ont pas eu l'occasion.

On ne pouvait donc accuser personne d'avoir tué Larry. Alors, pourquoi et comment était-il mort ?

— Si on veut vraiment en finir pour de bon, les éleveurs vont avoir droit, eux, à l'attaque en « buissons roulants ». Ce sont des gens de la campagne, ils ont donc l'habitude de voir des panicauts. Mais pas forcément avec un flic derrière chaque chardon ambulant. Je n'arrive pas à croire que leur seul délit soit de n'avoir déclaré qu'un seul des jumeaux à l'état civil.

Gerel avait complètement oublié la piste des nomades. Embarrassé, il gratta vigoureusement son menton imberbe et fit ce qu'il put pour essayer de se rattraper :

— En tout cas, grâce aux frères jumeaux, ces gens-là ont un pied au dispensaire et un pied dans la steppe ! C'est utile, ça ! Pourtant, on ne voit pas bien en quoi l'intérêt de Larry pour les plantes, les engrais, les mines, pouvait leur importer.

— Ce ne sont pas ses intérêts qui leur importaient, c'est sa présence sur ces lieux qui les gênait. J'ai remarqué...

Gerel ouvrait de grands yeux, mais Yesügei ne put achever sa phrase, car les conclusions définitives de l'autopsie, lancées depuis la porte, atterrirent tout d'un coup, à grand bruit, sur leur bureau.

— Tout arrive !

Elles confirmaient qu'un traumatisme, pas forcément physique, avait provoqué l'arrêt cardiaque. L'effet de la drogue, retrouvée sur la pointe de la flèche avec laquelle Larry s'était blessé et qui avait pénétré assez loin dans le flux sanguin, pouvait en être la cause. Les raisons abondaient : Larry avait vidé la gourde de whisky ; comme la blessure n'avait pas beaucoup saigné, le sang n'avait pu refouler le poison, qui avait agi comme un coagulant ; la pointe de la flèche avait pénétré jusqu'à l'os ; les conditions l'avaient privé de tout antidote ; la victime présentait peut-être une prédisposition à réagir violemment aux effets de la substance. Le légiste qualifiait le phénomène d'idiosyncrasie et insistait sur ce point : exacerbé par cette éventuelle sensibilité personnelle, l'effet aurait pu se traduire par une perturbation de la vision et de la perception et une accentuation de la tachycardie et du mal des solitudes.

Quant au contenu de l'estomac, traces infimes de raviolis frits et d'eau croupie, il corroborait l'idée que Larry n'avait ingéré aucune nourriture solide depuis le dernier dîner avec ses compagnons de voyage. Seulement une forte quantité de whisky.

Le médecin pensait en outre que Larry avait pu souffrir dans sa jeunesse d'un genre d'arythmie susceptible d'entraîner une mort subite, surtout chez les sujets jeunes, mais qu'une fois parvenu sans encombre à l'âge mûr, il ne devait plus faire l'objet d'aucune surveillance particulière.

« Il s'agit finalement d'un décès accidentel, auquel environnement et circonstances ont contribué. Quoi qu'il en soit, on est forcé d'attribuer le décès à une mort naturelle. »

Après avoir relu la fin du rapport médical, Yesügei lança à son tour, distraitement, le document sur la pile de paperasses. Il bâilla avec affectation, avant de conclure :

— C'est bien ce qui m'incite à croire que les éleveurs sont plus impliqués que tous les autres. Bien qu'un peu éloignés, l'endroit où Larry est mort et celui où son cadavre a été traîné et dissimulé, appartiennent à un seul et même périmètre, celui d'une terre sacrée. Viens, on va faire un tour là-bas !

IV

La virée envisagée fut compromise, ou du moins retardée. Gerel pensa avoir la berlue, Yesügei crut qu'il y voyait double : ils avaient devant eux les jumeaux « Qui vous savez » et « Un autre », alias Timur et Ayurzan. « Deux marrons dans une même bogue ; deux pois dans la même cosse », se dit Yesügei.

Le plus troublant, c'est que, malgré les différences d'accoutrement et les dissemblances dues à leurs états respectifs de bonze et d'éleveur, ils étaient le reflet exact l'un de l'autre, comme si un miroir facétieux avait décidé de renvoyer à chacun d'eux son image fidèle... mais agrémentée de détails inattendus.

A leurs ressemblances, s'en ajoutait une tout aussi évidente : les jumeaux étaient tous deux en proie à un fort embarras. Ce fut « Qui vous savez », le moine, qui retrouva le premier l'usage de la parole :

— On ne peut pas continuer ainsi. Mon frère s'est mis dans un mauvais cas et si notre grand-père l'apprend, il le tuera !

Puisque les dés étaient jetés, l'éleveur, alias « Un autre », renseigna Yesügei sur ce que l'inspecteur ignorait encore. Lui et son ami étaient bien partis à la recherche de la jument pleine. Tandis qu'ils constataient les dégâts et s'apprêtaient à abréger ses souffrances, un homme avait surgi de nulle part.

— Un Américain complètement allumé ! Il nous a fait une de ces peurs !

En racontant son histoire, Ayurzan s'animait, rougissait, gesticulait. Impassible, pâle, immobile, son double l'écoutait avec autant d'attention que Gerel et Yesügei.

— Le type était à pied et semblait perdu. On lui a tout de suite donné un peu d'eau et, dès qu'il a vu les animaux blessés, il nous a fait signe de continuer notre besogne. Il a fallu se rendre à l'évidence, nous n'avions de couteau ni l'un ni l'autre : le copain avait égaré le sien et j'avais oublié de reprendre le mien à mon petit frère qui l'aiguisait avec ceux des autres !

Yesügei soupira et préféra regarder au plafond : depuis qu'il en avait eu un, lui-même ne s'était jamais défait de son couteau et personne d'autre que lui ne l'avait jamais aiguisé. La voix d'Ayurzan le ramena au récit :

— Comme on ne pouvait pas se résoudre à leur tirer une balle dans la tête – on ne se sert jamais d'un fusil dans l'aire sacrée –, on a essayé d'utiliser une pierre tranchante, mais c'était trop douloureux pour la jument qui nous regardait d'un œil suppliant. Même chose avec un bout de verre, c'est alors que j'ai pensé aux flèches. C'était parfait pour inciser et faire pénétrer le produit, mais quel sacrilège ! Je tremblais à l'idée que l'ancêtre ne l'apprenne ! De son côté, l'Américain semblait très intéressé par les flèches et le poison. Quand il a compris que le copain parlait bien l'anglais, il s'est mis à poser toutes sortes de questions. Il avait l'air de bien s'y connaître. Pendant que je terminais la tâche, ils ont continué à bavarder et quand nous sommes partis, après avoir chargé les carcasses, il a refusé de venir avec nous comme on le lui proposait. Son refus m'a paru agressif et surtout incompréhensible de la part de quelqu'un qui errait seul, sans véhicule. J'ai rangé la flèche qui n'avait pas servi et j'ai demandé à mon ami d'envelopper l'autre pour qu'on puisse la nettoyer en route et faire disparaître toute trace de cette action défendue, qui aurait indigné les aînés et surtout le grand-père. Ce n'est qu'une fois arrivé en vue de son *aïl* que mon ami m'a avoué, en brandissant une liasse de dollars, que l'Américain avait tenu à acheter la flèche empoisonnée.

« N'importe quoi ! » se disait Yesügei en écoutant ce tissu d'inepties et d'aberrations. Tout cela paraissait invraisemblable. Il avait pourtant tendance à y croire.

— Il était trop tard pour rebrousser chemin. On n'avait plus envie d'aller chasser, on s'est même un peu querellés. Mon ami a insisté pour me donner les dollars, puis je l'ai déposé chez lui. De retour à la maison, j'ai raconté la mésaventure de la jument et de son petit et j'ai laissé entendre qu'on avait opéré avec des couteaux et qu'on avait cédé une des flèches de cérémonie à un touriste. Seul l'ancêtre n'en a rien su sur le moment. Quant aux autres, mon père, mes oncles, mes frères et mes cousins, ils ont décidé de parcourir dès le lendemain, à l'aube, le périmètre sacré, pour vérifier que tout allait bien et pour essayer de retrouver l'étranger. Ils avaient l'intention de lui rendre l'argent, de reprendre la flèche de cérémonie et de le secourir, s'il était en difficulté. Ils m'ont forcé à les accompagner. On a retrouvé l'homme : apparemment, il venait d'expirer. Je les ai laissés, car je devais rechercher la flèche. Elle était tombée à quelque distance du corps. Je l'ai rapportée chez nous dans l'intention de la nettoyer en cachette.

De toute évidence, c'était son frère Timur qui avait conseillé à Ayurzan de venir faire cette confession à l'inspecteur. En avouant la vérité à Yesügei, il avait fait le bon choix : personne n'était plus à même de le comprendre que cet inspecteur atypique, si peu conventionnel. D'ailleurs, les jumeaux semblaient redouter bien plus le courroux de leur irascible grand-père que l'action de la justice.

La responsabilité d'Ayurzan s'arrêtait là, ses aveux également : il refusa d'en dire plus, notamment ce qu'avaient pu faire ensuite ses aînés. Pour Yesügei, il était donc plus que jamais indispensable de s'entretenir avec eux.

V

Ils furent rendus sur place en moins de temps qu'il n'en faut pour le dire. Yesügei avait conduit à une telle allure que Gerel avait à peine reconnu le trajet.

— Tiens, regarde ! Il existait ici une des plus importantes communautés monastiques de la région et, comme tu vois, il n'en reste rien, à part quelques vestiges de stûpas et de stèles. Et tout ça...

D'un geste ample, Yesügei invitait Gerel à regarder autour d'eux et Gerel vit en effet des *ovoo*, des lambeaux de soie accrochés aux buissons, des crinières suspendues ici et là.

Le temps, les siècles avaient façonné le site : non pas seulement, comme le montrerait l'archéologie, en y superposant les vestiges d'époques successives et de courants religieux divers, mais plutôt en les entremêlant et les laissant s'influencer. La variété de bouddhisme qu'est le lamaïsme était venue se greffer aux croyances sibériennes et aux rituels *bön* de la Mongolie antique. Puis, sans l'engloutir tout à fait, le lamaïsme avait submergé l'animisme, l'avait toléré pour pouvoir l'utiliser à son profit. Tolérance, calcul stratégique, instinct de survie, ces fois différentes avaient coexisté sans se livrer bataille. Une cohabitation qui conférait à nombre de lieux comme celui-ci une intensité, une prégnance rares. L'occupation soviétique avait ensuite anéanti presque tous les temples du lamaïsme et, peu à peu, l'animisme avait à nouveau envahi les emplacements dévastés, plutôt afin de ne pas les abandonner aux impies que dans le but de rivalité ou de revanche. Ici comme ailleurs, sur ces fiefs tour à tour animistes et bouddhistes, l'accumulation de ferveurs spirituelles, vivantes ou disparues, de trésors matériels, entiers ou brisés, avait été d'une telle richesse que, pour qui voulait et savait sentir, la charge émotionnelle demeurait intacte.

L'aîné renseigna le novice :

— Après les destructions massives des temples, le culte animiste a remplacé à nouveau le culte lamaïste, qui lui avait lui-même succédé. Renseignements pris, il s'agissait ici du monastère des Trois Corbeilles. Les « creux » vus par Bote, les « trous » du message aux myrtilles. Corbeille, c'est bien en creux, c'est aussi un euphémisme dans le bouddhisme pour désigner les joyaux de la religion, les collections d'ouvrages savants. Je t'expliquerai plus tard. Pour l'instant, allons voir ceux de l'*aïl* d'Ayurzan, le jumeau des champs.

VI

— C'était un simple avertissement : il n'avait pas le droit de fouler cette terre, sa seule présence était déjà un sacrilège ! Nous, cet étranger, on ne voulait que l'effrayer, l'éloigner, les dieux ont fait le reste, parce qu'il s'était rendu coupable d'une profanation impardonnable.

Avertissement, intimidation, comment s'y étaient-ils pris ? Les éleveurs de l'*aïl* du jeune Ayurzan se défendaient comme ils pouvaient contre les attaques des « buissons roulants » policiers. C'étaient les jeunes qui avaient repéré Larry, quand ils étaient partis à la recherche de la poulinière égarée. Le voyant manifestement ivre, comme « stupéfié », ils lui avaient donné de l'eau, car il paraissait épuisé et perdu. Ils avaient commis l'erreur de lui céder une flèche de cérémonie, mais c'était réparable : il suffisait de retrouver l'homme et de lui rendre son argent en échange de la flèche. Malheureusement, une fois seul, dans l'état de faiblesse et d'ébriété où il était, le maladroit avait dû se blesser ! C'était la vengeance du Ciel ! Une vilaine blessure, profonde, mal placée, comme ils l'avaient constaté. Il n'était pas mort depuis très longtemps quand ils l'avaient trouvé le lendemain matin...

A ce moment-là, Yesügei vit arriver Ayurzan, qui sortait d'un enclos, son couteau à la main. Sous le regard de l'inspecteur, la main qui tenait le couteau se mit à trembler et son propriétaire ne put s'empêcher de rougir, tandis qu'il disparaissait vivement dans l'une des yourtes.

— D'où venait ce poison ?

— C'est toujours « Qui vous savez », je veux dire le fils qui travaille au dispensaire, qui nous le procure.

Là, le père de jumeaux se troubla :

— En fait, il y a eu une erreur administrative et on n'a rien fait pour la corriger. L'ancêtre du clan a jugé qu'il fallait séparer les enfants en en donnant un au clergé. Dès la naissance, tout les opposait : l'un n'avait d'yeux que pour les bondieuseries, l'autre n'était attiré que par fouets et lassos.

Yesügei ne commenta pas la confession, pour lui sans importance capitale.

— Pourquoi avoir traîné le corps jusqu'à l'entrée de l'ancienne mine, au lieu de le laisser sur place et de prévenir les autorités ?

— Pour le cacher là-bas, avant de l'emporter hors de l'enceinte sacrée. Afin que la terre sacrée ne soit pas doublement souillée, par un étranger d'abord, par sa mort ensuite. On n'a pas eu le temps matériel de le faire, parce que vous l'avez découvert avant.

— Et la flèche ?

En plus des leurs, on avait découvert dessus les empreintes de Larry.

— La flèche, un certain Erdenbat, qui nomadise actuellement dans la région de Delgerhaan, nous avait conseillé de la laisser là, mais, après avoir bien réfléchi, on en a décidé autrement.

— Pour quelle raison vous avait-il conseillé de ne pas la reprendre ?

— D'après lui, cela nous exemptait de toute responsabilité dans ce qui était arrivé de fâcheux à l'intrus. Mais nous, on ne voulait surtout pas que l'ancêtre apprenne l'usage qui en avait été fait.

— Et le fusil planqué dans le mélèze ?

— Mise en garde. Une vieille coutume de par ici, imparable pour alarmer et pour prévenir toute infraction. Celui qui la connaît, sait que c'est sans appel et personne ne s'avise de passer outre. Vous savez, on ne lui aurait fait aucun mal. On voulait juste qu'il quitte l'enceinte, c'est un espace inviolable. On l'a seulement déplacé, on ne lui a rien pris, au contraire ! Bien qu'on dise qu'un mort part toujours les poings vides, nous, on lui a remis son argent dans la poche !

— Et la bouche remplie de terre ? Quelle signification ?

Gênés, ils se regardaient sans répondre jusqu'à ce que le plus âgé s'enhardît :

— Maintenant, c'est la terre qui va le manger, pas vrai ? Alors, si on lui en faisait bouffer un peu, son âme ne se hasarderait pas à revenir nous tourmenter pour se venger.

Yesügei tentait de reconstituer les faits : Larry avait dû mourir peu de temps avant leur arrivée, sans doute moins d'une heure et pas plus de cinq ou six. Sans cela, la rigidité cadavérique, qui débute et finit à partir du haut, aurait rendu difficile le remplissage de la bouche. Ils auraient alors dû forcer la mâchoire, ce qui aurait probablement effacé le trismus.

Bien qu'il ne niât pas l'utilité de l'analyse des différents échantillons de terre pour localiser les événements et établir leur chronologie, l'inspecteur avait compris, depuis le début, que cette terre n'avait pas été fourrée dans la bouche du défunt seulement en tant que matière constituant le sol et l'étendue du périmètre sacré, ou en tant que milieu dans lequel il serait enterré, mais plutôt et surtout comme étant l'un des éléments constitutifs de l'univers.

— Hum... Et ça, c'est quoi ?

Yesügei venait d'apercevoir, suspendue au-dessus de l'autel des ancêtres, une drôle de gourmette, composée de rivets et d'œillets métalliques, semblables à ceux que contenaient les cendres tamisées du feu allumé par Larry, quand il avait voulu détruire son carnet.

— On a l'habitude de conserver des reliques pour chasser le mauvais œil. Ce type avait dû mettre le feu au carnet noir que les jeunes lui avaient vu à la main et c'était tout ce qui restait. On a prélevé tout le métal, en guise d'exorcisme...

Ce qui apparut clairement à Yesügei, c'est que, menacés dans leur vie traditionnelle, dans leurs coutumes et leurs croyances, refusant d'être les victimes des nouvelles infrastructures, des appropriations de terre abusives, des exploitations minières intensives, mais tiraillés entre vie modeste et tentantes promesses de prospérité, ces petits groupes humains se débattaient pour conserver un semblant d'autonomie et repoussaient à leur manière toute transgression jugée fatale pour leur mode de vie. Dans leur cas, le respect du caractère sacré des lieux paraissait l'emporter sur tout intérêt pécuniaire. Se seraient-ils comportés autrement si le vieux chef, l'aïeul des jumeaux, n'était plus là ? Probablement : à sa disparition, un autre prendrait sa place pour défendre à son tour les mêmes idéaux.

La vie nomade ne se maintient que si tradition et rituels sont respectés. Ces éleveurs avaient agi ainsi parce qu'ils étaient convaincus que c'était le seul moyen de préserver l'harmonie et de garder le contrôle sur les forces de la nature et les démons. Ils souhaitaient également épargner à leur vénérable ancêtre la découverte du sacrilège ultime et s'épargner, par la même occasion, la colère du terrible patriarche !

Etant donné que raison et superstition ne font pas bon ménage, les actions dictées par les superstitions sont rarement rationnelles, mais on ne pouvait logiquement leur reprocher leur comportement ni les inculper de meurtre. D'ailleurs, ils étaient déjà suffisamment punis, puisqu'ils se considéraient comme l'instrument du décès de Larry, une malédiction en soi. On pouvait, à la rigueur, les accuser de n'avoir pas signalé ce décès, pas plus. Coupables d'un délit mineur, ils s'étaient affolés à l'idée d'être accusés d'un délit majeur ou d'y être mêlés de près ou de loin. Ils n'avaient fait que reprendre l'arme qui avait causé ce malheur et avaient poussé l'honnêteté jusqu'à restituer son argent à un mort !

Maintenant qu'il était en possession de nouveaux éléments, Yesügei était en mesure de reconstituer à peu près le déroulement chronologique des faits concernant la mort de Larry : celui-ci avait faussé compagnie au groupe le mercredi soir ; le jeudi, dans la soirée, incapable de s'orienter et de retrouver sa route, il avait fait la rencontre des deux jeunes éleveurs et, toujours entêté, il avait refusé de les suivre ; un peu plus tard, il s'était blessé avec la flèche empoisonnée, ce qui n'avait fait que précipiter sa mort car, même sans cela, il serait probablement mort de froid et d'épuisement comme beaucoup d'autres ivrognes ou imprudents avant lui, qui avaient péri, égarés dans la nature ; le vendredi matin, tôt, les éleveurs l'avaient trouvé sans vie, lui avaient fourré de la terre dans la bouche en guise d'exorcisme, et avaient déplacé le corps à la limite du périmètre sacré, dans le but de l'en faire sortir dès qu'ils le pourraient ; le samedi, Yesügei et Gerel le trouvaient à leur tour.

Cela paraissait relativement limpide. C'est toutefois avec une certaine circonspection que Yesügei se mouvait au milieu de tous les indices dont il disposait, tant certains lui paraissaient aussi faux que ceux qui abondent dans les romans policiers de gare – toutes celles qui jalonnent le parcours du chemin de fer, depuis Irkoutsk jusqu'à Erenhot –, sur gros papier jaune, et ne sont destinés qu'à dérouter le lecteur.

VII

La réponse du bureau des Mines, arrivée sans délai alors qu'aucune gratification n'avait été versée, attestait que ces mines avaient été fermées pour cause de troubles incessants, causés par des indigènes, sous le prétexte que cette terre avait toujours appartenu au clergé et, par conséquent, le sous-sol aussi. Dans l'attente de la reconstruction du monastère des Trois Joyaux de la religion, qui amenait un afflux de donations consistantes, aucune occupation du lieu ne serait tolérée. S'il avait été baptisé Lieu paisible, Bonlieu ou Lieu bon, c'était en effet par antithèse, afin d'invoquer la protection divine, et de dissuader toute incursion ou installation, tout en servant d'avertissement contre le danger qu'occasionnerait toute violation des droits sacrés. Le nom de Trois Puits, pris par les mines en activité, avait été considéré comme un double sacrilège, car il usurpait non seulement l'emplacement du temple mais aussi son appellation religieuse, les Trois Corbeilles.

A son retour en ville, plusieurs surprises attendaient Yesügei, en plus des renseignements sur la mine. Après avoir siphonné tout seul une cinquième, puis une sixième bouteille de vodka à moins dix-huit degrés, environ quatre-vingts verres, Piotr se trouvait dans un coma éthylique, dont personne ne pouvait dire s'il émergerait jamais.

Dans le but plus ou moins conscient de se libérer de ses démons, Piotr s'était toujours défoncé à l'alcool. S'il est prouvé que celui qui *croit* boire (mais qui n'ingère qu'un ersatz d'alcool) atteint tout de même l'état souhaité, de désinhibition, de bien-être, d'euphorie, Piotr n'avait jamais jugé bon de recourir à cette sorte de placebo. Cette fois, ses excès dénonçaient peut-être un désir d'anéantissement total et définitif. Yesügei, qui le connaissait intimement, en doutait. Piotr s'en sortirait.

Il secoua les épaules pour chasser l'idée contraire, mais il n'eut pas le loisir de poursuivre la réflexion. Son chef venait de lui porter le coup de grâce. Il lui avait piqué la vedette, en s'attribuant avant l'heure les mérites du dénouement de l'affaire du touriste. Il allait clamant partout que, depuis le début, il avait compris que ce décès était accidentel et que c'était ce bon à rien, cette tête de mule d'inspecteur qui s'était acharné à poursuivre des coupables inexistants. Cette fois-ci, Yesügei serait radié pour de bon !

— Le grand manitou ne veut pas entendre parler de violation de terre sacrée ou de brevets volés. Etant donné la complexité des lois mongoles, il n'a peut-être pas tort. Paraît que, depuis le début, il était persuadé qu'il s'agissait d'une mort naturelle ! Il va finir par avoir ma peau, tu verras !

Gerel était trop innocent et trop attaché à Yesügei pour entrevoir, dans la disgrâce de son supérieur, un espoir de promotion pour lui-même. Il était également trop inexpérimenté pour ne pas s'indigner :

— C'est nouveau, ça ! Il charrie, ce fumier !

— Ce qu'on a, nous, ce ne sont que des conjectures, pas des preuves. Il va bientôt m'accuser d'avoir forgé des indices !

— Quelle ordure !

Comme si c'était Gerel l'offensé, Yesügei s'employait maintenant à plaisanter pour calmer le jeu :

— Il a beau prétendre, chaque fois qu'il cherche à souligner la connivence entre supérieurs et inférieurs, que « chats et rats dorment ensemble », outre que je n'ai jamais eu la moindre envie de dormir avec lui, j'ai l'impression, moi, qu'avec lui, les rats ne sont pas tellement en sécurité !

— Les chats devraient se méfier aussi, patron ! Il existe des rats de taille à les bouffer ! D'ailleurs, je suis sûr que vous serez réintégré bientôt.

— Ouais, c'est ça, c'est ça, quand la queue du chameau touchera terre !

29

CROCODILES

Yesügei se laissa tomber sur le sol et étendit les jambes. Il chercha sa tabatière, mais la laissa dans sa poche, promenant autour de lui un regard distrait. Sous le ciel voilé, la foule assise suivait sans rien en perdre un film américain unanimement apprécié, dont la vedette, Richard Gere, disciple déclaré du dalaï-lama, avait un jour accompagné Sa Sainteté en terre mongole.

C'était l'une des dernières séances de cinéma en plein air, bientôt la température les rendrait impossibles.

Yesügei prisa, puis il tenta de s'intéresser à l'intrigue et, n'y parvenant pas, il éprouva l'envie d'aller se chercher une bouteille. Un peu trop las, il remit à plus tard. Tout à coup, à quelques rangs devant lui, il aperçut l'arrière d'un imposant *loovuuz*. Le superbe bonnet de renard occupait un tel volume qu'on ne pouvait le confondre avec aucun autre, surtout parmi des spectateurs peu frileux, en chemisettes fleuries et casquettes. « Memet ? »

S'il était parti à sa recherche, il ne l'aurait jamais trouvé et voilà que le Kazakh était tranquillement assis à regarder un film américain !

Le Kazakh leva les yeux : Yesügei était là, debout, deux bières à la main. Il se poussa légèrement pour laisser l'inspecteur s'asseoir. Memet avait changé, pas l'acuité de son regard. Il n'accepta ni tabac ni alcool, mais ne refusa pas de parler, ce qu'il fit sans même déranger leurs voisins, lesquels commentaient le film avec entrain.

L'exploitation minière, qui inquiétait tant les nomades, représentait une telle manne pour d'autres qu'ils étaient prêts à brader et à ravager le pays, sacrifiant ainsi le bien public à des intérêts privés ou politiciens. En effet, avec plus d'un tiers de la demande mondiale, la Chine achetait à l'Etat mongol non seulement la production minière mais les sites mêmes, ce qui entraînait une prospection toujours plus massive, ainsi que l'octroi aux firmes chinoises de prérogatives qui accroissaient leur poids dans les négociations. Lors des dernières élections, on avait vu les politiques mongols vanter les avantages de l'exploitation minière et faire sans vergogne les promesses les plus fallacieuses.

Après cet exposé instructif, Memet aborda l'autre sujet qui intéressait Yesügei, bien qu'il ne connût son existence que depuis peu, la « biopiraterie ».

— Un mot nouveau pour une pratique ancienne car, à l'échelle artisanale, ça s'est toujours pratiqué : l'homme a toujours exploré ailleurs la flore inconnue chez lui. Mais depuis que c'est devenu une véritable industrie, on ne constate qu'abus et corruption. Parce qu'il n'existe aucune équité entre les pays fournisseurs de plantes et ceux qui traitent et exploitent la marchandise, les prospecteurs, souvent étrangers, cherchent à tirer bénéfice à la fois de leurs employeurs et de leurs fournisseurs, les collecteurs indigènes. Ceux-ci sont les principales victimes, car ils ne voient que rarement la couleur des profits annoncés. Ainsi, qu'il s'agisse de minerais ou de plantes et essences pour la pharmacologie, la cosmétologie ou les engrais, étant donné la puissance des lobbies, les intérêts économiques priment au point d'influencer aussi bien la politique de l'Etat que les scrutins régionaux.

Familier de la faune de son pays, jusqu'aux espèces les plus sauvages, Yesügei ignorait tout des mœurs des requins et des crocodiles. Aussi ne perdait-il pas une parole de Memet.

— Ah ! faisait-il.

Il s'étonnait de l'aisance de ce gaillard, fils de l'altitude, frère des aigles, né dans les montagnes, descendant de chasseurs, à se mouvoir dans le marigot des intrigues économiques. En réalité, Memet ne faisait que servir d'intermédiaire. Il « branchait », comme il disait, des candidats à des placements d'un genre particulier et touchait sa commission, chaque fois qu'il organisait un « rancard ».

— La femme-là... L'homme-là...

Memet ne désigna jamais Tina et Larry autrement.

C'était la femme-là, qui avait établi les contacts depuis les Etats-Unis. C'était l'homme-là, que Memet avait rencontré à Moscou et qu'il devait revoir après la chasse. Il était tombé sur elle à Bulgan, et ce n'était sûrement « pas par hasard » car, d'après lui, Tina en tant qu'ex-prospectrice continuait à s'intéresser à toutes sortes de gisements aussi bien qu'au commerce de brevets et licences, son job actuel. Lui, l'homme-là, il ne l'avait plus revu.

Il était formel : le brevet, contenu dans la *tara*, n'était qu'un modèle donné par lui à Larry. Tina devait l'ignorer. Il expliqua que, en raison de la mondialisation, la nouvelle démarche des laboratoires pharmaceutiques était la suivante : les grands et moyens laboratoires – dont celui de Tina –, détenteurs de brevets de fabrication, accordaient des licences sans royalties aux fabricants de génériques dans les pays émergents. Une manière affichée de donner à tous un accès plus facile aux médicaments et d'enrayer la contrefaçon, mais qu'il jugeait, lui, n'être qu'un prétexte d'enrichissement privé. Ces industriels prétendaient « moraliser » le capitalisme, mais Memet ne croyait pas à cette éthique économique de circonstance.

Pour avoir côtoyé de nombreux démarcheurs de ces firmes, Memet estimait que, bien que Tina eût les dents longues, elle et Larry n'étaient que de vulgaires amateurs, mais que c'était bien cette tactique qu'entendait suivre cette femme-là.

— Responsable de la « propriété intellectuelle », ça consiste en quoi ? demanda Yesügei.

— Admettons qu'un labo, appelons-le Sanimed, fasse breveter une molécule entrant dans la composition du somnifère Optinox, le rôle du responsable de la propriété est de défendre les intérêts de sa boîte, titulaire des droits, en protégeant juridiquement le label, l'exploitation et la commercialisation du produit, en assurant l'exclusivité face à la concurrence et en prévenant toute pratique délictueuse à son encontre. Parallèlement, afin d'extorquer des fonds à ceux qui possèdent un grand éventail de brevets, opèrent dans ce milieu des experts voyous qui traquent les abus, réels ou supposés, puis font chanter le prétendu coupable en le menaçant de poursuites judiciaires. Les procès sont généralement si coûteux et si longs que, bien souvent, les intéressés capitulent et versent des dédommagements moins ruineux pour eux : on dit qu'un mauvais arrangement vaut mieux qu'un bon procès. Quand elles veulent échapper à ce genre d'accusation, les grandes entreprises sous-traitent et confient à de petites compagnies les relations avec les indigènes, la prospection, la collecte et le marché des brevets. C'est ce que la femme-là avait dans l'idée : monter sa propre boîte, avec les capitaux de son ex-mari, et jouer ainsi les intermédiaires en y gagnant de tous les côtés.

— Ah ! fit encore une fois Yesügei, pour qui c'était aussi clair que de l'eau de boudin ou du jus de chique.

Squales ou caïmans, il se demandait lesquels de ces prédateurs étaient les plus redoutables.

Il commençait à comprendre pourquoi Sandjimaa, quand elle avait vu arriver à l'hôpital deux hommes qui se disaient de sa famille, les avait suivis sans regimber, « heureuse de rentrer chez les siens pour sa convalescence ». On ne saurait pas si le sac en peau de marmotte avait été réinfesté ou si – ce cadeau sans danger réel n'étant qu'un avertissement – elle avait contracté la maladie autrement. Quoi qu'il en soit, elle renonçait à porter plainte et avait laissé entendre que son avenir était assuré : on lui offrait en Sibérie une situation qui « ne se refuse pas ».

Toute trace d'une éventuelle tentative d'empoisonnement disparaissait donc ainsi. D'après la taupe, Uyunga, c'est en raison d'une relation sexuelle embarrassante avec un officiel que l'on avait tenté sur Sandjimaa une manœuvre dissuasive. Qu'elle fût à présent guérie semblait confirmer la thèse du simple coup de semonce. C'était probablement pour la punir d'avoir communiqué avec Larry, dans l'intention de le mettre en garde, qu'on l'éloignait maintenant. On n'avait plus vraiment confiance en elle.

Que ce fût économique ou politique, si dans les domaines en question, les tensions étaient en rapport avec l'importance des enjeux, le danger encouru par les protagonistes n'en était que plus fatal.

Memet estimait que la *tara* avait disparu parce que ces mêmes agents, peut-être renseignés par Sandjimaa, qui négociait ainsi sa propre sécurité, croyaient qu'elle contenait quelque chose d'intéressant.

Quant à lui, Memet, le petit jeu ne l'amusait plus. Il n'avait plus besoin de finances, ne courait plus les filles, n'avait plus jamais la pépie. Il avait l'intention de prendre des vacances et comptait se retirer bientôt sur les hauteurs de Bayan-Ölgii. Quand il se remit à parler des aigles, comme au bon vieux temps, Yesügei sut qu'on ne reverrait plus le Kazakh à la capitale. Heureux homme !

— Je m'en vais me dénicher un bon aigle et le dresser. Une femelle de préférence : elles sont plus lourdes et plus agressives et elles chassent encore mieux que les mâles. Mon père en a gardé une pendant trente ans ! Elle était imbattable ! Moi, je rendrai sa liberté à la mienne au bout de huit ou dix ans, pour qu'elle puisse encore profiter de la vie.

Ils se levèrent, il était temps de se séparer. Ni l'un ni l'autre ne saurait jamais la fin du film. Memet, le bien surnommé « Jamais sans mon aigle » s'étira. Tandis qu'ils s'éloignaient ensemble, le Kazakh dit doucement :

— A la revoyure !

Memet et Yesügei se regardèrent dans les yeux, puis ils levèrent le visage vers le ciel.

— Ici ou ailleurs, répondit aussi doucement Yesügei.

S'ils ne se revoyaient pas ici-bas, ce serait dans l'au-delà.

En bref, personne n'avait tué Larry.

De méchante humeur, il s'était esquivé, espérant atteindre la route toute proche, d'après les dires du *djolotch*, puis rentrer en stop à Oulan Bator. Il ferait ainsi d'une pierre deux coups : ennuyer ses fastidieux compagnons de voyage et prouver son indépendance et sa débrouillardise. Pour comprendre ce comportement apparemment dépourvu de logique, mieux valait connaître son caractère et ses manies.

Pour son malheur, Larry avait erré dans ce bout de terre autour du dernier bivouac, à la limite de deux *aimag*, à proximité de l'*aïl* d'Erdenbat et il avait, hélas ! franchi les limites de plusieurs lieux-dits puis pénétré en territoire sacré. Il n'avait rencontré personne, à part les jeunes chasseurs à la recherche de la jument, qui avaient sans succès tenté de l'en éloigner, en lui proposant de l'emmener avec eux. Entêté comme toujours et grisé de whisky, mais l'estomac vide, il n'avait pas voulu céder et avait refusé leur aide. Il avait réussi à s'approprier une flèche et, plus tard, il s'était blessé, peut-être en tombant sur elle, à cause du tournis et, totalement désorienté, il avait agonisé tout seul, rendu fou par le vent, le froid, la douleur et l'alcool. Prévenus, les anciens avaient déplacé son cadavre et l'avaient « entreposé » aux Trois Puits, endroit déjà désacralisé par l'exploitation de la mine, afin de ne pas souiller leur territoire, et dans l'idée de s'en débarrasser au plus vite, hors du périmètre sacré. Yesügei était intervenu avant.

Décidé à mettre un peu de piment dans sa vie, et même à en changer tout à fait, Larry s'était laissé convaincre par Tina : il lui suffisait de mettre à profit son voyage pour prendre quelques renseignements. Elle viendrait plus tard. Car c'était elle la véritable aventurière, elle qui ne craignait pas de prendre tous les risques. Si elle avait aussi vite accepté l'idée d'une mort naturelle, c'est qu'elle n'était pas venue pour élucider les causes du décès de Larry, mais uniquement pour voir si Larry avait trouvé des débouchés. L'enquête en cours lui donnait l'occasion de rester et d'employer son temps à son avantage. Depuis qu'elle savait ses affaires en panne, elle se moquait de l'enquête et souhaitait que tout fût réglé au plus vite, sans complications.

C'est ainsi que Yesügei acheva son récit.

Gerel, qui commençait à le connaître, aurait juré que son *böke* n'était pas à cent pour cent satisfait de la tournure des événements : que ce fût un accident sans coupable, en tout cas sans personne d'inculpable. Pourtant, les conclusions de Yesügei ne manquaient pas de finesse. Dire qu'il était considéré par beaucoup comme un primitif, dépourvu de psychologie !

Mais Yesügei savait perdre. Il affichait désormais une humeur égale et guillerette, alors que, de plus en plus lunatique, le temps changeait toutes les demi-heures, un soleil ardent succédant à des giboulées de neige. Ces sautes d'humeur météorologiques lui inspiraient même parfois un parler populaire :

— Celui qui échoue sept fois, réussira à la huitième...

« C'est bien ça, il considère son enquête comme un échec complet. » Gerel se le rappelait au long de leurs investigations, prenant au sérieux les choses insignifiantes, badinant à propos de choses importantes. Cette humeur légère tendait à prouver qu'il prenait à cœur sa déconvenue.

De son côté, Yesügei songeait à Tina. Elle serait passée dans sa vie comme un mirage. Moins aérienne certes, mais tout aussi insaisissable qu'une antilope saïga. Elle était sur le point de repartir avec, pour tout bagage, le cercueil de Larry, alors qu'elle n'était venue que pour entrer en possession du brevet et de la *tara.* La statuette s'était volatilisée, mais nul doute qu'elle poursuivrait sa vie d'antiquité de prix et connaîtrait bien d'autres aventures.

Cercueil plein, *tara* vide, ainsi va la vie.

Tina, quant à elle, ne voyait pas la situation avec autant de philosophie. Bien qu'elle les eût solides, le temps capricieux lui tapait sur les nerfs, uniquement parce qu'elle avait échoué et repartait sans butin. Le plus contrariant était que – à cause du vieillissement de la population mondiale, de l'augmentation des maladies chroniques, de la demande des pays émergents – l'industrie pharmaceutique avait peu souffert de la tourmente financière et offrait des occasions juteuses de rachats et de fusions. De quoi donner des regrets à Tina.

Elle savait déjà qu'il lui arriverait de repenser à ce drôle de flic à la démarche de cavalier, à la face large et aux yeux d'ambre, dont il se dégageait une telle animalité qu'elle avait bien failli lui tomber dans les bras. Elle ne l'oublierait pas de sitôt. Un irréductible, un rebelle permanent, dressé contre toute autorité, tout gouvernement, toute loi, celle-là même qu'il était censé incarner !

Renonçant désormais à la moindre initiative et à nouveau atteint de margachisme aigu, le « rebelle permanent » attendait ce départ patiemment, presque avec apathie et plaisantait volontiers :

— Tout finit par arriver : « Avec le temps, l'herbe devient du lait. »

Et il ajoutait :

— On se plaint de l'automne, mais au printemps, toujours si venteux et poussiéreux, est-ce qu'il ne meurt pas encore bien plus de bêtes et d'humains ?

Etait-il resté sur sa faim, aurait-il souhaité plus de cadavres ? Non, c'était seulement pour dire quelque chose.

La flèche du Parthe – l'équivalent du trait mongol, vicieusement lancé vers l'arrière tandis que l'on s'enfuit –, ce fut Tina qui la lui décocha, au moment où il proposa de l'accompagner à l'aéroport. Elle refusa avec grâce :

— J'aurais tant aimé... Malheureusement, j'ai déjà accepté l'offre du très aimable chef de la police, votre supérieur direct, je crois. J'ai été désolée d'apprendre que cette affaire ne vous vaudrait pas d'avancement. Tout le contraire, si j'ai bien compris. Quoi qu'on en pense, c'est un homme plein de charme et je suis certaine que vous finirez par trouver un terrain d'entente. C'est ce que j'espère. Bonne chance !

« *Tchort !* » Encore une qui l'abandonnait... « Comme ma mère, parce que finalement elle m'a bien ab... » Soudain dessillé, presque soulagé d'un poids trop grand même pour le colosse qu'il était, il ne voyait plus du tout pourquoi il devrait s'obstiner à se voiler la face. « Oui, ma mère m'a bien abandonné. » C'était une évidence.

Il éprouva comme une légèreté nouvelle, jusqu'ici inconnue de lui.

Alors que Tina avait déjà tourné les talons, il eut envie de la prendre dans ses bras, de dégager sa nuque et de poser ses lèvres sur le grain de beauté. Il n'en fit rien et, d'une voix très officielle, il se contenta de lui souhaiter un bon voyage.

Ainsi, dans l'immédiat, les manœuvres du chef avaient eu pour but de le priver d'une conquête féminine, car l'occasion de séduire Tina n'était pas à dédaigner. Il lui fallait bien reconnaître que le grand manitou avait toujours été plus doué que lui pour la communication. Une nouvelle désillusion ? Aurait-il dû la traiter comme les autres ? Il n'arrivait pas à déplorer de ne l'avoir pas fait. Mais le but ultime du chef, le but évident, c'était de le rétrograder à nouveau, ou de le forcer à la retraite anticipée, voire à la démission, à présent qu'on n'avait plus besoin de lui pour sillonner la steppe et qu'on pouvait se reposer sur les autres inspecteurs, plus urbains et plus disciplinés. C'était de bonne guerre, puisque la guerre remplaçait tout le reste.

« Même un vieux canasson a droit à plus d'égards. » C'est ce qu'il se dit, mais sans la moindre amertume, ce qui le surprit lui-même.

Cette suite de déveines, c'était peut-être sa faute après tout. Où avait-il bien pu fourrer le fœtus de gerboise porte-bonheur que lui avait donné Bote ? L'avait-il jeté ? Oublié quelque part ? Tout ce qu'il savait, c'est qu'il ne l'avait pas enterré, ou réduit en poussière et dispersé, comme elle le lui avait recommandé. Celui qui croit aux prescriptions doit les suivre. L'ennui, c'est qu'il n'y croyait pas. Alors, de quoi se plaignait-il ?

Par lassitude, plus encore par indifférence, il se résignait à son sort, se disant qu'il pourrait toujours aller grossir les rangs déjà fournis des « bénéficiaires » des soupes populaires.

Pour arrondir sa maigre retraite et assurer sa subsistance, il pouvait aussi bien s'associer avec M. Tan. En effet, depuis que le Chinois l'avait bluffé en refusant son argent, il n'excluait plus d'en faire un ami. Il pouvait de même s'évader du côté de chez Erdenbat et tremper carrément dans les combines de son frère juré, ou, sitôt qu'il sortirait du coma, aller aider Piotr et sa femme à tenir leur commerce. Se faire importateur de jouets en plastique, made in China ou loueur de billard de rue, devant un bar à succès ou dans une banlieue privée de loisirs, pourquoi pas ? Ou bien choisir de vivre de la cueillette des myrtilles ou de la pose de collets dans une région de bêtes à fourrure, il s'y montrait expert. Se vautrer dans la débauche, peut-être ? Réflexion faite, la gaudriole ne méritait plus à ses yeux l'énergie qu'il y avait toujours consacrée. Ou encore, si le souci de rentabilité venait soudain en priorité, il deviendrait maquignon, il s'y entendait. Pourtant, ne s'étant jamais soucié de faire carrière ou de s'enrichir, était-ce vraiment le bon moment pour commencer ? Une fois radié, pourquoi ne pas se mettre à enquêter pour son compte sur le sort de Sandjimaa ? Non, il ne regretterait même pas sa profession et n'éprouvait aucun dépit à l'idée de laisser inachevée une investigation. Il paraît que celui qui a tâté de la chasse à l'homme ne peut plus s'en passer. Pourtant, il lui semblait en avoir définitivement perdu le goût. Que lui arrivait-il ?

Sur le ton de l'autodérision, il plaisantait :

— Etant donné que je suis tellement verni en ce moment, si je cherche des occupations, je n'aurai que l'embarras du choix. Pas étonnant, puisque dans Yesügei, il y a *yesü*, neuf, nombre faste entre tous.

Il se sentit soudain envahi d'un parfait détachement et pensa avec sincérité que rien ne pouvait mieux lui convenir que cet état.

Sans s'en rendre compte, Yesügei courait tout droit vers la libération.

Le futur inspecteur Gerel n'était pas à même de percevoir ce changement, aussi chercha-t-il encore une fois à remonter le moral de son supérieur :

— Le meilleur des *böke*, même celui qui mérite le titre de titan pour n'avoir perdu aucun tournoi deux ans de suite, serait impuissant devant une mauviette qui lui lancerait du poivre aux yeux...

Yesügei siffla le fond de sa bouteille de vodka et la secoua, tête en bas, avec insistance, pour s'assurer qu'elle était bien vide :

— Voyez-moi le gommeux ! Quelle outrecuidance ! Sergent Gerel, prends garde à toi ! Méfie-toi qu'avant mon départ je n'aille pas te remettre aux contredanses ! Fais-moi confiance, tu pourrais aussi bien te retrouver en uniforme, à la circulation !

Achevé d'imprimer en avril 2009
sur les presses du GROUPE HORIZON
200 avenue de Coulin
13420 Gémenos

N° d'impression : 0904-144

Dépôt légal : mai 2009
Imprimé en France